海外散文
随笔丛书

纽约客随感录

董鼎山 著

商务印书馆
The Commercial Press
2014年·北京

涵芬楼文化 出品

2001年应上海社会科学院之邀演讲

1999年圣诞节与妻子蓓琪及女儿碧雅合影

1985年与靳羽西在北京人民大会堂受胡启立及朱厚泽宴请

2000 年在上海

前 言

《纽约客随感录》专栏在纽约《侨报》周末版发表不过两年有余，已有机会在国内由商务印书馆发行文集，乃是我老年的荣誉和幸运。这个功劳完全得归文友五月。

两年余前，当《侨报》的《纽约客闲话》专栏主编刘倩向我约稿时，我就回答：不成问题，只是有两个条件：一是我只能用手稿，因为不会拼音打字；二是编者如有任何更改，必须先取得我的同意，因我不愿在发抒意见时感到任何约束，在必要时，我可自我抑制（self-censorship），但绝不允有人冒犯我自尊心。刘倩一口答应，写了这么久，我们合作得很好，未曾有过什么意见。为此，我要向刘倩致敬。

记得我在第一篇中就指出，我把专栏定名为"随感录"，乃是仿效巴金先生晚年所写的《随想录》。我的目标是：什么都在我写作范围之内（所谓"自由思想"是也），无论读书观感、时事感触、个人思索等等。此外，有多余时间发发牢骚，目的是在有机会帮同启发读者的感慨。两年余来，我想到什么就写什么，从不犹豫，也不抑制。这是编者给我的自由。一个作者可到哪里去找如此知音的编者？丰厚稿酬并不是我的目标，我还深深记得幼年在上海《申报》所读、鲁迅先生所编的副刊《自由谈》对我的影响，他在该栏目里触发了我在幼年时向往思想自由飞翔的心灵，至今我年临九十，还是如此一股孩子心情。

当五月（好巧的笔名）开始向我建议出书时，我立即拒绝。我说我已年老体衰，根本无力在我书房垃圾堆（是我妻的形容。但是整

1

洁的她从不敢拨动我堆积如山的书报杂物）去找寻可以发表的旧作。热心的五月从不知难而退，竟花了很多时间在网页上找到我的许多旧作，不仅如此，她还跟商务印书馆编辑张稷女士推迟了商谈出版自己的长诗集，改而先策划出版我的文集。她的自我牺牲令我感动。数次相聚后，我们成为好友。《纽约客随感录》不一定是我最后一本文集。如是的话，我将此书献给五月。

董鼎山

2012年5月25日于纽约病中

目 录

上 编

谈谈所谓"纽约客作家" /3
——新传记重振约翰·奥哈拉声誉

关于1960年代的风云人物 /8
——三本新书记述反越战与嬉皮士活动

风流总统不是昏君 /12
——哈里斯新书论述克林顿私生活与公共政策

"纽约知识分子群"的演变 /16
——"牛康派"兴起的来龙去脉

非虚构胜于虚构 /21
——奈保尔讨论伊斯兰教与今日世界

《洛丽塔》是文学艺术还是诲淫作品？ /26

纪念一本严正刊物的夭折 /30
——美国《新领袖》杂志因资金不足谢世

一本不偏不倚的杂志书评 /34

——《纽约时报书评》挑书作评的过程

美国新闻界一颗巨星的陨落 /37

——A. M. 罗森塔尔、《纽约时报》与五角大楼文件

两位作家，两部新作，两个评价 /42

哈佛教授与LSD迷魂药 /46

——狂放的1960年代

格拉斯，《剥洋葱》露秘 /51

——怀揣纳粹隐私的诺贝尔奖得主

一个有瑕疵的大无畏新闻记者 /54

——I. F. 斯东传记《所有政府都撒谎》

徐娘与性 /59

梅勒解剖希特勒童年心理 /62

冯内古特的反战主义小说 /66

——《第五号屠宰场》作者逝世

由传媒造成，被传媒毁掉 /71

——《戴安娜纪事》探究王妃悲剧内情

尼克松、基辛格搭档内幕 /78

——达莱克新书揭露两位政客又亲又妒又恨的交情

忆二十世纪两位最杰出的电影导演 /83

——瑞典伯格曼与意大利安东尼奥尼同日逝世

CIA原来是个纸老虎？ /89

——新书揭露美国情报机构笨拙无能

戈尔指布什有违理性　/95
　　——戈尔新书《强奸理性》列举总统种种错误
谈诺曼·梅勒的生平与著作　/100
　　——悼念二十世纪美国文坛一头雄狮
布什的悲剧　/107
　　——专家分析即将期满的总统心理
诺贝尔奖得主奈保尔的真实人格　/112
《国家评论》与威廉·伯克莱　/117
大俗大雅《洛丽塔》　/120
研究性行为的两位大师　/124
巴尔加斯·略萨创作的两个主题　/129
美国左翼文学　/133
　　——一个时代的结束

下　编

浅谈美国移民文学　/141
悲悼报纸的凋谢　/144
保罗·纽曼，我的英雄　/146
诺贝尔奖忽视美国文学　/148
女作家论色情狂　/150
至爱兄弟不了情　/152

3

玛丽与"天下真小" /160

1964年的黑总统 /162

诺贝尔奖得主的烦恼 /164

诺贝尔诗人的烦恼 /166

肯尼迪的最后情侣 /168

南非白人的《羞辱》 /170

新保守主义的消逝 /172

文学奖出冷门内幕 /175

我的朋友唐德刚 /177

大学教授多左派？ /179

你读过《我的奋斗》吗？ /181

译作，原作，书评 /183

再谈书评种种 /185

从《火烧红莲寺》谈起 /187

回忆录，自传，传记 /189

"公共编辑"的认真 /191

第一夫人回忆录 /193

40之下的20 /195

一本不寻常的游记 /197

《红楼梦》中的女人 /200

你要飞游火星吗？ /202

另一个诺贝尔奖 /204

洋人用汉语做梦 /206

赛珍珠的最后悲剧 /208

从英若诚想起…… /210

论书评，忆巴金 /212

《三字经》与马克·吐温 /214

不是"绮丽"的散文 /216

认识"美国知识分子" /218

向一位专栏作家告别 /220

基辛格新书 /222

可记得《苏菲的选择》 /224

"九一一"的沙特奥秘 /226

海明威自杀真相 /228

丽兹与狄克 /230

关于胡佛种种 /232

擅写淫秽小说的文学家 /234

《第三帝国的兴亡》作者 /236

卡萨诺瓦是谁？ /238

一位敢言善辩作家的消逝 /240

读《南京安魂曲》有感 /242
　——给哈金

诺贝尔颁奖内幕 /244

突然想起弗兰克 /246

我看美国同性恋作家　/248

敢于破禁的出版家　/251

布坎南新书论超级大国的自杀　/254

关于书评刊物种种　/256

海明威挥泪杀宠猫　/258

一位受尊崇的书评刊物主编　/260

为一座宏伟文化宫殿的崩坍而惋惜　/263

我是张爱玲的"粉丝"　/266

CIA 与美国文学杂志　/268

海明威名作的 39 个结局　/271

关于戈尔·维达尔种种　/273

附录：人物姓名译名对照表　/277

上编

谈谈所谓"纽约客作家"
——新传记重振约翰·奥哈拉声誉

我读了多年的《纽约客》(The New Yorker)杂志，年轻时我所欣赏的是那刊物所发表的短篇小说。当时《纽约客》主编取稿标准特严，杂志自有风格，能够发表成名的往往被外界称呼为"纽约客作家"，而"纽约客作家"当年最有名气的当然是J. D. 塞林格、约翰·契弗与约翰·厄普代克。最近一本传记的出版突然令我想起另一位我所喜爱的小说家约翰·奥哈拉。奥哈拉的故事以情节与活栩对白取胜，文学纯洁论者往往把他的畅销小说列为流行作品，不能与严肃小说相并。他的声名在学术界不高，英文系教授很少有讨论他的作品的。

我当时就认为这种对他的看待太不公平。记得青年时我就把他与声名极震的海明威相比：他们的简洁文风、他们生动逼真的对白。近年来，简直很少有人在文章中提及他的名字，因此，这本传记的出世，无异把这位受文坛亏待的作家的名誉重振了一下。我希望年轻一代的读者会对他的专门描写美国中上层生活的小说发生兴趣。

传记书名《过河烧桥的艺术》(The Art of Burning

Bridges*），作者杰弗里·沃尔夫就是用书名来一言道出奥哈拉的生涯与脾性：他是一个鲁莽无礼的人，专长于冒犯别人而断绝后路；他在文学生涯上不能上升，不能不与他的容易触怒人的脾性有关。

奥哈拉生于 1905 年，死于 1970 年，可是即使到了上世纪七十年代中期，《纽约客》编辑室内还常时行闲话辩论——在漫画幽默作家詹姆斯·瑟伯与奥哈拉之间，哪一个最令人讨厌。两人都酗酒。奥哈拉一般待人粗鲁势利，爱吹牛、嗜吵架，在醉酒后更是态度恶劣，有时会举手打人，不顾你是女性，也不顾是在哪一种场合（例如在高贵的餐馆中）。瑟伯虽同样酗酒侮辱朋友，但由于他的漫画讨人欢喜，他的声名就不如奥哈拉恶劣。

在他的写作生涯说来，他的脾性不免造成了文坛人士对他作品的歧视。我在狼吞虎咽他的小说时期就常常奇怪他为何不受同行重视。有一位评论家的盖棺论定曾这么说：“奥哈拉之被评价过低，就是因为认识他的人中，人人恨他。”这句话也许说得过分。现在我读了沃尔夫这部新传记，才知道他在待人接物方面可以说真是精于过河烧桥的"艺术"。

传记作者沃尔夫也是小说作家，十余年前他写过一部有关他的父亲的回忆录《骗术能手》(*The Duke of Deception*)，把他父亲以行骗为生的实况描容得一览无遗。写这部传记他也把奥哈拉的优劣点都一一指出，毫不隐瞒。这样一部传记打破文坛惯例，奥哈拉如果在世，一定恨得要命。当然，《过河烧桥的艺术》并不是学术讨论性的，而是同行作家充满私见的撰述。沃尔夫曾经采访过不少奥哈拉当年相识者，他所问的总是：为何这么多人甘愿与奥哈拉为伍？他说，这如同审一个"不能解释的神秘"，他说他自己在做了研究考查后，还是觉得："我就是憎厌这个人。"

不过他对奥哈拉的描画尽量公平而具立体性。他觉得奥哈拉惹人烦躁的态度背后藏有自我疑虑感。他的性格虚荣势利，极想爬上高级社会，即连他的行装与领结也是仿效上等社会绅士的，予人一个属于富人俱乐部的印象。他结婚三度，后期生活较为快乐，因他已经写书致富，不必再装模装样。他先在长岛为家，后来迁往普林斯顿。到了此时他弃绝酒癖，生活满意，但也失去了写作活力，作品品质大不如前。

奥哈拉小说不脱三个重要主题：阶级，性，酗酒。他于1905年出生于宾州一个小城的富裕家庭，父亲是位当地名医，因此他们居住在豪华住宅区。但是奥哈拉以为，由于他们是爱尔兰裔天主教徒，并不受WASP（盎格罗萨克森白人新教徒）社交界接受。他自幼生长时即要仿效他们。但他的自卑感没有妨碍他的创作能力。他一心一意想要进入耶鲁大学，到了二十岁时，父亲逝世，家无分文，他放弃了入大学的计划，贵族大学生活成为梦想。到了1935年，他已出版了三部小说，却仍在希望进入耶鲁医校预科。结果他是在行业上经受教育：他做过铁路工人、游船餐室侍者、公关人员、旅馆职员、报纸记者。当记者的经验是最重要的，他最后进了《纽约先驱论坛报》与《镜报》（都已关闭），但常是因为醉酒而被革职。不过记者生涯令他尊重客观事实，任何什么都可触发他的好奇。这样追索隐秘的习惯有助于他创作中的故事线索与精确描写，而小说中角色对白的简洁活栩犹如剧本中的对话。

1928年，他在论坛报社工作时就在《纽约客》发表了第一篇小品。此后他与杂志一起成长，替它写了四十年。他与前述的瑟伯、E. B. 怀特等诸位名家一起成为《纽约客》中干，但是他的躁急性格与创刊人、主编哈罗德·罗斯在私人感情上完全合不来。小说部门编辑凯瑟琳·怀特（E. B. 怀特之妻）虽很欣赏他的作品，对他行为却并不满意。直到后期威廉·麦克斯韦尔主持了小说部门，才完全认识了奥哈拉的才能。到了此时，奥哈拉已成为骄傲自大的作家，往往拒绝编辑任何更改，与编辑部关系搞不好。

奥哈拉的脾气与暴躁粗鲁行为其实出之于他对酒的嗜好。在上世纪三四十年代，许多出名作家都嗜酒，诺贝尔奖获得者辛克莱·刘易斯、威廉·福克纳、海明威都以爱酒闻名。奥哈拉酗酒到如此程度，往往醉后在家闷睡三天，醒来后没有记忆。我们就奇怪他怎能写作。他最早的两部小说：*Appointment in Samarra*（1934）与*Butterfield 8*（1935）的故事背景就是美国禁酒时期上等社会的荒唐生活。前者出世时，书中对性事描写特别露骨，曾引起道德人士非议。这种描写即使在今日看来还是引人情欲。奥哈拉的写作妙处是用男女之间的对白来暗示。例如，一对夫妇在醉酒大睡后于圣诞节早晨做爱，作者用男女对白来描出女方达到高潮后的兴奋极乐。

奥哈拉可以算是美国文学中第一位详细形容婚姻乐趣的作家，在此之前，正规女子好似不会或不应享受性高潮。在他笔下的女性都是复杂而值得同情的。1949年的*A Rage to Live*中的两位女主人公，一是慕男色情狂患者（nymphomaniac），一是同性恋者，奥哈拉都予以富含同情的描写。此后，美国小说在这方面就开了禁。

他最著名小说还有1955年的*The North Frederick*，1958年的*From the Terrace*。[①]这些小说的出版使他在上世纪四五十年代最享盛名，丰富版税令他致富，但是他的名利仍不能去除他未能进入贵族大学与上等社会的自卑感，许多崇拜者的来信仍不能满足他的虚荣。

我于上世纪五十年代开始即对他的小说着了迷，几乎读过所有他的作品，我觉得最精彩的还是最先于1934、1935年出版的两部。这本传记作者替我带来不少我于青年时期嗜读奥哈拉小说的回忆。不过沃尔夫此书的最大缺点是忽视了奥哈拉的短篇小说，这些短篇小说多

---

① 本书所涉部分尚未有中文译本的作品，将只述英文原名。

在《纽约客》发表,有的比长篇更精彩,可以收入任何二十世纪最佳短篇小说选集。二十世纪初期所流行、在杂志上发表的短篇往往必须写有头、中、尾与出人意料的结局(仿效欧·亨利)的公式,奥哈拉可说是打破这种公式的先锋,他的短篇不一定有头有尾,不一定有结局,他所依靠的是生动活栩的对白,用对白与细节描写来暗示一件重大事件正在发生。也有人说这类写法起源于海明威[1],奥哈拉的短篇后来就造成所谓"纽约客故事"的特殊风格,也包括了其他作家如塞林格、契弗、厄普代克,甚至雷蒙德·卡佛的作风。他的先师不但是海明威,也有人说是契诃夫与屠格涅夫。

传记作者沃尔夫做结论说,奥哈拉好胜心极强,一面大量出作品,一面妒羡地冷眼旁视同行者有何新作与他竞争。他并不有心分析他自己的作为,每有作品出世他就不耐烦地等待稿费版税来临。而他总觉得那张支票数目太小。我想他在严肃文学界不受应得的重视,就是因为他的创作目的是在赚钱。目标如果只是流行畅销,作品的素质当然受了损伤。

(2004年2月4日)

---

[1] 海明威的著名短篇《杀手》(*The killers*)就是采用此种写法,短短数千字,就曾被发展为长达两小时的电影。

关于 1960 年代的风云人物
——三本新书记述反越战与嬉皮士活动

今日伊拉克战争局势的持续不稳，不禁使我这辈人想到四十年前的越战；美军士兵牺牲数正日益增长，民间反战情绪也必将渐渐激烈化。这是布什政府至今还不敢明言主张恢复征兵制度的原因。

我还记得 1960 年代后期，我学校的学生们一个一个向我告别时的动人情景。他们被征入伍后，有的不再回来，有的受了伤，有的回来后参加反战队伍。上世纪六十年代的知识青年几乎大部分是反战的（当然，切身利益有关，他们不愿前往异乡充当炮灰）。他们的政治变得激烈化，他们的生活落拓不羁，蓄长发，养胡子，男女混杂。嬉皮士（hippies）之称因之而起。他们的反战数组与黑人革命组织黑豹党（Black Panthers）、女权主义者组织，以及著名作家们如诺曼·梅勒、艾伦·金斯堡和许多大学名教授等连在一起。我清楚记得影星简·芳达（后来被人指为亲越派）曾来我校园向反战师生们发表慷慨激昂的演说。

今日恋旧的老年人在对伊拉克战争现状不满之际，如果要重温上世纪六十年代的热情，可以浏览三本新书。一是巴里·迈尔斯所著的《嬉皮》（*Hippie*）；

一是埃莉诺·阿格纽所著的《从大地回来》(*Back from the Land*);一是玛西娅·艾曼与查尔斯·沃伦伯格所合编的《干什么呀?——加利福尼亚与越战时代》(*What's Going On?*)。特别可贵的是这三本书所附的图片,当时的名人,包括民间歌星、诗人、黑人运动领袖、吸用迷幻药(LSD)的心理学家等,都在这些图片中出现,长发、浓须、插花、非洲发型,在公共场合半裸吸毒等形象提醒我们(特别是保守人士),那是"另一个时代"。

许多歌星都因吸毒而早毙,但是最出名的一个——鲍勃·迪伦,最近又在媒体中出现。当然他进入花甲之年后,已无当年潇洒神情。"*What's Going On?*"原是他所作一首歌的歌名,今日仍在流行。正如被暗杀的披头士之一约翰·列侬一样,这些歌星的精神永不消逝。

加州与反越战运动有特别密切的关系。当时旧金山城内的Haight-Ashbury是嬉皮士男女集中的"圣地",而伯克莱的加大校园乃是学生们"言论自由"运动的起源地。那时期在青年人中间最风行的影片《逍遥骑士》(*Easy Rider*)今日已被看作经典电影作品。

埃莉诺·阿格纽所著的《从大地回来》乃是一部怀旧的回忆录,副标题是"七十年代美国青年如何走向自由,为何回来",描写当时青年的天真浪漫的有趣情况。上世纪七十年代初期也是阿波罗载宇航员升入太空的时期,乐观的知识青年纷纷走向大自然去追求乌托邦真理;他们参加公社生活,在农田耕作为生。这些知识青年最后还是醒觉过来,返入社会,在华尔街找职任事。一进中年,就回到了他们出身的中产阶级生活。他们中的多数到了花甲之年虽还保留青年时代的激进思想,但是他们的儿女则在里根总统时期开始变得保守。这些年,中青年群终于成为2004年11月大选时的布什总统支持者,在政治思想上与父母或祖父母分歧。

回忆六七十年代,我还记得当时著名文学理论家欧文·豪威的一句名言，豪威在哥伦比亚大学任教时受到学生批评，责他思想不如青年学生前进。他讥刺道："你可知道你的出息将如何？你终将成为一个牙医师。"在当时纽约的犹太社会中，当牙医师、做律师乃是一般中产阶级的愿望。阿格纽的书中就提到一个出身牙医师家的青年，带了少妻，一心一意要回大自然耕田谋生，最后还是归入城市中产阶级生活的温暖怀抱。1960年代最享盛名的两位嬉皮士，一位是阿比·霍夫曼，进入中年后接触了生活现实，不能再如青年期狂放不羁，于是郁郁不乐，终于吞毒自杀。纽约朋友们于1989年替他开了一个追悼会，出席者都是年已花甲的老嬉皮士，也包括不少著名作家、诗人、歌星、影星等。在场的还有当年另一享盛名的嬉皮士，名叫杰里·鲁宾。不过如今他改了行，在华尔街投资发财，成为富有阶级，想当年他可是化装为半裸野人，领导着学生的反战活动，罢课抗议，震动传媒界的！

反战、黑人人权、女权、回归自然、公社生活、性自由，各种活动联合形成上世纪六十年代的社会革命。《干什么呀？》一书特别举出旧金山城嬉皮士集中地Haight-Ashbury区。各地少年男女（有的只有十六七岁）都逃离家庭前来追寻天堂乐园。他们之前来不一定是出于激进思想的驱使。他们有"戴花儿童"（Flower Children）之称，天真无邪，后来许多受了恶人之欺，女的沦为妓女，男的售毒为生。这些儿童是反战时期理想主义世界中的最大牺牲品。我们可还记得，当年借嬉皮士为名，率领"戴花儿童"杀害好莱坞名人的恶魔查尔斯·曼森？此人现在还在狱中，他手下的美丽女郎也被禁闭多年，数度请求假释未获批准。

不过我对1960年代的怀旧还是要追忆好的一方面。我尤记得看到纽约街头数十万人反战游行时的兴奋。那时我们总觉得我们是大多数。2004年大选时期民主党在纽约开大会，反战游行参加者也达数十万人,但是布什终于当选,令人疑惑我们是不是大多数。

不过读过这三本书后,令人欣慰的是发现捷克前总统瓦茨拉夫·哈维尔也公然声言他是"六十年代人物"。我们都是!我可骄傲地声言。

(2005年6月)

风流总统不是昏君
——哈里斯新书论述克林顿私生活与公共政策

退休不过四年半的前总统克林顿已自一个身无分文的背债者变为百万富翁。据最近讯息，他已还清在弹劾期间所欠辩护律师的账目。过去数年来，他每年收入数百万美元（演讲费每次五六万美元，邀请之多令他应接不暇），再加上自传《我的生活》（My Life）的版税。《我的生活》既是主人公回忆录，其撰述不免充满自我吹嘘的主观成分。我们现在所需的是一本公正不偏的客观论述，市上一本新书、《华盛顿邮报》（The Washington Post）政治记者约翰·哈里斯所著的《生还者》（The Survivor），记述的克林顿的白宫生活，正是我们所期望的。过去几本由保守派作家所著的论述，充满非黑即白的漫骂作风，不能与之相比。

美国公民中深深憎恶克林顿者数目极众，他们不但不赞同他在二十世纪最后数年的开明政策，而且也因总统丢丑的艳闻而大倒胃口。四年来，他们憎恶克林顿的深度不变，而且从政治性的厌恶转化为私人性的憎恨。在美国历史上，很少有总统被如此大批公民恨之入骨，甚至连罗斯福也没有受到如此蔑视。尼克松虽因"水门事件"受公众批评，但从未遇到对待克林顿式的诅咒。

保守派公民憎恨罗斯福和克林顿所施行的开明社会政策。他们把克林顿目为自我自大，未有成熟，在内政上缺乏决断心，在外交上不够强硬。本书作者就是从这几个观点出发，论述克林顿治政。他是《华盛顿邮报》自1995年至2000年的驻白宫记者，经验丰富。这是一本可读性极强而作者态度公正的书。他绝不是替克林顿说项的作家。他把总统弱点一一指出：在日常行事时缺乏自我节制；在考虑政策路线时往往犹豫不决，甚至到了令下属局促不安的地步；临到要在国外施用军力时往往忧虑美军的牺牲而却步。在最后一点上，他与现任总统小布什截然不同。小布什单边进攻伊拉克之举也许是错了，但他做决断绝不考虑美军人命以及伊拉克平民的牺牲。

哈里斯在这本书中做解释道：从历史观点来言，虽然克林顿行政在作风上犹豫不决，他终而会挑选正确道路，有时甚至不惜放弃他的政治，不愿派遣美军前往镇压，但是到了他卸任时，波斯尼亚确恢复和平，而塞尔维亚总统米洛舍维奇终被以战犯身份押往海牙国际法庭受审。他的几个亲信僚属，如国家安全顾问伯杰、白宫幕僚长鲍尔斯、财政部长鲁宾都对他忠心耿耿。

在这本长达五百页的论述中，作者哈里斯的最大功劳是他公证不偏的态度。这不仅是我这个克林顿政策拥护者的看法，也是其他不存保守偏见的评论家的看法。哈里斯从不避讳讨论克林顿在私生活方面的缺点，他的详细描述包括了克林顿性生活方面的嗜好，认为他的纵淫终于损坏了他的名誉。但同时，此书也清楚表达了克林顿的热情，他的乐观，以及他对从政行事的认真。哈里斯在结论中写道："无论他在私生活方面如何草率，他在公共生活方面却甚为负责。"在他多年的白宫采访生涯中，哈里斯曾在"邮报"发表过多篇指出克林顿公私生活相互矛盾的报导，他个人对克林顿和谐随意的待人态度则非常欣赏，自认他如能与克林顿如朋友一样共宴谈笑，一定是件乐事。事实是，许多人，包括克林顿的政敌在内，都有如此看法。这是克林顿卸任后在社交界非常活跃受欢迎的原因。

许多政客都是复杂人士，克林顿当然不是例外，而且甚于别人。他看一项问题时先从复杂的角度着手，他可在自己头脑中对一项问题先造成两个相对的看法，然后再细细衡量双方优劣点，在踌躇长期后才获得结论。幸运的是，他的结论往往是正确的。

但是他的权衡有时也可闹成不良结果。他对莱温斯基事件的应答就是一例。他明显说谎就造成公众震怒。在公共事件上，他的亲信波尔斯称扬他分析问题的能力：采集各种因素，考虑各种危险与机会，听取多方意见，看明一个问题的正反面，然后才做决定。他并不是优柔寡断的昏君。

哈里斯以为克林顿的最长处是他的弹性复原的能力。他对一个问题如犹豫不决，也绝不中途放弃，一定要继续探求下去。1995年，他曾对当时共和党政敌金里奇说："我是一个儿童所玩的不倒翁。你越是打得重，我越是起得快。"哈里斯在书中举出许多例子来证实他的那种持续力。但是许多克林顿批评者很少承认他有这个长处。

哈里斯相信克林顿是位能干的总统。那么，为什么这么多的人还在憎恨他呢？哈里斯的解释是：那是因为克林顿乃属于第二次世界大战结束时出生的一代所谓"Baby Boomers"①。这代人的人生价值与前不同，比如他们的自我中心主义，以及缺乏纪律、规避责任等等。1960年代的青年是造成当时社会革命的中干（我们可能还记得蓄长发、性自由的嬉皮士等），他们的造反与性自由引起大部分人的反感。

---

① 即指1945年至1950年出生的一代，这一代人乃是"二战"结束后，退伍兵士大批结婚育儿的结果。

这类反感因莱温斯基事件形成对克林顿个人的深度憎恨，甚至延及希拉里。读这本书，我们可增加对克林顿的认识。

（2005年8月）

"纽约知识分子群"的演变
——"牛康派"兴起的来龙去脉

近数年来,由于伊拉克战争所引起的知识界论争,传媒界创用的新名词"牛康派"(Neo-Cons)颇引起一些读者纳闷。所谓Neo-Cons是英文Neo-Conservatives(即"新保守主义者")的简称,我曾为文解释。近来我又阅读了几本新书与刊物,很想把"牛康派"的来龙去脉详细解释一下。世界公认布什总统处政颇受"牛康派"的思想影响。前国防部副部长保罗·沃尔福威茨就是"牛康派"一名大将。虽然他的政策被人目为失败,布什反而把他提升为世界银行行长。

"牛康派"的起源是原来思想左倾的所谓的"纽约知识分子群"(New York Intellectuals)。多年前我曾写过介绍"纽约知识分子群"的文章,特征是:他们多半是纽约犹太移民的子弟;他们多在所谓"穷人的哈佛"的纽约市立大学就学;他们多是在大学时代就受了左翼思想的熏陶(时间是上世纪三十年代);他们多信奉了社会主义。由于对斯大林暴政的失望,他们有的思想向右转,变得极为保守,而形成今日的新保守主义。

起初,外界把他们目为一个"家族"(family)。

这些青年常常集合在格林威治村饮酒，热烈讨论时事。那个时代的话题真多：希特勒、苏联、西班牙内战等。一些社会主义信奉者因为反对斯大林暴政而被称为"反共"，那些纵容斯大林者就被称为"反反共"（Anti-Anti-Communist）。他们偏见颇深，无论在文学或政治方面他们都有强烈的成见。他们的评论意见常在这些刊物上发表：《党派评论》（Partisan Review）、《评论》（Commentary）、《新领袖》（The New Leader）、《异议》（Dissent）和《公共利益》（Public Interest）。

《党派评论》系于1934年创刊（同年所谓《家族》也非正式地成立，现已停刊），在1940年代至1960年代之间最风行。一部分成员后来就另创《纽约书评》（New York Review of Books）双周刊，成为目前最有分量的评论刊物。《家族》产生了不少后起之秀，许多著名哲学家、评论家、诗人、社会学家、小说家都享有大名，其中多数是犹太裔，所谓"纽约知识分子群"成为美国学术界、文学界一股巨大势力。不过小说家如诺曼·梅勒，诗人如罗伯特·洛威尔等则不屑与他们为伍。

在此知识分子群中，最令人尊敬的是诺曼·波德霍雷茨，他在哥伦比亚大学时乃是著名学者莱昂内尔·特里林的门生，后来又受业于剑桥大学著名学者利瓦伊斯。他1953年开始替《评论》写稿时年仅二十三岁，马上就批评伯纳德·马拉默德与索尔·贝娄的作品。后来他升为《评论》主编时年龄只不过三十，他保持了这个地位共三十五年，在此期间，《评论》（后来成为亲以色列的犹太右翼刊物）与其主编人在纽约思想界起了不少影响。他于1967年出版的自传《成功》（Making It），毫不害羞地说出自己作为犹太移民后裔，终在美国文学界获得成就，能够与纽约高等社交界交际，颇为自鸣得意。他的自豪和自我称扬颇引起一些文友的不以为然。①波德霍雷茨甚至在书序中承认，他欲要成名的野心甚至超越了"性欲"的强烈。这样的自我裸露也引致了上世纪八十年代文坛不少忏悔性自传的出现。

他于《成功》出版后就脱离了左翼思想而另创一条右倾路线，终而形成今日的所谓新保守主义。他的言论主张"亲以色列"、强硬外交政策，轻视少数民族要求。到了 1979 年，他又出版了一本《拆伙》（*Breaking Ranks*），表明他在思想上已与以前伙伴彻底拆散。当时玛丽·麦卡锡在《纽约书评》发表了一篇批评越战的论文，他就不以为然，大施攻击。《党派评论》与《纽约书评》彼此不欲与他为伍，他在思想上加入了威廉·伯克莱（《国家评论》主编）与欧文·克里斯托尔（《公共利益》主编）的阵营。

后来他出了第三本回忆录，书名《过去的朋友》（*Ex-Friends*），详述了他与艾伦·金斯堡、特里林、梅勒和莉莲·赫尔曼等人失和绝交的经过。除了梅勒之外，这些人都已不在世，可他还是要斤斤计较，证明他心胸的狭窄。与青年时期志同道合的朋友分了手后，他终于在里根总统当政后的华盛顿保守人物间找到归宿。

波德霍雷茨在书中述出他与金斯堡结交的经过。他们系于 1946 年在哥伦比亚大学相遇，当时金斯堡正在编一本学生文学刊物，发表了波德霍雷茨所投来的一首诗。后来波写作成名，经常作文批评以金斯堡与凯鲁亚克为首的所谓"垮掉的一代"（Beat Generation）。金在七十诞辰时仍念念不忘当年波对他的苛刻（甚至批评金的同性恋癖）。在《过去的朋友》中，波德霍雷茨把 1960 年代的思想激烈分子形容为

---

① 他曾说："我所要的就是看到自己名字的见印，受人称赞，而且引人注意。"多年前的某次，我与《未来的震荡》（*Future Shock*）作者阿尔温·托夫勒在一餐馆用饭，隔桌就坐了波德霍雷茨夫妇。这两位名作家并不相识，但隔桌相互对视，都知道对方是谁。

"他们都有共通的对美国的憎恨",而且"都沉迷于吸毒与性"。他以《评论》主编的地位行施权力来攻击过去的文友。他在书中一面攻击金斯堡的同性恋倾向,一面又不免自夸在青年时期对女性的征服能力,"甚至早于梅勒"。

作为一部回忆录,回忆过去的朋友相当坦诚,他自承他与导师特里林妻、也是文学家的狄爱娜之间的龃龉;他也承认他的讨好莉莲·赫尔曼乃是因为其好客与佳肴;他与哲学家汉娜·阿伦特常因犹太问题发生争吵;他以为左翼犹太人对以色列国支援不力;他批评梅勒奉承诌媚社交界名女人(例如肯尼迪遗孀杰奎琳),可是他自己在杰奎琳面前也手足无措。他在书中露出自己趋炎附势真面目,我可想象,在一个社交场合中,他宁愿放弃文学家亨利·詹姆斯而与政客亨利·基辛格为伴。

在他的几部回忆录中,波德霍雷茨都毫不自愧地裸露他攀龙附凤的心理趋向,这是不是作为一个犹太移民子弟的自卑感征象?他的文学造诣令他走上一份重要刊物主编的宝座,但他少年得志后就忘却了理想主义而去拥抱保守主义,把文学与政治混在一起。在当前布什总统依靠新保守主义的局势下,作为新保守主义前锋的波德霍雷茨当然更为得意。

所谓"纽约知识分子群"的家族,现已四分五裂,有的去世,有的继续为《纽约书评》双周刊供稿,有的默默无闻,另有转向变为新保守主义者则最为得意。

我刚读完《过去的朋友》那天,在报上看到《公共利益》停刊的消息。这份刊物的停刊好似表明新保守主义已完成他们的任务。《公共利益》系1965年创刊,与《评论》相并为新保守主义的喉舌。主编人欧文·克里斯托尔当年与一群大学教授(多是社会学家)闲谈对社会情况的不满而创此刊。著名社会学家丹尼尔·贝尔、内森·格雷泽都参与，最著名者是曾在尼克松与卡特内阁任职的哈佛教授丹尼尔·莫伊尼汉。创刊时期，他们都自称是自由派，投票支援约翰逊总统。但是后来他们对约翰逊总统宽大纵容的政策不满，逐渐转向。《公共利益》所批评的包括那个时期大学校园发生的不安宁、未婚怀孕少女的众多、教育的失败、贫困不能改善等等。他们以为造成这些现状的原因不但是经济性的、政治性的，也是文化性的，只有新保守主义才可拯救。现在的问题是奉行新保守主义的布什是不是可以成为促成世界和平、经济繁荣、贫困绝迹的救星？

（2005年12月）

非虚构胜于虚构
——奈保尔讨论伊斯兰教与今日世界

我的读书习惯随着年龄的增长而改变。进入老年后，近数年来，无论读书、看报、写作各种活动的速度都在减。活动的缓慢无异于时间的短促，往往，在十小时睡眠后，早晨一起身即发现大半时间已浪费在床上。起床第一个动作是开门拾取送来的《纽约时报》(*The New York Times*)，看了厚厚报纸后的余下时间才分配给写作或读书，晚上还要收看电视新闻。在这种局促情况下，强烈的求知欲告诉我，读虚构小说是很浪费时间的，我的兴趣就转移到历史、传记、时论、回忆录等一类新书。

但这并不是说我已放弃文学小说，因为有时毕竟还得写一些书评。把阅读小说作为消遣，我的时间则不多。去年春间赴瑞典探亲时我有机会读了《达·芬奇密码》，今年初夏再去瑞典时读了已故间谍小说名家罗伯特·勒德拉姆。他的旧作都是情节曲折、轻松易读的，成为我在缺乏英文报刊地方打发时间的佳品。

一般说来，虚构小说与实事论述之间确有分量上的不同，即使在虚构小说之中也有区别。着重情节的流行小说不能算是文学，严肃小说才可被视为艺术。

（听说国内正在流行在手机上发表所谓"微型小说"，我只希望真正文学家不要把它高举为一种"文学样式"。）

在美国读书界，文学小说的销售量赶不上流行小说，出版界趋向也随之而变。许多高格调杂志原来经常发表文学性小说的也都把重点转移往非虚构作品，逐一表示要减少载小说的篇幅。《大西洋月刊》将只于每年夏间出一本小说专号；《巴黎评论》(*The Paris Review*)新主编（原来主编乔治·普林顿于2003年9月25日逝世）也声言此后将多多发表非虚构文学作品；《绅士》(*GQ*)与《时尚先生》(*Esquire*)早已停止发表短篇小说；只有《纽约客》仍保持每期至少一篇的原色。有一位编辑说，"我们现在是一个充满新闻的时代"。世界局势的演化剧变造成这种现象，而迅速发展的科技也大大影响了青年人的读书兴趣：他们可以不必花脑筋，懒洋洋地收看电视，废寝忘食地搜索计算机网络找寻刺激，甚至可以在手机上迅速获悉实时新闻。

文学小说与绘画艺术一样，决不会消逝；真正艺术品必将永存。不过若干出版商根据他们营业经验认为：非虚构作品处势已高出虚构作品，这是目前文化趋势，出版商发现虚构作品读者数量已在降低。当然有人会发问：那你如何解释"哈利·波特"现象（新书在出版一周内即销售了四百万册）？又如何解释"达·芬奇密码"现象（连登畅销书榜已两年半，精装本一共销售了三千余万册）？出版商解释：那是特殊现象，读那类书者想要借虚幻想象来逃避平凡现实。我自己即可作证，我读《达·芬奇密码》是为了打发寂闷的时间。我们当还记得，去年美国国会所指定的"九一一事件调查委员会"印发了调查报告，一下子竟销了百万余册。关心时事的好奇读者说，那本传统上应是十分枯燥的政府文件，读来犹如惊险小说。

杂志编辑甘愿多多发表虚构作品，乃是因为他们发现近年来的世界不光大事的报导多具有重要历史价值，而且侵入了虚构小说的领域，实事较想象更具戏剧性，例如："九一一"受害者家庭的个别悲剧；在伊拉克死伤的美军家属的哀悼；新由布什总统任命驻联合国大使约翰·博尔顿的品格、行为与貌相等等，都具有虚构小说的必须因素：动人的情节，活栩的人物，严正的主题。

不久前我读了一篇诺贝尔文学奖得主（2001年）V. S. 奈保尔访问记，不想这位著有二十五部虚构与非虚构作品的文学大师也同样表示，如要表达今日世界的错综复杂特性，非虚构写作胜于虚构写作。"九一一"事件影响了多少作家，他们对历史著作、伊斯兰教义、帝国主义后果等发生特殊兴趣。有的则用恐怖活动作背景写小说。例如：英国作家伊恩·麦克尤恩写了《星期六》后，在美国电视节目上发表了类似奈保尔的意见。他说："我要对世界有更深刻的了解，我要学习。我觉得我们经受了巨大变化，现在又是回到学校的时候了，开始再学。"

奈保尔作品犹如世界性历史记录。他一面用虚构方式一面用非虚构方式来剖解大英帝国、殖民地人民、世界的变动和宗教信仰等话题。他本人出生于英属西印度群岛，祖父是来自印度的移民，父亲是当地新闻记者与作家。父亲的职业影响了奈保尔的前程，十八岁时他获得牛津大学奖学金，此后就一直留在英国。美国文学评论家卡静把他形容为"一个殖民地子民，受了英国学校滋养，学得一套英国人癖性行为，采纳了英国思想的理性"。换一句话说，他是个典型的英国绅士。他于1990年受女王封爵，于2001年获诺贝尔文学奖。他的成就达到任何文人所可企望的顶点。

奈保尔的写作不脱实事，即连虚构小说也多含有自传性或半自传性特色。他通过非虚构小说写作来探究伊斯兰原教旨主义以及其他世界重要问题。"九一一"事件发生后，更令他体会到非虚构写作的重要。他曾谈过，虚构小说的时代已成过去，只有非虚构写作才能抓住今日世界错综复杂的政治形势。近年来伊斯兰教极端分子对世界形成的威胁引致奈保尔的关注（虽然他的宗教背景是印度教）。

宗教极端主义把世界人民分为信仰者与不信仰者两种，这种非友即敌的绝对态度所引起的冲突，是造成全球各地不安局势的原因之一。奈保尔对这一现象的了解富含幽默讽刺。2001年11月，恰在"九一一"发生后两个月，他在纽约发表演说，告诫那些惊弓之鸟似的听众："这次向你们宣战的只不过是一群意欲取得绿卡的人。"来自第三世界的极端人士在西方国家获得居留权后，利用了所在国的政策的好客宽容一面的便利来宣扬反西方文化。奈保尔认为西方国家应该坚持它自己的文化传统。他说："你如果决定要在他国居住，那你当然应该服从该国法律，不能公开无视所在国文化。不然，你的行为与侵略举动何异？"

在那篇访问记中，奈保尔批评西方国家对外来移民容忍过度。他对伦敦地铁轰炸犯案者竟是出生于英国的公民特别愤慨。[1]

早于1981年，他写了《在信徒的国度：伊斯兰世界之旅》，通过旅行来研究非阿拉伯伊斯兰教国家令人不解的奥妙。1998年他出版了《超越信仰》一书，继续研究伊朗、巴基斯坦、印度尼西亚、马来西亚诸国人民几个世纪来皈依伊斯兰教的影响。他拟设的问题是：不信教（secularism）是否是宽容（tolerance）的先决条件？为何有人宁愿抛弃文化自由来过受宗教束缚的生活？以伊斯兰教为基础的现代化社会将会如何发展？

在论及宗教与政治时，奈保尔自称"是个不靠边的人"。在诺贝尔奖演说辞中，他说："我的行动总是单靠直觉。无论是看文学或政治，我没有什么系统，我也没有特别的政治观念替我引路。"他对殖民地获得解放后非洲各国领导者的贪污腐败特别加以抨击；他蔑视马克思主义者活动；他认为伊斯兰教社会只能引入专制暴政。他的保守立场受

---

[1] 不久前，布莱尔首相宣布此后英国将加紧控制移民，将那些公开宣扬暴行的牧师驱逐出境。这个严格政策也已引起移民众多的法、德、意、西班牙以及美国的注意。

到其他第三世界文人的批评。另一诺贝尔奖得主，加勒比海诗人德里克·沃尔科特特别对他不以为然。一位非洲作家批评他的有关非洲的论文"不是为非洲人而写"。于2003年去世的巴勒斯坦裔美国学者萨义德将《超越信仰》一书指为"智力的崩溃"。萨义德所取的乃是反以色列的激烈阿拉伯人立场，在他眼中，奈保尔变为怀念殖民主义的保守分子。但是奈保尔坚信，所谓"西方文明已在凋落"的流言乃是胡说八道：一个散布全球的文明怎可说"已在衰落消逝"？

奈保尔另一本非虚构作品，1990年的《印度：百万叛变的今天》（*India: A Million Mutinies Now*）则甚直观。他指出，在这个贫穷国家中，无数贫民为生活而挣扎，这类奋勇的挣扎反而可把印度进化为具有希望的国家。他说印度以及中国的经济发展将会完全改变世界。他把印度看作一个具有信仰者与没有信仰者可以和平共处的社会，而阿拉伯世界没有这种能力与条件。

读者们欣赏这位文学家的虚构小说，但近年来的世界演变迫使他们重读他的非虚构著作，发现他对宗教极端主义的问题早有先见。任何求知欲极强的读者都已习惯于把小说阅读当作消遣，而把兴趣转移到非虚构作品。不久前我偶尔路过一个机场内的书店，看到它在书架上所陈列者已不再单是为了旅途解闷的惊险、间谍、神怪、罗曼史一类小说，至少一半是非虚构作品，都是近来列入畅销书榜的，有的是历史，有的是传记，有的有关经济，有的有关减肥。最引人注目的有两本，一是爱德华·克莱恩的《关于希拉里真相》（*The Truth about Hillary*，在我看来，此书恶意造谣，等于是虚构），一是托马斯·弗里德曼的《世界是扁平的》（*The World Is Flat*）。这类非虚构作品能够迅速抓住读者注意力，像读小说一样，很快就能读完。

（2006年1月）

《洛丽塔》是文学艺术还是诲淫作品？

俄裔作家，纳博科夫是上世纪五十年代出世的名作《洛丽塔》（*Lolita*）的作者，五十年来，此书所引起的文坛论争今日犹存。《洛丽塔》到底是文学艺术还是诲淫作品，这是许多评论家所争论的焦点，Vintage书局印了特别纪念《洛丽塔》五十周年的新版，我相信论争的复活会再度吸引青年读者。

这个情节奇特的故事（中年男子奸恋十二岁女孩子），当年以文学小说姿态出现，立即引起读书界好奇。世界各国译本众多，中文译本到了1989年才由江苏文艺出版社印行，借用了我在《读书》杂志所发表的一篇文章作为"代序"。我在该文中指出，文学评论家埃德蒙·威尔逊与其当时的妻子玛丽·麦卡锡都对此作品不以为然。纳博科夫曾自称《洛丽塔》是他的"最佳英文著作"。并探取威尔逊意见，威尔逊回信道，"我所读过的你的作品中，最不喜这部"。麦卡锡所批评的不是内容，而指文笔"拖泥带水，粗心草率"。以俄语为母语的纳博科夫则一向以精通英文自豪。这样的批评造成双方的不和。

令人纳闷的是，赞扬此部作品者甚至把它与乔伊斯的《尤利西斯》(*Ulysses*)、D. H. 劳伦斯的《查泰莱夫人的情人》(*Lady Chatterley's Lover*)列在一起，那些在初期被视为有伤风化的文学作品在今日世界可算是家常便饭。纳博科夫花了六年工夫，于1953年写作完成，到1958年才在美国出版。在此期间，美国许多书局都予拒绝，甚至经常发表纳博科夫作品的《纽约客》杂志，也不愿接受。五十年前，《洛丽塔》乃是由法国的奥林匹亚出版社首先承印。今日所纪念的五十周年乃是在法国出版的英文本。

《洛丽塔》系以自传形式出现，主角亨伯特自称于五十六天内即完成，其实纳博科夫花时良久，有一时期对自己写作起疑，经妻子薇拉的鼓励才继续下去。他说灵感系发于1939年年底，当时他写了一个俄文短篇，故事就是有关四十来岁的男子娶了一个害病将死的女人，目的是诱奸她的十二岁女儿。纳博科夫夫妇于次年移民美国，纳博科夫从此开始了他的英文写作生涯，并受到《纽约客》与威尔逊的赏识。

纳博科夫后来写道，他学习英文，开始确有困难，所以经常阅读电影杂志，在巴士上偷听少年男女的讲话等。人到中年能够如此迅速精通外语，证明纳博科夫确是一个天才。《洛丽塔》初出世时，竟意料不到地获得英国作家格雷厄姆·格林的称赞，把它列为1955年三部最佳书之一。

美国版由Putnam书局于1958年发行后，立即升入畅销书榜，与帕斯捷尔纳克的《日瓦戈医生》相竞争，道学人士则把《洛丽塔》归为不但是部淫书，而且是鼓励恋童癖的淫书。纳博科夫为什么要写这么一部小说呢？也许，作为移民，他发现这样的内容易于用他所新学的文字来表达。也许，他以为作为移民作家，这样的小说情节易于出售。他的异想天开的想象力成果是，一位中年欧洲男子的自白：他每天将十二岁继女奸淫数次，历时两年。薇拉警告丈夫，此书不是给儿童看的，他的朋友认为给成年读者看也不宜。1955年的巴黎，在电影与绘画艺术方面都非常开放。

在美国,第一个欣赏《洛丽塔》的是青年编辑贾森·爱泼斯坦,他把纳博科夫的写作天才相比于普鲁斯特与乔伊斯,认为小说"情节紧凑,节奏快速,富含幽默",他所惟一反对的乃是"它的奇怪反常的性状态",另一称扬《洛丽塔》者说他拜服作者的"极端独创能力"。巴黎的奥林匹亚出版社接受原稿承印时,条件是作者必须用真名,纳博科夫一口答应,不想后来竟因而声名大扬。此书在英国发售时曾引起一阵骚动,美国禁止进口,直到纳博科夫夫妇于1955年10月自巴黎回到美国时才将奥林匹亚所出版本偷带入境。

英国作家除了格林称赞以外,其他名作家则颇有异言。伊夫林·沃说此书除了"甚为刺激情欲的淫秽描写之外,毫无价值";E. M. 福斯特指出这些同样片段"乏味、无聊";吕蓓卡·韦斯特指出此书写作"吃力、丑陋",有些陀思妥耶夫斯基风味。此语可中了纳博科夫要害,因他最憎厌这位俄罗斯作家。

纳博科夫到了美国之后,《洛丽塔》虽吃了许多书局的闭门羹,但仍有许多钦慕者,称《洛丽塔》乃是文学艺术,不能与"放荡淫书"并论。他们并说,文学艺术作品如不能出版,便是悲剧。[①]

爱泼斯坦鼓励纳博科夫夫妇努力找寻书局出版,不过警告他"出版后恐会受到《查泰莱夫人的情人》一样的遭遇"。此时纳博科夫在康奈尔大学任教俄国文学,薪水不足维持生活,最后做了出书的决定。他说:"不是为了原则,而是为金钱。"恰在有些美国书局考虑出书之时,《洛丽塔》也在法国被禁[②]。纳博科夫向英国的格林写信诉苦:"我的可怜的《洛丽塔》到处遇到困难。"

① 1956年时,《查泰莱夫人的情人》恰以"海淫"罪名在法庭受审,在英美两国被禁。当时纳博科夫声名当然不及D. H. 劳伦斯。
② 禁令于1958年收回,准予售书,但不准陈列。

《洛丽塔》终于得获在美国出版，它的读者可分两种：那些找寻艺术者大为吃惊；那些找寻性刺激者，反而觉得乏味。纳博科夫这么解释，《洛丽塔》的读后效果，犹如带了一个淫荡女人上床，醒来发现原来是个教授。

　　《洛丽塔》在欧洲已声名狼藉。美国文学家除了威尔逊加以挞伐外，奥维尔·普雷斯科特亦谓，此书虽是淫书，但不是低贱的而是高档的淫书，并不值读者一读，原因有二："第一，此书单调无味，故意作态。第二，此书令人作呕。"莱昂内尔·特里林写道："亨伯特愿意自称是个恶魔，但我们越来越觉得不能与他同音，虽然谴责他的恶行，"特里林继续道："我们还是像入迷一样的要读下去。"一般而言，男性书评家多对亨伯特表同情而责难洛丽塔。

　　在康奈尔校园中，有几个学生对这位谈到《尤利西斯》时羞答答的教授竟会写出这么一本小说，大为惊异。各地许多大报如《芝加哥论坛报》(*Chicago Tribune*)，《巴尔的摩太阳报》(*Baltimore Sun*)等都拒绝发表书评。波士顿报纸称此书是"纯粹淫书"，但在许多城市中，《洛丽塔》立即售罄。

　　在今日的气氛中，这类禁书情况绝不会发生，甚至电视、电脑甚至电影院也会公然播映性行为，书本的发行销售当然更方便了。

（2006 年 4 月）

纪念一本严正刊物的夭折
——美国《新领袖》杂志因资金不足谢世

美国杂志众多，大概可分两类，一是靠销路、靠广告收入而赚钱的大型豪华杂志，一是靠基金会或大学支援的小型杂志。后者读者数量少，广告不多，有时出版脱期，但是内容则受知识分子器重。在出版界学术界中，它们被称为"小杂志"。"小杂志"包括多种纯文学刊物，取稿标准极严，因此质量也高。今日名作家，诗人多是这么出身，稿酬不多，能够刊出已是幸运，因为商业出版界就是从这类"小杂志"中发掘将来可以畅销的写作人才。

我在这儿将要提的一本"小杂志"，则不是文学性而是政治时事性的。《新领袖》(*The New Leader*) 于创刊八十二年后今年终于谢世。最后一期的本年（2006年）一月二月号合刊又是脱期，我尚没有看到。由于有一时期我是它的经常撰稿人，特别感到亲切感伤。它的销路虽不大，它的读者则有很多是政治、学术、新闻界的重要人物。这些国会议员、大学教授、时事评论家等自己有时也供稿。它所代表的言论在社会具有分量。在杂志常可销一百万份的美国，《新领袖》销路不超过三万份。它每年亏空约四十万美元，没有善人捐助当然支撑不下去，为了维护言论独立公正，它不接受广告。

《新领袖》虽甚具影响，但鲜为人知。八十二年前创办时它是周刊，后来逐渐缩为双周刊、双月刊。最后一期告别号必载有一篇回顾《新领袖》出版史的文字，我正在急切等待。

《新领袖》主编迈伦·科拉奇在职已四十四年。他于1961年开始任职。把他整个职业生涯投在这本刊物上。纽约高级知识分子群多出生于犹太家庭。他出生于美国，已是移民第三代，但仍受进步思想熏陶，他说他并不是社会主义者。

我之所以要提到社会主义，因为1920、1930年代的有思想的人物大多信仰社会主义（后来因为斯大林的罪恶而纷纷变为右倾）。《新领袖》开始是本社会主义刊物，后台是一个名叫Tamiment的组织，在纽约上州山区设有社会主义者夏令营，于1965年解散。冷战时期《新领袖》也曾荣获美国情报机构CIA津贴。这期间的玄虚我到现在还摸不清，可能与冷战有关。

Tamiment终止资助后，《新领袖》就进入经济困难状态。它于1924年创刊时曾自称为美国社会主义党党报，开首只有数张报纸，后来才成为杂志样式。当时美国左翼政治正在四分五裂，派别众多。

到了1934年，一个名叫列维塔斯的俄罗斯移民主持《新领袖》编务，列维塔斯在苏联时乃是孟什维克（与布尔什维克相对），担任主编后，立即将《新领袖》与社会主义党割绝关系，把它转变为反苏联刊物。在美国政治上，它是反共的自由派，连续发表了文章批评雅尔塔会议，攻击莫斯科大审判、冷战、古拉格劳改营等。

《新领袖》成为如此有重量的反苏刊物后，有人认为它在莫斯科特别受到注意，读者恐较纽约读者更多。此外，东欧人士如在此刊物发表文章，即要坐牢。例如，南斯拉夫前副总统，后来因写《新阶级》在此杂志发表而闻名国际的吉拉斯就曾于1956年入狱；南斯拉夫记者米哈洛夫也于1964年因替《新领袖》撰文报导莫斯科艺术生活而入狱；1956年，《新领袖》首先发表了赫鲁晓夫攻击斯大林罪行的秘密报告；数年后，《新领袖》成为向世界读者初度介绍诗人布罗茨基与索尔仁尼琴作品的刊物。我们知道，此二人后来都获得诺贝尔文学奖。

《新领袖》也成为报导黑人人权运动的期刊，曾发表了马丁·路德·金博士在伯明翰狱中所写书信。这么多年来，《新领袖》也吸引了不少自由派知识界国际名人撰稿，其中包括英国哲学家罗素、作家奥威尔、前柏林市长布兰特、前美国副总统汉弗莱、外交家乔治·凯南、历史学家亚瑟·施莱辛格、政治学家摩根索与莫伊尼汉、黑人作家拉尔夫·埃里森等等。

由于杂志资金缺乏，在开初，写稿者都无稿酬，近年来才发稿费每篇一百美元，作为"象征性"酬报，一般有名撰稿人都将稿酬退还，作为捐助。

美苏冷战的结束，对《新领袖》而言，可以说是在编务与内容数据上一个大打击，因为杂志一时失去了最大抨击目标，苏联帝国。在杂志的意识形态上它也失去了明确观点：到底是中间派，还是左翼自由派？它的内容重心也慢慢自政治移向艺术评论与书评，它也成为青年作家编辑的培养园地，今日因此成名的很多，有的思想自左转右，甚至成为新保守主义者（即所谓"牛康派"）。

当过四十余年主编的科拉奇今年七十四岁，身材矮小，衣着讲究，是个彬彬有礼的绅士。他生活简朴，办公室装饰也简单。因编辑人手少，平时他很忙，难得有时间与来访作者畅谈。他自认杂志停刊除了资金缺乏之外，另有两个原因，一是近年来计算机网站繁殖，令他无法跟上时代；另一是杂志缺乏一个坚定的意识形态地位，因此，保守派基金会不愿资助，而左派认为《新领袖》不够倾左。这本正直敢言，说实话讲真理的刊物，在今日美国很难立足。

我早就是《新领袖》读者，与它的撰稿关系则起始于 1983 年。那年，舍弟董乐山经过反右运动与"文革"的长期折磨苦难后，终于落实，避难来美国探亲，在我家住了三个月。他成天愁眉苦脸，对什么都不感兴趣，我乃根据他的感受与我的体会写了一篇取名"北京知识分子"的文章，投给了《新领袖》，蒙科拉奇先生接受发表。此后他即邀我写有关中国的书评与多次访大陆印象。历年来我一共写过二十余篇，所讨论的中国问题专家有史景迁、林培瑞、R. 塔瑞尔、H. 沙立斯倍雷等等，科拉奇自己也曾写了一篇对我的采访记。

1989 年 1 月，我应邀去参加《新领袖》出刊六十周年庆祝酒会，蒙见了不少文化界名人，包括诺贝尔和平奖获得者伊利·韦塞尔，以及当时《纽约时报》主编 A. M. 罗森塔尔，历史学家施莱辛格等，我才真正领会到《新领袖》在思想界的重要地位。

如此一本严正刊物终因"资金不足"而停刊，真是令人惋惜。

（2006 年 5 月）

一本不偏不倚的杂志书评
——《纽约时报书评》挑书作评的过程

多年前我在北京《读书》开始撰稿时，很希望这本正在从黑暗走向光明时期的杂志终可成为一份着重读书的书评刊物。今日的《读书》已成为专刊学术性文章的读物。但是介绍、评论新书还是重要的。在美国，专载书评的刊物很多，最受出版界与读书界重视的有两种，一是态度严肃的《纽约书评》双周刊；一是较具商业性的《纽约时报书评》(*The New York Times Book Review*)周刊，后者销路更大，因此它对新书的评价更受出版商注意。

我虽然是《纽约时报书评》五十多年来的忠实读者，一共替它写过三篇书评。写书评者不能自行投稿，而是应编者之约而写。这么多年来我一直对这本刊物的内部编选过程好奇，最近有幸与一熟悉"时报"编辑部内情者相谈，很有一些收获，想在这报告一下，也许可以给国内外刊载书评的刊物借鉴。

美国每年出书至少六万余种，而一本周刊篇幅有限，因此选择新书的标准极为严格。由于"时报书评"书刊的声望，任何新书蒙到"时报"作评已是受宠若惊，即使书评是负面性的，也已获到免费宣传作用。在"时报"受评等于是广告，新书即会受到读书界注意。

"时报书评"大小编辑数十位，首先自新书堆中挑出值得介绍的书（每年约六千种），然后再作精选（约一千种），等于是说，每期周刊最多只能载二十来篇书评，重要者单独成篇，不重要者归入各种专栏内（侦探小说类、儿童读物类等）。对作者而言，能给"时报"选评，已是幸运；被"时报"忽视好像是没有写书，不能出名。

新书进来时，先由十余位低级编辑浏览，每人挑出十余种，每人也必须笔记新书遭拒的原因，交给主编过目。被拒作评的原因往往是"缺乏独创性"、"片断拼凑成书"、"过分简单化，过分夸张"等等。任何被选的新书必须经过这种过程，即使"时报"本报人员写新书者也不免。

新书被挑出作评后，编辑部的其次要务是在学术界、文学界、科学界作家中挑选合适的人写书评，担任初选新书的编辑乃先推荐四五名作家或书评家，由主编做最后决定。一个合格的作评者必须具有这些条件：一、不具偏见，愿意以书论书，不顾原作者的名望；二、叙事写作的能力；三、写书评本人已有写作成就（等于是说，评书者与写书者声望不太相差）；四、能与编者合作，及时交稿。"时报书评"很少用本报编辑部人员写书评。

主编选定一位书评者后，先要向后者问几个问题：你可认识新书作者？你们有没有写过有关对方的文章？你们之间有没有可以引起利益冲突的关系？这是因为书评杂志要保持公正不偏的立场。一篇书评意见的正反往往可以影响新书的销路。避免评者作者之间的任何交往乃是必要。例如：他们是否雇佣同一文学代理人，有没有在同一书局出版书，书稿是不是由同一编辑过手等等。

"时报书评"周刊谨慎处理编务，因为它是为读者（即购书者）服务，同时也是为招徕书局广告。它对出版界营业兴盛与否，举足轻重。除了刊登每周一次的畅销书榜以外，每年年底刊出本年度"值得注意书目单"，举出过去十二个月来的一百本新书向读者推荐，虚构小说与非虚构著作都有。

最受外界注目者是"时报书评"于年底以重要篇幅标出的"十本最佳书"，能够列入是作者的光荣，书局的幸运。因为年底是购买圣诞或新年礼物的盛季，有幸列入"最佳书"，畅销不成问题。2004年度"最佳书"中就有一本哈金的小说。

每年度"最佳书"选择过程如下：各位编辑首先在已评过的新书中挑出约四百本，再由主编与副主编共同选定一百本佳书，大致都获得编辑部同仁赞许。个人间意见不同是难免的，这类经过多度考虑、争辩、讨论后的滤清结果，对读者而言，当然是十分可靠的。

（2006年6月）

美国新闻界一颗巨星的陨落

——A. M. 罗森塔尔、《纽约时报》与五角大楼文件

谁是A. M. 罗森塔尔? 他是刚去世的前《纽约时报》总编辑。他在美国新闻界的声名是传奇性的,被人称道为二十世纪美国最伟大的新闻从业者,在"时报"当了十七年总编辑后,他的大刀阔斧改革大大影响了全国各地的日报性质。他的最大成就是于1971年发表《五角大楼文件》(*Pentagon Papers*)。所谓《五角大楼文件》是当时国防部规划越战的秘密档案,它的公开于世,更揭露了越战处理不当的内情,终而造成了民间反战热潮。当时尼克松总统政府向法院起诉"时报"而败诉,"时报"声名大震,罗森塔尔成为支持反战运动者的英雄。由于"时报"揭露尼克松处政内情,共和党保守分子恨之入骨,它因而负上"为敌仗言"的"左派报纸"称号,至今还受右派人士攻击。

其实罗森塔尔本人是个政治保守人物,一向认为越战乃是反共神圣战争的一部分,但是他的新闻职业道德不容他隐瞒事实,这就是他作为新闻从业者的伟大之处。当越战最烈,人民反战情绪最高期间,他有勇气发表对政府不利的国防部秘密档案。当时他曾说过一句话,成为新闻业箴言:"有重要事情发生之时,

保持缄默等于是说谎。"而新闻职业的最大信条是：说真话，不渲染，不偏不倚。思想保守的罗森塔尔的受人景仰，乃是因为他奋力保障新闻自由的作为。五月十四日在纽约一个犹太教堂的葬礼中，许多好友，包括政治、新闻界著名人物都出现了，其中一个就是美国保守思想界最著名的《国家评论》(*The Nation Review*)创办人威廉·伯克莱。

罗森塔尔乃是有"穷人的哈佛"之称的纽约市立大学毕业生。该大学也是后来扬名的所谓"牛康派"新保守主义思想的"纽约知识分子群"起源地。1930、1940年代的纽约市大学生多来自贫苦犹太移民家庭，到了七八十年代，这些人物多在右派文化、政治界扬名。纽约市大仍保持其学术思想自由本色。当时在校内与文化界社交场合中，我曾与罗森塔尔数度握手谈话，我对他的成就虽十分景仰，却不能接受他待人接物的一股傲气。他在新闻职业界以高傲、严峻态度闻名，他的下属都对他有三分惧怕，但对他的大胆无畏、严格保护新闻自由的勇气则拜服得五体投地。"时报"就是在他的翅翼下成长为一份更受人尊重的言论公正刊物的。我还记得1971年逐日阅读报载的《五角大楼文件》时的兴奋之情。[①]文档全部达七千多页，一字不缺的刊载历时数日。编辑室后来传来一宗笑话，"时报"主人说要在决定发表之前先阅读一下，罗森塔尔用一购货推车满载沉重文件而入。老板大笑，知难而退。

秘密文件乃是当时在国防部工作的一位文员偷印后私下交予"时报"记者的。此人名丹尼尔·埃尔斯伯格，因为反对越战，认为把官方谎言揭穿乃是他作为公民的义务。后来他被政府起诉，打了长期官司，在世界扬名。记者尼尔·希恩也因此成名。他们二人是在越战史上不可忽视的名字。

---

① 《五角大楼文件》当时除在《纽约时报》上发表之外，也同时在《华盛顿邮报》上发表。

"时报"在收到五角大楼文件后,为防止秘密外扬,由罗森塔尔指定一个编辑小组,在旅馆中租一套房,日夜进行编务,对报馆同事也保守秘密。到新闻公布的那一天,全国震惊,成为第二次世界大战结束以来的第一件新闻大事。

任何报纸发表这类秘密文件,皆负有极大风险:一、是否会被处罚款,甚至坐牢?二、读者是否会误认为报纸犯了卖国行为?三、报馆会否因此而破产?报馆上级在讨论是否应该发表之时,争辩热烈,罗森塔尔认为政府犯错,力主发表,报主同意,情愿亏本也要保持新闻业的真谛。此案自尼克松政府向法庭起诉《纽约时报》透露国家秘密后,级级失败,直到最高法庭,判定新闻自由不准政府干涉。此后,新闻业更负起督促政府的责任,而《纽约时报》占了美国最重要的民间喉舌的地位。

罗森塔尔出生于1922年,二十一岁大学时期,他开始出任"时报"驻校记者,于次年(1944年)被聘为正式记者,当时因"时报"记者纷纷服役赴战,缺少人才,四年后即成为最出色的纽约新闻采访员,两年后他被升为驻联合国记者,因写了好几篇采访苏联外长葛罗米柯的独家新闻而成名。1954年"时报"派他进驻新德里,他的报导不久即获美国驻外记者协会奖状。1958年他被派往波兰,又因采访东欧诸国而扬名。就在那个时期,他的名字开始引起了我的注意。我读《纽约时报》已五十多年,很少看到新闻记者文笔如此出色,他的生动描写一下子就把读者牵入内容或是枯燥的故事中。

1963年,他在日本驻了两年后被召回升任本市新闻编辑。从记者成为编辑,他的才能更为显然,极受高级编辑部欣赏,于1966年升为助理副总编辑,1968年升为副总编辑,终而于1977年升为总编辑。在此期间,他周游各国,与驻当地的本报记者联络并结识各地政界要人,有时写些杂志报导并发表有关新闻自由的演讲。

罗森塔尔掌了编辑大权后，就大刀阔斧地改革"时报"的外观与内容，务要将一份老气横秋、墨守成规的报纸转化为更迎合年轻一辈群众趣味的读物，他的目标是提高新闻报导的可读性，因而可增加读者与盈利。当时的星期日报纸与特刊乃是"独立王国"，另设部门主持编务。他的第一行动是把星期日报纸收回总编辑室，另将日报原有的两个部分分展为四个部分，除了国际国内新闻、地方新闻、商业新闻之外，另辟一部，每日不同：星期一体育特刊，星期二科学知识，星期三生活家庭，星期四家庭装饰，星期五周末娱乐。同时星期日报纸也扩充了旅行、地产、商业、艺术与消遣、教育、卫生、时装各种特刊。

如此一来，销路果然大增。但是也有人批评"时报"变为充满软性特写的杂志型刊物，有损它的新闻报告严肃的名誉。但是对读者与广告商而言，"时报"的创新带来一阵新鲜空气，也成为全国各地日报模仿的榜样。

1980年，罗森塔尔一度创设"时报"全国版，在芝加哥出版，于全国发行同日新闻，此举后来因计算机网络的发达而未成功。在编务方面，他扩大了国内国外新闻部门人员，并扩充了华盛顿分处的编辑部，也着重了纽约市外郊区新闻。在他任总编辑期间，"时报"一共获得二十四个普利策新闻奖。他自己于1960年代早期记者时代也曾获得了国际报导普利策奖。独揽大权之后，罗森塔尔统管了"时报"各级有关新闻采访与写作部门，他所不能干涉的是社评版、专论版以及广告部。他在舆论界的声威受到政治、商业、文化各界尊重，成为全国最具影响力的报纸主编人，惟一可与他在声名上相抗衡者乃是揭穿"水门丑案"的《华盛顿邮报》当时总编辑本杰明·布拉德利。

罗森塔尔处理下属的方法是有功必赏，有过必贬，今日新闻界许多名人都是他所提拔出来的，有的是名编辑（包括今日《纽约时报》总编辑Bill Keller），有的是名作家。钦慕他的人很多，批评他的也有，以为他的高压性独裁手段与傲慢态度只能引起许多下属气馁，或受委屈而辞职，前往他处发展。

罗森塔尔于1986年退休后，继任总编辑者乃是前社论版主编马克斯·弗兰克尔。弗兰克尔自己于1994年退休，在五年后出版的回忆录中就批评了罗森塔尔对下属态度过严，他自己采取和婉态度，但是他的成就不能与前者相比。

退休后的罗森塔尔于1987年1月开始替"时报"写专栏。突然间他在发表意见上好像获得解放，把他保守思想完全抒发出来。当编辑时，他受新闻必须保持客观公正的束缚，不能参与个人意见，现在写专栏，他可尽量表达自己对政治、时事、社会的看法。罗森塔尔对美国新闻业最大的贡献是他能保持《纽约时报》的公正不偏立场，不受他自己私人偏见影响。他的最后一篇专栏发表于1999年11月5日。

罗森塔尔特别看重人权问题，某次他写了一篇批评中国大陆与古巴剥削人权的情况。我还记得董乐山读到后大为赞扬，在信函上与我讨论。当时正是以色列与巴勒斯坦争执最烈的时期。我在信中偶然提及，罗森塔尔毕竟是犹太裔，惟一缺点是把以色列视为十全十美。像许多犹太人一样，我们一对以色列有所批评，就立即被他指为"仇视犹太"（Anti-Semitic）。我以为罗森塔尔如也能把以色列缺点指出，就不愧是个纯粹正义人物了。乐山回信指我"为政府辩护"。真是牛头不对马嘴，我禁不住要在这里提出，只证明世上没有完人而已。

（2006年7月）

两位作家，两部新作，两个评价

三十多年前，我于"四人帮"倒台后不久，开始替思想被封杀了三十多年的中国读者介绍美国文化，在《读书》杂志写了不少有关西方文学家的报导，其中我谈论最频的两位是菲利普·罗思与约翰·厄普代克。当时的许多名家，今日大多已逝，有的因年老而少动笔。罗思还活着，仍有新作出世。厄普代克于2009年1月27日去世，他一直写到了最后一刻。2006年，罗思出了本新书，名叫《普通人》(*Everyman*)，而厄普代克出了一本《恐怖分子》(*Terrorist*)。单是从书名来看，两书内容截然不同。《恐怖分子》今日在传媒界已是常见的称号，用它来当小说书名，显出主人公是个异乎普通人的角色。

在阅读前我的第一反应是：作为堂堂文学名家，厄普代克为何也要迎合时尚来写一部流行小说？随后我想，他既是创作艺术家，当然要运用想象力来创造一个特殊角色，描画一个着迷于恐怖行为者的心理。这是厄普代克第二十二部小说，情节性质相异于以前作品。它读来犹如惊险小说，但是作者所常用的各项因子，却都仍在：男女，性，死亡，宗教。不过在这里，作者想象力伸展到他所不熟悉的区域，情节的可信度便发生问题。

主人公是个名叫阿罕默德的十八岁少年，出生于纽约附近的新泽西州，母亲是青年时期生活随便的"嬉皮士"式女子，爱尔兰裔，父亲是来自埃及的留学生，不负养儿责任。虽然是由母亲养大，这位半阿拉伯裔的少年却信奉了生父的宗教，被伊斯兰教恐怖团体吸收后，他的任务是用自杀手段轰炸纽约通往新泽西州的水底隧道。

阿罕默德在中学时代就开始前往本地清真寺做礼拜。到了十八岁，他还是个处男，相信性事是肮脏的。他用伊斯兰教徒的眼睛来看颓废的美国社会，以为少男少女都是生活放荡。他常口口声声说"我渴望天堂乐园"，预见美国末日来临。他对母亲男友众多的生活深感愤怒。可是厄普代克从未解释明白：这个年已十八岁在美国环境生长的少年怎么没有一个知友？怎么没有一点点交女朋友的经验？在作者笔下，阿罕默德角色难以令人置信。习惯于中上级社会的厄普代克显然对这类人物的心理生疏得很，他所刻画的性格是平面的而不是立体的，他不能表达阿罕默德为何甘愿为真主来牺牲自己生命，他把阿罕默德描绘成一个平时脾性温和善良的人，不愿足踏生虫。读者不免疑问，既是如此，他会甘愿用自杀方式去伤害成百成千无辜平民？

作者描写母子间的关系时，只集中于他对她的放荡性生活深表蔑视，从未触及他们之间的日常来往。母亲好像从不关心儿子日渐滋长的宗教狂热，也不过问儿子为何要学驾驶满装危险物品的大卡车，而且那是在"九一一"发生之后。牵强的情节终于达到牵强的故事结局：母亲与她儿子的教师发生关系，此教师的妻妹恰好在政府的安全机构任事，此机构发现新泽西州酝酿有恐怖阴谋，恰好那是阿罕默德家乡……

对厄普代克这部作品的失望令我更热心地转向罗思的小说。《普通人》只有薄薄一百八十二页，就能引起读者哲理方面的深思。小说的主题是人的生命的必死性（mortality），主人公是个无名的普通人。书的开始写他已死去，亲友们在坟墓边向他告别。他生前的所谓"文化职业"，其实只不过表明了他是在广告商业界服务。他的生活平淡，曾数度结婚，而他与子女们的关系并不十分亲切。墓边道别的亲友中包括一个前妻。他本人是个无神论者，不过那个与他最接近的女儿一定要把他葬在犹太教堂墓地，使他可与他的父母葬在一起。

在逝世前，他在一个退休老人村居住了数年，交了不少年纪相若的朋友。这些老人有的患病，有的去世，因此他曾探视了不少病人，参与过多次葬礼。这样的养老生活当然使他情绪低沉，他自己也曾数度经受过手术；他的一位前妻患了中风；另有一位妇女的丈夫患脑瘤而死，而她也因背痛难愈，终于不耐而自杀。某次他自医院中探视了一位奄奄待毙的过去同事回来，不禁自言自语道："老年不是一场战斗，老年乃是屠杀。"

这是个简单的故事，它把孤寂病弱老人的心理情绪细细地表达出来。写作《普通人》时，罗思已达七十三岁高龄，当然免不得有这类人生已到尽头的感想。《普通人》是不是含有自传性成分？但是这位无名主人公的思索当必是作者自己的思索。

与我同时代的名家如马拉默德、约翰·契弗等都已去世，硕果仅存的如诺曼·梅勒、库尔特·冯内古特等很少有近作问世。这类智慧探索的人物当然对"人的必死性"有深切的感悟。在今日世界中，七十三岁不算老，可是罗思泄露心底所思，已大大地引起读者注意。

《普通人》出版后，罗思曾在一篇访问记中告诉来访的记者，他近来几乎每六个月要去一个追悼会，数年前的索尔·贝娄追悼会特别引起他的感触。贝娄原居于芝加哥，后来迁居到波士顿，便与住在附近康州的罗思更为亲近，罗思告诉记者说："其实我应该早就知道他会不久于人世。我想，他死时已是八十九岁，但是他的逝世还是令我难以接受。在他下葬后第二天,我就开始写这本书。此书并不是谈他,与他无关;只是我刚送葬归来,便马上有意动笔。"

这本《普通人》好像是在替我们老人抒情。

(2006年7月31日)

哈佛教授与 LSD 迷魂药

——狂放的 1960 年代

在今日美国政治两极化、共和民主两党不能合作、保守自由二方极端分子互相谩骂的形势下，我不免想到上世纪六十年代知识分子因越战分化的情景。今日的重要争端点还是伊拉克战争，与越战时期不同的是，当年反战最剧烈者是青年学生。今日青年反战不这么激烈，是由于没有被征入伍的威胁之故。

1960 年代风云所留给人最深刻的印象是"嬉皮士"（Hippies）运动的活跃。嬉皮士都是思想激烈、生活落拓不羁、蓄长发、养胡子、吸大麻、用 LSD（迷魂药）的青年，他们的精神领袖（Guru）之一乃是哈佛大学心理学教授蒂莫西·利里。他的名字几乎被人遗忘，最近一本传记的出版又引起我对这位传奇性人物的兴趣。

吸毒已被禁，今日暗中吸大麻的人仍多，但是因 LSD 中毒而进医院者则已难得听到，我当年对 LSD 确甚神往，但又不敢尝试，听说 LSD 的效果特别刺激，可以把吸用者引入迷幻的神化世界，幸运者进入极乐天堂，不幸者落入黑暗地狱。青年滥用者往往变为精神失常，有钱人则雇佣心理医生在一旁看顾，以防不测。当年好莱坞大明星卡里·格兰特就这样试用过好几次。

利里是最热心的LSD提倡者。由于他是心理学家,青年人听他的话。他自己的多次服用使他成为一位行为狂放的"英雄"人物。新传记《蒂莫西·利里》(*Timothy Leary*)不但详述了利里一生事迹,也介绍了时代的背景作为陪衬,读了此书可使我们,特别是像我这样曾经醉心于当时青年狂放生活的中年人,对那个时代作一个批判性的认识。全书情节犹如充满戏剧的小说,作者是当代著名传记作家罗伯特·格林菲尔德,曾写过好几部具有时代性的音乐家传记,其中最出名的是"滚石乐队"。

利里虽以"哈佛教授"闻名,其实他只是非永久职的讲师。"哈佛教授"的名号给予LSD上瘾者名正言顺的尊严。他的原籍是麻州,出生于1920年,父亲是个酗酒成性的牙医。他自幼受母亲教养,十四岁时即离家出走去当海员。他天资聪敏,曾入了数个大学(包括西点军校),于大战时被征入伍,退伍后入华盛顿州立大学,获心理学硕士学位,于1950年在伯克莱加州大学获心理学博士学位。那是一个知识分子盛旺的时代,是作家诺曼·梅勒、诗人艾伦·金斯堡、左翼哲学家赫伯特·马尔库塞等刚崭露头角的时代,利里虽已获博士学位,却并不专心于心理学本业。他喜爱玩乐,喜与名人做伴。他嗜爱女人,喜欢受人注目,他先用酒来壮胆,后来就在毒品中寻求慰藉。

在狂放青年群间出了名后,他给予外界的印象是一位用吸毒作心理研究的哈佛教授。他于1957年曾出版过一本有关心理学的书,但他私生活的狂放曾引起多起悲剧。在他三十五岁的生日时,他的第一任妻子自杀。[①]妻子自杀后,他娶了情妇,不久就将她殴打,引起邻居报

[①] 据书中所述,某晚他饮酒大醉,妻子责他饮酒过度,并且外有情妇。利里答道:"那是你的问题。"

警。第二度婚姻就此告终。传记作者相信，离婚后不久，利里曾与一个已婚男子也发生过性关系。

在欧洲旅行时，他与哈佛人格研究中心主持人戴维·麦克莱兰相遇。后者聘他为1959年度学期的讲师，那年夏天他去墨西哥游历，首次尝试了所谓"魔幻蘑菇"的毒品，认为经验极为愉快。回到哈佛后，他经过麦克莱兰批准，创设了哈佛迷幻药剂研究计划。1960年时，从墨西哥进口那类蘑菇尚不是非法，甚至LSD也是合法的。利里于次年首次尝试LSD，甚为欣赏，就把LSD当作他研究计划的中心点。其实，在1950年代初期，CIA已试用过LSD作为吐真药（Truth Serum）或控制头脑的工具。

在开首，LSD也可用来医治染有毒瘾者，酗酒者，以及精神不安者。如前所述，好莱坞大明星卡里·格兰特就曾在心理学医师照顾下试用过好几次LSD。后来他这么说："我一生都在找寻大脑的宁静。直到此项治疗，什么似乎都对我无效。"大明星一出此言，LSD更受人注意。诗人金斯堡是于1959年在加州一精神病研究中心试用，此后就成为提倡LSD最热门的一位。许多作家也纷纷尝试，著书自述经验，当代著名小说家汤姆·沃尔夫的第一本著作就是这一类描述，书名古怪：*The Electric Kool-Aid Acid Test*。这本书引人好奇，它的畅销无异向对LSD好奇者做了宣传。

其实英国作家赫胥黎恰在麻省理工学院讲学，利里与他相识后，发现志同道合，同时试用。赫胥黎早于1955年初次试过，自述道："……令我从内心直接、完全的深深感到，性爱乃是最原始、最基本的宇宙事实，"他相信，"如果世界领袖都尝试了LSD，他们会如雄狮与羔羊共处，世界即有了和平。"赫胥黎不幸于1963年肯尼迪受刺那天逝世，利里做宣传的搭档就由金斯堡继任。另一个是出生富家的哈佛助理教授理查德·艾伯特。他们著文在《展望》（*Look*）、《绅士》

（GQ）、《星期六晚邮》（Saturday Evening Post）、《纽约时报》（The New York Times）各处发表。LSD名气大扬，有人疑问，这两位因此出名的哈佛教授到底是什么？是骗子，还是天才？

"二战"结束，退伍军人纷纷结婚生子。二十年后，大学年纪的男女人口大增，他们就多成为LSD信徒。越战与社会革命（黑人人权、女权）更产生了大批对社会与政府不满的落拓青年。利里就成为他们的精神领袖。他与艾伯特终被哈佛辞退。由于他嗜爱女人，而女人也对他倾倒，他的情妇众多，老婆也不缺乏，二度离婚后，第四任妻子名萝丝·玛丽，与他在一起的时间最长。第一任自杀的妻子所生儿女不在他们的心上。在此期间，他接受《花花公子》（Playboy）杂志采访，采访记的题目是："与引人争议的前哈佛教授的坦率谈话"。他向采访记者解释道：LSD可使试用者与自己祖先的过往取得联系，扩展遗传的记忆；在充满幻觉的未来，"人人可化为自己的菩提，自己的爱因斯坦，自己的伽利略"。这类大言，科学家当然不会置信，但对青年男女则有极大吸引力。

利里于1965年在德州曾因身藏大麻而被捕，被法官判刑三十年。这样的新闻大大地替LSD做了宣传。据传记作者估计，《纽约时报》在一百零八天内，一共载了有关新闻八十一篇。利里交保释出。但后来又因开车不慎被警察命令停车，又在车中找到大麻，再被判刑。入狱后不久即因徒众帮助而越狱，逃往阿尔及斯，投靠黑人组织黑豹党领袖E. 克利弗。克利弗曾以《冰上灵魂》（Soul on Ice）一书成名，此书叙黑人经验，大言不惭地解释"白女为何欲要黑男"。黑豹党在纽约总部宣布利里"参加革命"。但其实克利弗与利里相处不好，终把利里夫妇驱走。他们前往瑞士，萝丝·玛丽离开了他。不久，他与一瑞士女郎同居，吸上了海洛因。后来他又结识了一个富家之女，成婚一起去了奥地利，把奥地利称扬为："慈悲自由的灯塔"。但奥地利并不欢迎他。

1973年1月，他受骗飞往阿富汗购置土产大麻，下机后立即被捕，由联邦警探押往加州入狱。此后他又入狱数次，但不知如何，他在洛杉矶影坛社交界仍出足风头，他也曾应邀参与"花花公子大厦"派对。他的儿子后来不知去向，他的女儿于1988年枪杀男友，于1990年在狱中自杀。他自己则于1996年患前列腺癌逝世。

利里一生充满传奇性的事迹，因此这本极为详尽的传记读来甚具小说般兴趣。作者格林菲尔德曾与利里相处多次。他们初次相遇是在1970年的阿尔及斯，他也曾采访不少利里当年的朋友伴侣。在他的笔下，利里是个无情、受过创伤的人物，不过人们还是感到他的吸引力，特别是美丽女人。在LSD出现的初期，试用者不但有影坛明星，也有保守的传媒界名人，包括《时代周刊》(*Time*)创刊人亨利·鲁斯及其夫人[1]。名著《正午的黑暗》(*Darkness at Noon*)作者阿瑟·凯斯特勒用过后这么说："昨晚我解决了宇宙的秘密，今晨忘记了那是什么。"

LSD普及与青年引致心理损害后，国会于1968年立法，凡是售购者都要处罪。到了1970年，科学界判定LSD有害无益，没有医药效用，二十一世纪青年恐多不知LSD是何物。今日回顾1960年代是个传奇性的时代，LSD是种传奇性药物，利里真是一位传奇性人物。

（2006年9月）

---

[1] 鲁斯夫人以为LSD不应给予普通常人，她说："我们不要人人都来享受这个佳药。"

格拉斯，《剥洋葱》露秘
——怀揣纳粹隐私的诺贝尔奖得主

在此诺贝尔奖季节（每年十月）之际，不免想到近来一件有关诺贝尔文学奖得主的新闻。1999年获奖作家是德国的君特·格拉斯。不但他的文学著作受到全球读者赞赏，而且他贬斥1930年代德国纳粹的态度也博得世界人民钦慕，曾一时被人称为"德国的良心"。可是最近一部回忆录的出版却几乎推翻了全球人士对这位老作家的尊崇。

在这本回忆录中，他首次透露他在少年时曾加入"纳粹党"内部最毒辣的党卫军卫队（Waffen-SS）。这个组织系由希特勒手下最声名狼藉的希姆莱率领，专用残忍手段来对付犹太人与反纳粹分子。

这本书出版后，全球舆论哗然。评论者有的原谅他是少年冒失，有的则加以严厉责难，以为问题并不在他的少年愚昧，而在于他多年的隐瞒。因为他的"德国的良心"称号乃是出于他多年来坚持不断地贬斥纳粹罪行，并且还鼓励过去的纳粹分子自首、公开身份。他隐瞒自己当年错误，不免被人目为假道学、伪君子。他在近年一部小说《横行》(Crabwalk)中曾说："我们不断抽水，但是尿屎继续出来。"意谓许多老纳粹尚未露面,抽水马桶抽不干净。

现在格拉斯隔了半个世纪后,终于在回忆录中自己承认曾在十七岁时参加过党卫军(简称"SS")组织。回忆录书名《剥洋葱》(*Peeling the Onion*),犹如剥洋葱皮,一片一片地揭露他的少年事迹。格拉斯出生于1927年,与其他德国青年同样加入希特勒青年团,然后是劳工阵线、军队、SS。第三帝国即临崩溃的后期,希特勒向大批尚未及龄的少年征兵,格拉斯是其中一个。

他在自传中道,他开始志愿在潜水艇队服役,到了1944年,陆军缺人,把他征去,终于被希姆莱的SS队伍看中,最后派往东线与苏联军队作战,他是少数幸而生还者中的一个。他道:"此事一直压在我心上,我守口缄默这么多年,写本书原因之一就是在此,觉得最终必得将此公布。"

此书一出,德国与世界反应迅速,以写《希特勒传》出名的作家尤阿辛·费斯特也写了自传《不是我》(*Not Me*),指格拉斯的名誉已"深受损伤,此后我绝不会向此类人购买旧车"。费斯特是个保守派文人,较格拉斯长一岁,也曾在军中服役,但未加入希特勒青年团。其他保守派文人原对格拉斯的尖锐笔锋一向不满,现在起而攻击他的左派思想,指他为古巴与中共说话。犹太团体则指他为"机会主义"者,故意造成舆论轰动,目的只是在推销新书。有的批评者甚至要求格拉斯退还诺贝尔奖。批评者中对格拉斯打击最大的是前波兰总统瓦文萨(以组织"团结工会"闻名)。他与格拉斯都是波兰城市但泽(Danzig)[①]的荣誉公民。他曾要求格拉斯退还这项荣誉,但是后来因后者道歉而作罢。

不过我们这些喜爱文学的不要忘记,政治意见的纠纷可以遮没这本新书的文学实质。《剥洋葱》回忆录叙事自他在Danzig出生地童年时

[①] 现改名为格但斯克(Gdánsk),大战前属于德国,是瓦文萨的故乡。

代开始，至1959年第一部小说《铁皮鼓》(*The Tin Drum*)的出版为止。《铁皮鼓》也有自传性。格拉斯写道："回忆过往好像是剥洋葱，一层一层地剥开去可以引你流泪。"

《剥洋葱》正如他的小说一样，文字优美，写出的意象富含诗意，在形容一个德国人时描写出了他的朴实土气。他在回忆录中绝不说教，没有政治气味，他对自己的纳粹童年感到羞愧，自责为何不是异端，不假思索地接受了希特勒青年团的宣传；有时教师突然失踪或犹太教堂被摧毁，他并不过问。直到他后来在纽伦堡审判时期被关在战俘营时才开始醒悟，终于明白凡事不全是黑白分明。

1970年代初期，他替当时的西德总理勃兰特代笔写演讲辞，特别对波兰人民与犹太人致歉。他也不断攻击那些沾染纳粹气味的新政客，同时他也批评美国政策。这样一个富有正义、热心揭露他人过去、引致德国人民集体罪咎感的人物，为何隐瞒自己对希特勒的盲目追从呢？《剥洋葱》出版后，这正是一般尊崇他的人士所要质问的。

在回忆录中他透露他少年时对小资产阶级父亲的蔑视，为此要从军脱离家庭，"我真想用我的希特勒青年团刺刀杀死他"。他自以为加入SS乃是为了自我生存。他写道："这数十年来，我拒绝负担这两个字母所含的意义。大战结束后，滋长的廉耻令我不敢道出少年时期愚蠢的自豪。不过这个重负留下来，没有人能把它减轻。……饥饿与罪恶一直与我做伴，但是饥饿是间歇的，罪恶却……"

我尤记得1986年国际笔会在纽约举行时，索尔·贝娄发言，称赞美国政府如何保护公民，与社会的"不公正"(injustice)现象作对。格拉斯怒而反驳，指出他自己在纽约贫民窟所见的不公正现象。当时的格拉斯如此怒气冲冲，虽令人不解，却可令我们体会到他的正义感。现在写了回忆录才透露了他少年时的秘密，是不是说明他言行不一致？

（2006年10月2日）

一个有瑕疵的大无畏新闻记者

——I. F. 斯东传记《所有政府都撒谎》

董乐山生前几部译作中，我所最欣赏的是I. F. 斯东作品《苏格拉底的审判》。他所选择的不是迎合大众兴趣的小说，而是一部含有哲学性的论著，探索新闻言论自由的理论。他把I. F. 斯东称扬为"美国新闻从业者的典范"，我们爱好或从事新闻者都应该模仿I. F. 斯东。《苏格拉底的审判》当时之能在中国大陆印行，令我拜服乐山的大胆，但也不得不喟叹新闻审查官的愚昧无知。I. F. 斯东于1989年去世，《苏格拉底的审判》是他的最后一部著作。即使在美国，今日已很少有人熟悉他的名字。二三十年前，有见识的新闻从业人员都把I. F. 斯东视为提倡新闻自由独立的模范。对那些近来加入新闻事业的年轻人士我要介绍一本新出传记。尤其是在大陆感到气氛抑闷的新闻记者，更应对这部新书发生好奇。

单是书名《所有政府都撒谎》(*All Governments Lie*)，就很触目，如果译出，在中国恐不易出版。副题名是"叛逆报人I. F. 斯东生平"，作者迈拉·麦克弗森也是资深报人，曾在《华盛顿邮报》任职，也曾写过一部有关越战的书。她显然是I. F. 斯东的崇拜者，写这部传记是表示她对斯东的敬仰,希望后来同行会把他作榜样。

书名其实是借用斯东的日常口头语。"所有政府都撒谎"一语就说出他对政府机构发言之真假产生疑惑。尤其是在今日布什总统任内,白宫和国防部的声明几乎都是谎话,可惜斯东不能在世作为一支抵制政府扯谎的势力。

斯东系于1907年在费城出生,二十多岁即开始在《纽约邮报》任职。《邮报》自从被报阀默多克购买后,今日已变成为保守右派喉舌,但是在1930、1940年代乃是美国一份最自由倾左的日报。不过斯东尚觉在他人之下工作仍有束缚,乃自己创办了《I. F. 斯东周刊》,个人自由撰稿、畅所欲言,这份周刊自1953年持续至1971年。订阅读者多是新闻从业人员,因不但可在刊上获悉一些独家新闻,而且也可瞥见斯东对时事的精辟见解。直到1989年去世为止,斯东一直持续不断发表言论,多在《纽约书评》、《国家》双周刊、《村声》周刊等一些当时言论绝对自由的进步刊物上发表。

斯东以亲切随意的文笔叙写时事评论,特别具有可读性。他的评论对象不出三类:一、美国外交政策;二、政府对外交政策处理的解说;三、主流媒体对上述二项的报导方法。在越战时期,他成为新闻界传奇人物,因他每周不断以独家新闻透露了政府错误政策的筹划内幕,对当时的民间反战趋向特别有影响。

论到新闻记者易于被政府瞒骗摆弄(由于政府大员利用了记者的虚荣心),他的了解特别明晰。传记作者在书中指出,斯东曾这么说,"如果一旦国务卿邀你共享午餐,请问你的意见,你就已上了圈套"。当然,并不是每个记者都如此容易上当,但是确有一些会受宠若惊。这本介绍斯东生平的书,值此伊战失策、政府经常欺骗民间之时出版,特别有意思。我尚可记得越战时期约翰逊白宫对民间乱发"战争胜利在望"的报告,这类谎言甚至引起民主党本党人士反感。

但是斯东虽是一位大无畏记者，也不免有瑕点。他批评政府的严峻态度令右派人士生疑，以为他不是美共就是亲苏。所不幸者是也与"午餐"有关，为了取得独家新闻，他有时与苏联KGB间谍午餐。据此传记透露，1992年（斯大林去世后三十多年），向美国投诚的前KGB高级人员卡路金说过，在1960年代，斯东经常应他之邀午餐，以获取特有的苏联秘密新闻。卡路金之语似暗示斯东乃受苏联摆弄。此语一出，反斯东人士大为兴奋，指出斯东批评政府的言论无异证明他是苏联间谍。

斯东既已不在世，无法为自己辩护。写传记的麦克弗森为了澄清这项谣言，在华府找到卡路金追问，证明斯东不但不是苏联间谍，而且卡路金也从未如此暗示。麦克弗森借此攻击了反斯东的极右派，但她的热心过分，恐反而有损斯东声誉。据她写道，卡路金说明斯东不是苏联间谍，但是个"同路人"，这里是卡路金的话语："由于斯东的世界观，他早在与我认识之前就与苏联情报人员有联络……他愿意提供关于政府人员以及参议员对各种问题的看法。"

深表同情的麦克弗森做解释道："仅仅与KGB'合作'与'积极当间谍'之间，显然有大大差别，任何采访记者都不会错过可与外国情报人员共谈的机会。于今日回顾，我总不免想及斯东对自己政府作为的不满是不是影响了他的偏左倾向。"在这里，麦克弗森与我同意，这样的偏见渗入了斯东的写作，在讨论美苏两国之时，不免染上了所谓"双重标准"。例如当斯大林于1953年去世时，斯东尚未预料赫鲁晓夫后来在苏共二十大的鞭尸报告，著文对斯大林表达"伟大的赞礼"。甚至在越战时期，他除了反战之外，也似在祈望越盟的胜利。

麦克弗森在书中介绍了斯东的出生背景，来解释他在成人期间的"偏见"。他的移民来美的父母是帝俄时代的犹太人，深受当地反犹太歧视，到了1920、1930年代的美国，社会上反犹太情绪也很强烈。欧洲崛起的法西斯主义令他对苏联产生同情。但他从未与美国共产党有关，由于后来大萧条引起他对贫民遭遇的不平，他的政治思想倾向自由偏左。一时他又认为共产主义与苏联乃是对付法西斯主义最有效利器。事实是，我们都知道，在1930、1940年代，尤其是大战期间，苏联乃是盟友，因而发展了美国左翼活动，其中最有势力的是犹太社会民主党所主持的工会与刊物。

苏联革命成功后不久，布尔什维克占优势，不少孟什维克与克鲁泡特金无政府主义者逃来美国，斯东与他们交往，渐渐认识了苏联的真面目，他著文所持立场常常处在辩护共产主义与批评共产主义之间，到了1956年他才发表一篇严厉攻击斯大林的文字，期间他一时又曾对古巴卡斯特罗与越盟胡志明表同情。可是不久他终对那些革命者失望，于1979年在一左派人士公开声明书上签名，攻击越共的"极权主义"政策。

令我不解的是，麦克弗森为何不在此书中提及斯东此举。我读此书时回顾了我对斯东的认识，总觉得斯东那时公开攻击越共是个勇敢行动，因为那年美国左翼运动中的亲共派曾在《纽约时报》登全幅广告批评那封公开信。斯东显然处在互相矛盾之间，而外界人士所见到的矛盾，也许正是他的伟大处：他敢为正义执言，能够认错，对任何事不取非黑即白态度。

要真正了解斯东的政治性格并非易事。二十世纪初期产生了一种我称之为"政治狂热文学"。共产党同路人的狂热在气氛冷静下来后，有的化为对苏联现状不满的自由分子。有的则作一百八十度之转变，而成为激烈反共分子。前者包括著名法国作家纪德，他于1936年访苏回来后非常失望，也有一些美国左翼作家曾出了一本批评苏联的文集，书名《失败了的神》(*The God that Failed*)。属于后者的一批纽约文化人即演化为今日的所谓"牛康派"。斯东可说是属于前者，被共产主义"欺骗"了而觉醒，但仍保持他们原有的正义自由精神。麦克弗森所作传记就解释了斯东一生的思想过程。作为作者，她显然自己也经历了类似的过程。

牛康派的蜕变则是从自由主义思想转化为极端保守利己主义，成为布什政策中坚。我可想象，斯东如果在世，则必与牛康派作对，强烈抨击布什政策。

对苏联的失望令他对极左的共产主义和极右的法西斯主义都起了恶感。他对所有政府的不信任（"所有政府都撒谎"）表明了他超拔的清高。作为新闻记者，这似是最理想条件。他所写的不但内容充实公正，而且文笔风趣幽默，对他的文章有兴趣者，可购读已在最近出版的《I. F. 斯东最佳文选》(*The Best of I. F. Stone*)。此外，我也推荐河北教育出版社于2001年出版、由李辉主编的《董乐山文集》第四卷的最后一章：《I. F. 斯东——美国新闻从业者的典范》。

（2006年12月11日）

徐娘与性

现在美国传媒界与娱乐界几乎全由年轻的一代把持。不久前在电视收看"全球电影奖"颁奖典礼,发现许多明星我已认不出来,几位老牌明星也大半被摄影记者冷落。广告业所看重的是青年顾客,娱乐节目也是。我们老一辈人物都被商业性产业忽视,即使在文学界,成名的青年作家书写对象也是青年读者。

因此近来出版界一阵新的风气令我大感惊异:年过半百的女作家决意写出一些专门以半老徐娘为读者对象、富含罗曼蒂克意义的书,好像在向娱乐事业警告,即使过了中年,女性对性也是有兴趣的,请勿将她们遗忘。这些女性都是在上世纪六十年代受过女权主义影响而获得解放的(彼时避孕药丸刚刚出世),她们如今已渐入老年,她们在青年期间也经历过社会革命,她们是第二次世界大战结束后所生育的一代所谓"Baby Boomers",现在已达到可以退休而享受社会安全补助金的年龄。

著名女作家盖尔·希伊就写了一本《性与成年妇女》(*Sex and the Seasoned Woman*),由兰登书屋出版。此书集合了一些女性的轶事,来表达妇女即使过了更年期仍能"热情享受性生活"。希伊本人已过六十八岁,风姿犹存,因写过好几部有关职业妇女谋生的畅销书而成名。为了写这本书,她采访了约四百名妇女,年龄自二十三岁至九十三岁不等。她以为其中以"Baby Boomers"一代生活最富活力。"一个成熟的女人最是辛辣痛快。她已受过生活经验的浸泡,正如陈酒一样,她有时甜蜜,有时尖酸,有时容光焕发,有时圆润柔和。"希伊以一个五十三岁妇女为例:丈夫偷情,爱上了年轻女子,她因此而与一个较她小二十岁的男子发生关系,自述道:"那个晚上我经受了从来没有想到的性经验。"

另有一个患关节炎的七十四岁妇女,在一位年已八十岁的男子身上得到满足,二人成为一对愉快的性伴侣。她最后一次去看心理医生,告诉医生,她已不必再受诊治,因为"不但我的抑郁症已消失,关节痛也没有了"。

近来这类书所出不少,目标都是中老年妇女,一般都鼓励中老年妇女打开心锁,尽情享受性生活。还有一本J. 普赖斯所写的《比想象的更好:畅谈六十岁以后的性生活》,告诉妇女如何做健身运动,如何可达到性高潮。作者自述经验:"我将润滑剂轻轻涂在罗勃的皮肤上,我真喜欢看他裸体站立在我面前……社会上把上了年纪的妇女看作缺乏性感,完全错了,错了,错了。"

另一本即将出版的新书是J. 菊斯卡《无人做伴的妇女》。作者七十有余,在六十六岁时曾出一书,详述她在《纽约书评》双周刊登了找寻性伴侣的广告后,遇到一个喜爱英国古典文学的男士的经验。不过在这本新书中,她的态度比较消沉,因为事实是,女子寿命既较男子为长,老年后要找性伴侣更是困难。我看到了新书校样,作者描述了她在七十一岁时爱上了三十六岁男子,而这位男子最终娶了年纪相合的女子的遭遇。"我爱他,想他想得我满脸泪痕,我对这桩不可能的情事充满绝望和悔恨。"她说,与她年纪相若或比她更老的妇女都有类此的渴求。

  但是有些从事老年人与性研究的学者却有不同意见。纽约大学一位女教授写文反驳,她说多数老年妇女因为缺乏雌性激素而失去性感,这是人体发展的自然结果。荷尔蒙有一段时间受到特别的重视,后来发现有增加患乳癌的危险。有的心理医生也以为老年人应自然而然地把生活兴趣他移。不过,即便年老,人们对美与性的感情还会持续,不然我怎么会有兴趣写这篇杂感?

(2007年5月)

梅勒解剖希特勒童年心理

那是五十九年前的事了，我初次见到诺曼·梅勒的名字是在密苏里大学图书馆的新书陈列橱窗中。与他的成名处女作《裸者与死者》(The Naked and the Dead) 并列的有杜鲁门·卡波蒂的《别的语声，别的房间》(Other Voices, Other Rooms)。1948年是美国文学界在大战结束后的丰收年，这两位青年作家声名后来都达到文坛顶点。卡波蒂于1984年逝世，近年英美两国都曾拍有一部影片描写他的事迹。梅勒已临八十四岁高龄，又有一本新作出版。《林中城堡》(The Castle in the Forest) 是他十年来的第一部著作。

过去数十年来我读过他们很多著作。两位名家的取材与手法有天渊之别，这在我当年初识他们作品时就有感触。我还记得五十九年前那个冬日下午，进入暖和的密大图书馆时，就被两本新书书封背面的作者照片吸引。《裸者与死者》作者是个鬈发粗犷的汉子，其神气好像要找人打架。《别的语声，别的房间》作者是个面目姣好的金发少年，横躺在沙发上，两眼圆睁，好像在逗引人。

正如他们的肖像一样，他们在创作上所走的道路也相异。不过他们都曾用同样手法依据采访实事写过小说。1966年《冷血》(*In Cold Blood*)出版时，卡波蒂在记者招待会宣称他已创出一个新的文学样式，称之谓"非虚构小说"(non-fiction novel)，因为他以亲身在狱中采访杀人犯的材料，加用想象力写出一本小说。十余年后，梅勒也用同样手法写了一本《刽子手之歌》(*The Executioner's Song*)，两本小说都甚畅销，此后"非虚构小说"的名称就在文学史上立足。

我把《林中城堡》也放在"非虚构小说"之列。这本厚达四百七十七页的小说竟在后面附了长长的参考书目单，列出了一百二十六部作者参阅过的书籍。由于《林中城堡》故事讲的是希特勒童年，作者只好靠参考书来替代实人实地的采访。小说附有参考书目单是个不平常现象，描写希特勒童年的想象力乃是来自他人的叙述。

希特勒是个公认的二十世纪大恶魔，梅勒写此书意在解剖希特勒成年后化为杀人恶魔的心理发展的根源。叙事者是个纳粹情报人员，他以独得的情报来分析希特勒为人的成型，把希特勒的出生描绘为乱伦关系的结果。父亲阿洛依斯是个喜好女色的海关官员，母亲是父亲的侄女，后来传说其实是他的亲生女儿。1945年希特勒在柏林地下室自杀后即有这类传说。谣言很难证实，但是梅勒用乱伦作为小说主干。在他的心目中，乱伦是人类最大罪恶，是各种不人道行为的根源。小说中阿洛依斯后来为了赎罪而成为养蜂人，居住在肮脏棚屋中。书名《林中城堡》好像说出了梅勒对人生善恶的看法："森林"代表了大自然所给予的各种美德，"城堡"代表了肮脏养蜂屋的丑恶。一片白色中的一点黑，梅勒的书名是他对世界的嘲弄。

叙事者这么写道："作为一个恶魔，我不得不与各种样式的粪便亲近，实在的或想象的。"他也指出希特勒在幼年时即行为残忍，一如没有人性的害虫。梅勒引用心理分析学大师弗洛伊德的理论来解释希特勒自幼年至成年的心理发展。他憎恶父亲，深爱母亲，到了这本厚厚书本的终了，希特勒的恶魔内性成了型，他相信世界上有些人种必须消灭，以使另外一些人种可以生存，要大批屠杀犹太民族的意念就此而生。

可是这本书并不是对性格做研究。叙事人写道：这本书可算是回忆录，也可以作为好奇的传记，只是以小说样式出现。当然，这是作者本人的讲话。我在匆匆翻阅后，认为小说细节有所冲突，有时互不协调。是不是他十年中时作时辍的结果？

但是《林中城堡》无疑具有梅勒作品的特殊性。正如他的处女作《裸者与死者》一样，声势浩大，想象力放荡，好胜善辩。提到宗教方面的极端，作者讥讽地写道："我们喜爱原教旨主义者，因为原教旨主义者的信仰终会发展为最有效的大规模杀人武器。"

梅勒的结论是，希特勒化为恶魔性格的起源是他对生父的憎恨、对生母的深爱，这类心理描写就需要许多书籍做参考。一百二十六项参考书目除了弗洛伊德的著作以外，也有托尔斯泰的《安娜·卡列尼娜》、弥尔顿的《失乐园》、福楼拜的《包法利夫人》等。这些名作怎会影响《林中城堡》的写作？令人难解。不过有人替梅勒辩护，例如，写一部历史小说不是也需要历史著作做参考？奇怪的是，惊险小说作家迈克尔·克赖顿新作《下次》（*Next*），竟也列入了三十六部参考书。也许是出版界新风气。不过克赖顿专长是科学奇幻小说，他的思想也古怪，例如，他不信科学家预言"地球温暖"所可引起的未来全球性灾难，乃用小说情节来替自己信仰做辩护。

《林中城堡》叙事者乃是纳粹SS分子，名狄依德，到了书的终末，狄依德想象读者对他发问："狄依德，你文字中的衔接在哪里？你的故事中满是树林，但是城堡在哪里？"狄依德解说道，森林中的城堡其实是关在纳粹集中营中的犹太人对营房的称谓；广大的荒野原是种植土豆的，没有森林，没有城堡。把集中营取名为森林中的城堡原乃出于一位聪明犹太囚犯的讽刺性灵感。

梅勒认为《林中城堡》是一部值得创作的小说，他借用一个纳粹SS分子口述希特勒出身与心理更具讥讽性。他说，这不单是"回忆录"，而且也是一部充满好奇的"传记"，但是既以小说方式出现，作为作者，"我有自由进入书中角色头脑的特权"。

作为一位想象力创作家，当然握有自由进出各种人物头脑的特权，这是虚构小说的创作艺术。无论《林中城堡》参考了多少书籍，还是把它当作小说读吧！

（2007年6月）

冯内古特的反战主义小说
——《第五号屠宰场》作者逝世

听到库尔特·冯内古特去世是一个大风大雨的早晨，不平常的天气令我立即想到他的那部成名小说《第五号屠宰场》(*Slaughterhouse-Five*)。此书于1969年出世以前，冯内古特向被文坛藐视为科幻小说作家。《第五号屠宰场》含义的深刻以及对战争引致平民死伤惨状描容的活栩，使之在美国人民反对越战高潮期间，很快就成为畅销书，特别是在青年读者群中。它是美国文学史上一部重要的反战小说，深受评论家赞扬，从此冯内古特也自科幻小说家升格而为第一流文学作家，与诺曼·梅勒、菲利普·罗思等齐名。

《第五号屠宰场》内容乃是根据作者自身经验写作而成，小说所描述的是德国名城德累斯顿在第二次世界大战受到盟军飞机全面轰炸、全城陷入火海、平民无法逃命的惨状。当时冯内古特是德军所虏战俘，被派在地下工厂当劳工，得以逃命。全城被烧毁后，德军命所有战俘收拾尸体。如此可怖的任务给予冯内古特极深刻印象。从此他就一生成为反战主义者。

时间是1945年，大战末年，被火烧死者也包括数千名盟军俘虏。他如此写道："德累斯顿的火焰弹轰炸简直是一项艺术作品,摩天高楼似的火与烟雾好像是纪念无数被难以形容的德国残忍、贪污、虚荣所毁损的生命。"

冯内古特一共写过十四部小说,其他著名者有1963年的《猫摇篮》(*Cat's Cradle*),1979年的《囚鸟》(*Jailbird*)。最后一部是1997年的《时震》(*Timequake*)。他也出过多部短篇小说集、杂文集、剧本。马克·吐温是他的崇拜偶像,而他自己在老年时容貌也酷似马克·吐温。他的写法是用幽默口吻来探索人类存在的基本理由:我们为何活在世界上?天上有没有神明来支配人间一切?是那个一面保佑众生一面又使他们受苦的上帝?他于1965年出版的小说《罗斯沃特先生,愿神保佑你》(*God Bless You, Mr. Rosewater*)主人公所说的几句话似代表了冯内古特的哲学:

"哈罗,小宝贝们,欢迎你们来这世界。地球是圆的,夏热冬冷,又潮湿又拥挤。小宝贝们你们至多也活不了一百岁。我知道你们小宝贝们只有一个规条——他妈的,做人一定要慈悲为怀。"

到了《第五号屠宰场》于1965年出版后,他以前含有讽刺性的"科幻小说"才又再受人注意。已去世的英国作家格雷厄姆·格林曾称扬他是"美国当代最有才能的作家之一",以为他创出一种新的文学样式,把混合有幽默与道义的科幻小说升级为严肃文学。

冯内古特出生于1922年,父亲是建筑师,母亲家庭富有。到了上世纪三十年代经济大萧条期间,父亲失业,母亲患精神病终而自杀,这对冯内古特极有影响。珍珠港事件发生后,他辍学从军,于1944年被遣至欧洲作战。战后他在芝加哥当记者,入芝加哥大学,读人类学硕士,但硕士论文被拒。到二十余年后,大学当局始将他的小说《猫摇篮》当作论文而颁予硕士学位。这部小说于1963年出版时只销了五百余本,今日大中学生几乎人手一本,成为英文教师教材。他的文句简单易读,而故事内容又吸引青年读者。

《第五号屠宰场》含有自传性，主人公是个体验战争恐怖悲惨的美国大兵。书中一位英国上校叹息道："我们常想象在战场打仗的是像我们这样的成年人，我们忘记了实际作战者其实是儿童。我看到这些年轻刮了须的面孔时，震惊得很，天啊，天啊，我告诉自己：这是儿童圣战。"

　　在德累斯顿当战俘的经验令他理会到人的生命不过如此，随时可以丧失。他在书的末尾写道：

　　"罗伯特·肯尼迪（他的避暑屋离开我终年所住的家只不过八里）前晚受了枪击，昨晚去世，人生不过如此。马丁·路德·金于一个月前受了枪击，他也死了。人生不过如此。政府每天公布在越南服役的兵士尸体数目。人生不过如此。"

　　"人生不过如此"一语就此不断在他的著作中出现，也成为反对越战人士们的口头语。《第五号屠宰场》当年高踞畅销书目单第一位，冯内古特一时成为青年崇拜的偶像。但是由于书内包含了性爱描写、粗俗俚语，以及暴力行为场面，被许多学校与图书馆所禁。这只证明美国若干地区甚是保守。所可奇者乃是，富有保守思想者往往是主战最力者。

　　此书的畅销虽使冯内古特名气大扬，但他反而落入心理抑郁状态，誓不再写小说，而且自认常起自杀之念。1984年他曾用酒吞服安眠药企图自杀未成。他的母亲自杀，他的儿子也曾患过精神抑郁症（复原后曾写书自述经验）。冯内古特在一篇文章中道出其中原理：自杀者的儿子往往自然而然地想到死，以为这是解决任何问题的最合逻辑的一条路。

　　既停写小说，冯内古特兴趣转向剧本，他的第一个剧作名叫《祝生日快乐，温达·琼》(*Happy Birthday Wanda June*)，于1970年在百老汇上演，未获好评。其时他与妻子分离，移往纽约，与一女摄影师同居，到了 1979 年才结婚。两次婚姻都育有儿女。

不久，冯内古特又回头写小说，于 1973 年出版了《冠军早餐》（*Breakfast of Champions*）叙述两个老年白人寂寞地活在一颗行星上的故事，也是科幻性。

最后一部小说，1997 年的《时震》，故事有关公元 2000 年，由于时间与空间作祟，世界突然回入二十世纪九十年代。冯内古特自认这部小说等于是炒冷饭，用了未发表的材料，《第五号屠宰场》主人公也在此重现，而自传成分也多。小说虽还是畅销，但评论家意见不一。《时代周刊》批评道："小说家可以随手拈来，自由发挥，但并不是说你可有操纵读者的权利。"《纽约时报书评》周刊则说："读此小说的实际乐趣乃在冯内古特能将事实与虚构幻想联在一起，引致出版界与读书界论争小说与回忆录之间的区别。"冯内古特在后记中写到，此后他再不写小说，十年来果然如此。

冯内古特也出过五部杂文集，在我读来，他的杂文较小说更有味道。1991 年的《较死亡更恶的命运》（*Fates Worse than Death*），也是自传性，单是书名就使我们想到他写那些文章时的心情，但他的富含幽默的笔调大大加强了文章的可读性。

他的最后一部著作是 2005 年的杂文集《一个没有国籍的人》（*A Man Without a Country*），也成为畅销书，所集之文都是传记性，最末是一篇名叫《安魂追思》的诗，诗的终结意译如下：

当最后一个生物
因我们的过失而逝世时，
如果地球声音能自大峡谷底下
浮起：
"什么都终了"，

这就多么富有诗意。

人们不喜欢这个世界。

（2007年7月）

由传媒造成，被传媒毁掉
——《戴安娜纪事》探究王妃悲剧内情

英国威廉王子、哈里王子兄弟俩前几天在伦敦主持举行盛大的音乐演唱会，纪念母亲戴安娜王妃逝世十周年。节目在美国电视现场广播，世界著名歌手齐集，入场的群众达六万余名。场面的伟大令我想起十年前初闻王妃惨毙时的震惊。那晚我与妻刚自百老汇观剧回来，扭开电视，就满是这个新闻，惊叹的是：这么一位美丽的、世界无人不知的王妃怎会有如此早逝的厄运？①

我对英国皇室情况向有兴趣。传媒的历年详尽报导令我们熟悉戴安娜生活状况，她与查尔斯王子的婚礼、她在非洲关心贫苦妇孺的镜头等，我们都一一在电视机上见到。因此对最近出版的一本纪念她逝世十周年的书的畅销并不感意外。我也对书的作者很有兴趣。她是英美文化界的著名人物蒂娜·布朗，她青年时在英国杂志界成名后，前来美国打天下，复活了《名利场》杂志，后来又编了《纽约客》，把这本老气横秋的文学刊物灌入了不少活泼生气。有一时期她成

---

① 多年前摩纳哥王妃、电影明星格蕾丝·凯莉也遭遇同样悲剧。

为文化社交界名人,熟识大西洋两岸著名人物,由她来写戴安娜传记可算是最适当的了。

新书名《戴安娜纪事》(*The Diana Chronicles*)厚厚五百余页,读来可使戴安娜迷够劲。多年来有关戴安娜王妃的书多得很,但多是小报记者黄色新闻式,也有她以前男仆的揭秘录。布朗女士的新著则态度比较严正,所述者都有实据,不是造谣。她曾采访了不少戴安娜生前熟人,而她自己也认识王子与王妃。

戴安娜婚后生活最受人注意的当然是查尔斯王子的"三角恋爱"。离婚后,查尔斯已正式娶情妇卡米拉为妃,但是在"三角"期间,戴安娜最觉苦恼。情绪抑郁,进食后常呕吐,某次曾讽刺地告诉一记者:"我们这个婚姻中有三个人,因此比较拥挤一些。"事实是,戴安娜结婚时太年轻,不懂事,丈夫并不爱她,而皇室又对她冷淡,不予支援。读了此书,我们知道了各类详情,例如:蜜月期第二天,查尔斯即打电话给卡米拉诉爱,并写了一封长达三页的情书;戴安娜发现查尔斯戴着卡米拉所赠的袖纽;婚后不久,戴安娜窃听查尔斯打给卡米拉的电话:"无论发生什么,我总是爱你"等等。

蒂娜·布朗早已于 1985 年一期《名利场》发表过一文,首次揭露查尔斯与戴安娜间相互难处情况,尚在少女发育期间的戴安娜喜爱独自听流行音乐跳舞,查尔斯则向他所最敬爱的"迪基叔叔"[①]诉苦。文章发表后,英国黄色小报纷纷攻击布朗。其时布朗已是《名利场》主编。在此之前,她在伦敦以主编上流社会的 *Tatler* 杂志著名。1981 年的皇家婚礼广播把戴安娜提升为世界最著名人物,而 1997 年 8 月 31 日的撞车悲剧发生时,布朗已是《纽约客》主编。英国的贵族上流社会与国际名人社会迥然不同,但布朗对两者都甚熟悉,何况她与王子

---

① 即 1979 年被爱尔兰叛徒暗杀的蒙特巴顿公爵。

王妃也认识，因此写作此书，消息来源众多，有的很有来头。《戴安娜纪事》第一页就载有这样的谢词："多谢托尼·布莱尔首相赐见，并与我分享他对戴安娜的印象。"她写此书就好像回到编辑贵族阶级杂志 *Tatler* 的时期。

英国社会有阶级观念的势利，此书所谈重点恰好就在此。戴安娜·斯宾塞出身贵族，但并非皇族。斯宾塞祖先于 1714 年即是英王乔治一世的亲信，因此戴安娜之弟在她的葬礼中曾讥讽发言，谓戴安娜不需要皇家称号来抬举自己。

布朗在书中举出数点，似颇值得对戴安娜关心者的注意。一是她缺乏教育。今日的英国贵族家庭都送子女入大学进修，戴安娜少年时期只上贵族中学而已，而且成绩不佳。她早就一心一意想嫁给查尔斯而可当王妃。由于她的知识程度不高，后来就招致麻烦。1994 年她来访华盛顿期间曾与已故的《华盛顿邮报》主人凯瑟琳·格雷厄姆相遇。在社交谈话中，格雷厄姆夫人偶然问她有没有意上大学进修，"她不信我竟会问这样问题，讽刺地回答'我已经受过了教育'。"

除了缺乏教育以外，她也缺乏性经验，嫁王子时还是处女，而王子早有过许多情妇。戴安娜以为保持处女乃是美德，特别是嫁给未来国王。她的新婚夜显然没有为查尔斯带来乐趣，反令他越来越惦念卡米拉。英国的上流社会男子一向认为男女保持忠贞乃是小市民阶级做梦。贵族男子讨妻是为了要生出个继承人而已。查尔斯的性生活很自由，情妇众多，都是已婚妇女，上流社会的丈夫似毫不在意。卡米拉就是已婚之妇，她与王子私通并非秘密，据说她当时丈夫甚至有受宠若惊之感。

关于查尔斯的性生活，此书也有形容。查尔斯的另外一个情妇告诉作者："查尔斯在达到性高潮时，要我呼他为 Arthur。"据他告诉一朋友，新婚之夜与戴安娜相交，"并无什么特别"。他们的性交，只是每三星期才有一次，而且戴安娜经常呕吐，令查尔斯大倒胃口。他喜爱与卡米拉共床，因为卡米拉叫他把她当作"一头摇摇马"看待。某次查尔斯打给卡米拉的电话，被黄色小报记者偷听，查尔斯说他爱她，要变成她的月经带。此录音曾被偷听者向外公布……在这种情况下，任何婚姻都不能持久。戴安娜继母的母亲芭芭拉·卡特兰乃英国著名罗曼史小说作家，说话以尖刻闻名，某次谈到戴安娜教育程度时说："她说她所看过的书都是我写的小说，而这些书对她没有实用。"谈到王妃的性生活，此老妇人大言不惭地说："当然，你知道，她的问题是她不愿进行口交。"

戴安娜的教育与性生活不健全，并不表示她不是一个完人。其实她意志刚强，生性慈悲。她五岁时，母亲与人有私，离家出走，父母离婚后，儿女由父亲教养。幼时的遭遇令她成长时胆怯害羞，在社交场合中她总觉得不自在。而温莎王室对她的冷淡更令她局促不安。婚后她发现查尔斯不忠，乃把兴趣转移往慈善工作方面。她去非洲探视艾滋病人，竟甘愿与病人握手。①照片传展全世界后，她的声誉大增。此外她又去欧非有过战争的地区调查未爆发的地雷，如此种种，经由媒体宣传后，她的名誉远远高出僵硬古老陈旧不变的英国王室。

此外，当然有她的天生美丽。传媒方面的捧场去除了她在童年时代的羞怯感。她对时装特别在意，而她的照片传播引起全世界各地人民爱慕。布朗写道："如果没有她所受的各种苦难，这位美丽、热情、慈良的女人很可能变成一位平凡人物。她所经受的痛苦反而给她光辉。英国人民可以集中注意，眼看她在他们跟前的变化。"

但是她受媒体滋养，也被媒体宠坏。在查尔斯与戴安娜的公共关系之争中，戴安娜当然取胜，报刊上有这么多材料，她读报胃口大

---

① 那是1987年，尚在人人惧怕艾滋病传染的时期。

开。她博取多方同情。布朗在书中虽避免偏见，公正讨论查尔斯戴安娜，不靠任何一边，但她对卡米拉没有好感。同样地，英国人民看这三角关系也鄙视卡米拉。

《戴安娜纪事》也照出了另一个社会含义：新闻媒介在现代生活中的重要。布朗身为杂志主编人，当然对这方面特别注意。戴安娜的形象可说完全由媒介造成。当她与王子的新闻一传出，她马上成为狗仔队（Paparazzi）的追逐对象。由于媒介对戴安娜的重要，她生活中的"三角关系"成为"四角关系"。1981年7月皇家婚礼时，布朗还是 *Tatler* 杂志主编人，以"皇室专家"的资格应邀在美国电视上讲解婚礼的进行。她说："这个婚礼大大增加杂志销路，正如O. J. 辛普逊杀妻案提高CNN收视率一样。"1997年戴安娜惨死时，布朗已是《纽约客》主编。她的做法是一反《纽约客》以前谨慎作风，出了一本特大专号，指出温莎王室的传统与世界性超级明星戴安娜利用媒介出名，可作一个戏剧性对照。媒体靠戴安娜赚钱，戴安娜靠媒体宣传。两者完全是互相利用。

戴安娜与摄影机的相爱起源乃是母亲对她的弃绝。五岁她受父亲管养时开始与照相机结缘。父亲失妻后心情抑郁，不知如何对女儿表达深爱，乃用照相机拍照，用摄影机拍家中电影，如此，戴安娜自幼即知道摆姿势取悦父亲。她与查尔斯的关系于1980年9月开始受到传媒注意。在此之前，查尔斯与已婚妇女的奸情总是守秘的。现在王子公开追求美丽处女，令狗仔队大为兴奋。戴安娜能成为世界级明星现象乃是狗仔队所造成。他们的大量宣传以及广大群众的大量吸收，简直是将查尔斯逼上梁山，不得不娶戴安娜。那时王室也以为王子在外拈花惹草得太过分，应该可以安顿下来了。有一位小报记者告布朗言："我们不遗余力地将戴安娜推给查尔斯；我绝对深信，是我们媒体迫使查尔斯就范。"

查尔斯所爱的当然是卡米拉。传媒则坚持查尔斯与戴安娜已堕入爱河，因越是如此，销报越多，戴安娜也越是相信。1981年订婚新闻传出时，一位BBC记者问查尔斯是不是与他未婚妻"已堕入爱河"。查尔斯答道："这要看堕入爱河是什么意思。"戴安娜的回答："当然。"

戴安娜大概尚是年轻，不世故。她不但对卡米拉生炉，也对伊丽莎白女王生炉。婚后不久在一场合中，查尔斯倒酒，先给女王一杯，戴安娜竟生了气，后来她告诉人说："我总以为丈夫应该先给妻子第一杯，真是笨念头。"布朗写道："给老年人先倒酒，不管她是不是女王，乃是理所当然的礼貌行为。那确是笨念头，也许戴安娜已被超级明星观念所宠坏。"

媒体对戴安娜的吹捧开始影响了戴安娜的世界观。王室并没有像公众一样爱戴她，令她更是饥饿不已地要媒体来滋养她。她也已学得怎样摆布、操纵媒体。在她与查尔斯最不和期间，她故意独自前往印度的泰姬陵照相，因为泰姬陵是所谓"表达婚姻之爱的纪念碑"。好莱坞影星约翰·特拉沃尔塔曾有幸于1985年白宫宴会中与戴安娜跳舞。他告诉布朗道："我想，她不但知道她自己的身份，也知道这个场合是什么，有多大影响。她很理解传媒的力量。"

她利用传媒来与查尔斯和温莎王室开展了公共关系之战。她于1992年与1995年的两次谈话很令伊丽莎白女王不好意思。她借用了传媒来揭露她最内心的秘密，而她的多种相片更令崇拜者如痴若狂。布朗写道："戴安娜在开首很爱在摄影机前装腔作势，摆姿作态做宣传。温暖日光，后来慢慢变作越热越不好受。而传媒的要求也越来越高，先是好像细雨，后来大雨，最后变为可以致命的大风暴……戴安娜自己加速这种气候改变，结果令她的生活到了极不可能的地步。她以为她可以控制此种气势。她错了。"

1997年8月31日，"狗仔队"大群追踪她与埃及籍男友疾驶的车，终于造成巴黎地下车道内的悲剧，戴安娜作为一个明星是被传媒所创造，也是因为传媒而牺牲。

即使在她惨死之后，伦敦黄色小报还愿出价三十万英镑，向摄影记者试购那幅戴安娜玉体撞断，呼吸最后一口气的照片。

布朗做结论道："甚至在戴安娜最终一息尚存之时，她尚在被当作商品出售。"

（2007年7月5日）

尼克松、基辛格搭档内幕

——达莱克新书揭露两位政客又亲又妒又恨的交情

近数十年来的美国政治人物中，中国大陆民众所最熟悉的两个名字当是尼克松、基辛格。两人都曾数度访华（尼克松甚至在因水门丑案而辞职后，仍受中国欢迎）。这两人促成中美复交乃是二十世纪一件世界大事，尼克松总统于1972年抵达北京机场与周恩来握手情景经由电视广播全球，成为重要新闻。

那时的白宫国家安全顾问基辛格预先曾秘密经由巴基斯坦飞入北京筹备总统访问事宜。消息透露后，外界一向以为美国总统突然要与中国交好乃是基辛格献计结果，其实那是尼克松自己的主意，他以为在当时政治气氛中要与中国交好，共和党总统较民主党总统更能取得民意支援。

基辛格后来升为国务卿，直到尼克松几乎被国会弹劾而辞职为止，一直是总统所最依靠的亲信。我们对此两人间关系的微妙，常深感好奇，现在一本新书的出版当能帮助我们了解两人间互相猜疑、互相嫉妒、而又互相依赖的多年交情。新书名《尼克松与基辛格：权力伙伴》(*Nixon and Kissinger: Partners in Power*)，作者罗伯特·达莱克乃是以著作总统传记出名的作家，以前写过罗斯福、约翰逊、肯尼迪、里根四位，这次是第五部论总统的书。他所取的材料主要来自国家档案馆所藏的基辛格电话记录，共两万多页，花了不少阅读时间。他把两人间的关系称之谓："匹敌的伙伴"（rivalry partnership），一面互相依靠，一面又互相争取在传媒方面出风头。

当时他们所要应付的国际危机众多：如何获取越战的胜利，如何缓和与苏联的关系，如何计划与中国接触等等。都需要长时间的讨论争辩，两人在私下不断指摘对方的神经质。在这类又恨、又爱、又妒的情绪下，尼克松会故意在基辛格面前随便发出嘲笑犹太人的言论，看看后者有何反应，而基辛格一面在尼克松面前阿谀奉承，一面又向记者们夸耀自己的功劳。

除了国家档案馆的基辛格电话记录以外，达莱克也收听了尼克松在白宫办公室的谈话录音，查阅了当时白宫幕僚长 H. R. 霍尔德曼的日记，采访了基辛格和他当时的副手亚历山大·黑格与布伦特·斯考克罗夫特，以及其他许多尚活存的尼克松时代人物。长长的七百页书共有一千三百多个脚注，内容的丰富令读者神往。但我最感兴趣的是两人私下谈话。当越战期间美军在一农村（越南美莱村）残杀妇孺的新闻传出后，尼克松大为不悦，把新闻记者责骂为"那些污秽讨厌的纽约犹太人"。而基辛格则向下属与记者们简称自己的上司为"那个疯子"、"那个酒鬼"、"那个笨脑袋"。

平心而论，尼克松在外交政策方面确有成就，当前总统布什不能与之相比。但他处理越战的失败，也立即令人想起当前的伊拉克局势。有关尼克松与基辛格的书多得很，但是达莱克是在当前对伊拉克局势悲观气氛中写成此书，因此特别有意思。他写道：

"我相信，对于伊战是否明智、美国如何能解脱，退出伊拉克；中东问题与以色列、巴勒斯坦之争；美国与中俄的关系，以及总统是否专横独断等论争，我们可以在尼克松与基辛格间关系和他们如何使用权力的文字语境中来取一个新鲜的看法，也许有用。"

与以前已出版的几本传记不同，达莱克几乎以心理分析的方式来描出这两个性格复杂人物处理外交事务时的肖像。他们的个人特性、他们的竞争好胜、他们的偏执多疑、他们对权力控制的饥饿等等，实在都影响了他们外交政策的决定与实现，如上所述，他们在论争时经常发生意见，为了发泄，不免在背后向下属互相指摘侮辱对方。

他们都自以为是外交政策现实主义者，可是他们所犯的错误几乎相似于布什政府"牛康派"所犯的错误。这两位总统都是专横独断，想扩充总统的权力，都不信任在野的外交专家，在决策时不走常用的路道，也不顾国务院与CIA专家的意见。两个白宫都逐渐处在孤立状态中，引起人民不满。他们要改变世界的雄心也无可实现。

达莱克虽然认为尼克松与基辛格合伙确有一些被人称道的功绩（例如与中国复交，与苏联和解），但仍强调指出，他们的野心与傲慢态度歪曲了他们对越南、印度、巴基斯坦、智利情势的了解，而产生不良决策。尼克松不顾国务院与国会专家的意见，在外交政策上往往自作主张。例如，1972年12月，他趁国会议员圣诞假期之时，下令大规模轰炸河内与海防，一面得意地告诉基辛格："在此时发号施令的妙处之一，是不必商榷国会。"他的忽视国会的做法令人想起今日的布什。

民间反越战情绪越来越高，尼克松民意测验评价大降，战地司令警告总统，"战争已好似成为无底洞"。达莱克写道：尼克松、基辛格还是"坚持决意，相信加施军事压力可以迫使北越就范，而促成自主的南越达到光荣的和平"。他们批评传媒界发布的新闻过分悲观。他们坚称越南民主政府已生效，美军如果撤出，必会引致"不能克服的灾祸"。尼克松当时的谈话正如目前总统布什对伊拉克战争局势的谈话。

不但如此，尼克松甚至称战争延及柬埔寨造成红色高棉的得势，屠杀平民二百万。美国民意相信战争已不能取胜。实际上，早在1966年，基辛格两度赴越考察，回来后就感到"美国军力取胜已不可能"。达莱克认为总统与国务卿仍在决意不撤退美军，"直至越南可以独立"。达莱克把那两人的态度做法称为"故意玩弄政治"。他们不从越南撤退，乃是因为他们仍在等待1972年的总统大选，尼克松原想于1971年撤军，但是基辛格向他警告，美军撤出后的越南混乱局势，将可影响总统回返白宫的机会。

停火协议终于在1973年达成。四年前早已在谈判，这四年中有多少美兵，以及越南、柬埔寨平民的生命白白牺牲！

达莱克指出，尼克松曾想利用他在外交方面的成就来掩蔽在越战的失败。后来他又要利用外交成就来防止1973、1974年国会弹劾的威胁，达莱克以为那是尼克松白宫"历史中最扰人不安的一段"，他写道："利用外交政策与国际关系来影响内政以求达到他的政治目的，乃是尼克松总统期内一贯作风。在水门事件揭露后，国会讨论弹劾期间的总统处政能力，实在值得细细查考。"

基辛格后来则在回忆录中说道，"到了1973年10月，尼克松已没有时间，也没有精力来做一贯的领导。"这似证明国务卿当时尚在撒谎替总统做辩护。

达莱克的结论如下：

"基辛格至少应该根据宪法第二十五条修正案，与其他内阁人员商榷，暂时中止总统的行政权力。如此，他至少可以表明他对国事的关怀重于他对尼克松福利的关怀。但是尼克松白宫行事方式明白显示，基辛格虽可算是处理国家安全的外交能手，也只不过是一个捧场缺陷众多政府的应声虫而已。"

尼克松在1974年辞退后利用退休时间著书立说重建名誉。1994

年他的葬礼中，许多致辞者称赞他的政治手段、外交政策的先见与冷战的终止。

至于基辛格呢？他尚健在，曾被数度请入布什白宫提供对伊战意见。我们只能希望伊战终止不会如越战终止的狼狈，读者们可还记得直升机在美使馆疏散外交人员的奇景？

（2007年8月）

忆二十世纪两位最杰出的电影导演

——瑞典伯格曼与意大利安东尼奥尼同日逝世

1950、1960年代是国际电影艺术全盛时期。第二次世界大战后风行的意大利新现实主义电影慢慢失却魅力,新起的著名导演有日本的黑泽明、意大利的费里尼与安东尼奥尼、法国的特吕弗、瑞典的伯格曼等。那时,外国电影成为纽约知识界青年的偏爱,他们鄙视好莱坞商业作品,阅读报纸杂志的电影评论,齐集咖啡馆中热烈讨论正在艺术电影院公映的国际新片,几个著名导演的名字不断挂在口上。那是严肃艺术电影的黄金时期。

我有幸生活在二十世纪中叶的纽约,也是对那些外国电影若痴若狂的青年之一,因此最近两名国际名导演的同日去世令我恍然若失。瑞典的伯格曼于七月三十日谢世,享年八十九岁;不久消息传来,意大利的安东尼奥尼也告别世界,享年九十四岁。对我来说,这是一个时代的终结(黑泽明、费里尼、特吕弗等早已去世)。今日我作文纪念伯格曼与安东尼奥尼,也是在惋惜自己青年时期热情的消逝。

许多电影专家都公认英格玛·伯格曼是二十世纪最伟大的电影导演,如果有诺贝尔电影奖,他的获奖不成问题。在二十世纪下半个世纪内，黑泽明与费里尼之名也可与他并列。我所看的伯格曼第一部片子是《夏夜的微笑》(*Smiles of a Summer Night*)，一下子就被他的手法魅力抓住。这是一部喜剧片，轻快而富有哲学深理。那时我尚未去过瑞典，片中的乡下明丽情景给我印象极深，替我在十年后去瑞典探视做了准备。1957年的《第七封印》(*The Seventh Seal*)气氛就完全不同，黯淡、灰蒙、神秘、沉重。故事是中古时代一位爵士与死神下棋斗智，它与《夏夜的微笑》的明快、轻松、现代，做了极鲜明的对照，导演的名气立时大扬。这部影片的导演手法确是创新而打破先例，成为伯格曼最伟大作品。

他的作品取材与手法随时在转变，1972年的《哭泣与低语》(*Cries and Whispers*)是描写一个患了重病的女子垂死前的心理挣扎。1982年的《芬妮与亚历山大》(*Fanny and Alexander*)叙述一个家庭过圣诞节时的活动，中间穿插了各种情绪：一会儿幽默轻快，一会儿又忧虑深思，特别把儿童复杂心理描画出来，故事显然是他的自传。他专长于发掘人类心灵深处，痛楚、爱欲、宗教、邪恶、善良以至死亡等，都一一被他心理学家似的搬上银幕。看他的电影好像是读严肃文学作品，看时全神贯注，看后会反复深思。

他在四十多年内的所制作品，一共有五十部左右，重要主题不出两个：男女之间关系及人与神之间关系。他曾说过："电影是一种灵魂与灵魂间互相诉说的言语，它在感官上的表达脱出了智力理解的樊笼。"他的作品影响了很多电影界后起之秀，美国导演伍迪·艾伦特别欣赏上面那句话，把伯格曼捧为"可能是电影摄影机发明以来最伟大的电影艺术家"。伯格曼承认他的作品多是自传性，"好像是梦中出现的生活经验与感情"。他的生涯不限于电影，他也任过斯德哥尔摩皇家剧院导演。他的私生活非常罗曼蒂克，结婚多次，几乎与他片中的所有美丽女星都有过狂热关系。

伯格曼系于1950年代打入国际影坛。专家认为他一生的代表作有四部,除了上述的《夏夜的微笑》与《第七封印》以外,还有1957年的《野草莓》(Wild Strawberries),以及1956年的《魔术师》(The Magician),都是早期的。我看过多部伯格曼作品,不能同意上述说法。[①]伯格曼做了十年导演后,才因《夏夜的微笑》得到1956年的康城电影节特别奖而扬名国际。后来他就多次在国际电影节获奖。熟知他的影片者当知道,虽然他起用了不少美丽女星,在他影片中经常出现的男星则是马克斯·冯·赛多,此公尚在,虽然年老,有时还在美国电影中出现。

在国际电影节获奖后,世界各地的所谓"艺术电影院"经常拥挤着青年影迷。到了1960年,一部有关北欧中古时代一件强奸案发生后的诡秘后果的影片《处女之泉》(The Virgin Spring)获得该年度外国影片奥斯卡金像奖,伯格曼更是声名大噪。

他于1918年出生于京城附近的大学城厄普沙拉,父亲是位拘谨的牧师,态度严正,形成了后来伯格曼对宗教的看法。他在大学所读的是文学史,兴趣则在戏剧。在电影方面他是从写剧本开始,于1945年才开始导演。由于他影片中常有裸体镜头,初期影片来到美国都被作为欧洲色情片看。直到《夏夜的微笑》才受美国知识界注意。1960年的《穿过黑暗的玻璃》(Through a Glass Darkly)第二次获得金像奖(1962年)。此片描写一个患精神病的女子,相信上帝常来看视她。伯格曼对女性心理的刻画特别细腻。

我最喜欢的《假面》是描写两个美丽女子精神失常,相互取得慰藉。影片好像把两个人的个性融合在一起。此片镜头予人以同性恋印象,主角之一名丽芙·乌尔曼,是伯格曼所有影星情妇中为期最长的

---

① 我所最欣赏的是1966年的《假面》(Persona)。

一个，并且生过女儿。

不喜欢伯格曼影片者常批评他的作品过分矫饰做作，朦胧不清，晦涩难懂。喜爱的影迷则在他的作品中去探讨人生意义。你如是个结婚多年的人，看了他后期的《婚姻场景》(Scenes from a Marriage)，一定会恍然大悟地认识片中人物。

伯格曼的个人生活曾一度有过难关。1976年他被瑞典政府指控逃税，要加以逮捕，消息成为国际大新闻。伯格曼因此精神崩溃，一度被送入医院。他甚至迁居西德，后来瑞典政府正式道歉，他才于多年后回到祖国。1982年他宣布《芬妮与亚历山大》是他的最后一部影片，于1984年度又获了奥斯卡金像奖。此后他也导演了不少舞台剧与电视剧。退休后在波罗的海一小岛上终其一生。

虽与伯格曼生于同一年代，安东尼奥尼的作风完全不同。前者反映了北国艰苦寒冷气氛中的惨淡凄凉与绝望，从其间探索喜剧与希望，后者浸染了南国的温暖，在漫无目标的生活中找求人生意义。两者都是极有天才的艺人。他们作品的对比，衬出了"二战"结束后两种不同生活方式的对照。安东尼奥尼并不如伯格曼多产。但与伯格曼一样，他的作品是到了康城电影节（1960年）后才受人注意。不过影评家与影迷开首的反应是讥笑谩骂。这部后来被公认为电影艺术杰作的《迷情》(L'Avventura)在当时因表现手法新颖，未受公众欣赏，安东尼奥尼一度因之以为他的电影生涯已告终。这样的市场反应激怒了其他已成名导演们，罗伯托·罗西里尼乃齐集同行一起签名发表声明："在下面署名的影评人与电影同行对安东尼奥尼的《迷情》受到如此满含敌意的嘲弄，深感震惊。这是一部重要艺术作品，我们要在这儿对此片作者深表敬慕。"

如此争执大大引起国际注意。《迷情》于1961年在纽约映出，我因好奇，也去看了，立即被影片的故事、主题与导演手法迷住。以前所看的电影从没有给我这样深的感觉。故事情节散漫而无高潮（我想那是首批观众引起反感的原因），叙述罗马一群有闲阶级男女乘坐游艇前往一沿海小岛游玩，野餐后一少女独自前去散步，久久没有回来，她的未婚夫乃与她最要好女友一起前去找寻。在漫无目标的路程中滋生欲情，发生关系，背叛了未婚妻与知友，到了结尾，失踪少女并未找到，影片不了了之。安东尼奥尼原意并非讲故事，而是在描写意大利有闲阶级的单调无聊生活，两个爱人终而面对广阔海面，不置可否，忘却了失踪的少女。这部于开首在康城受到嘲笑的影片，现在已成为经典片，电影学院必修科的参考。当时的电影节评委会颁了特别奖后，《迷情》在世界各地放映，大受观众欢迎。次年英国一个电影刊物向七十位国际影评家征求意见，他们投票决定，《迷情》是历来影片中第二名最伟大影片，只次于奥逊·威尔斯的《公民凯恩》(*Citizen Kane*)。

可是安东尼奥尼在英美最出名的影片恐怕还是1966年的英语片《春光乍泄》(*Blow Up*)，故事情节讲伦敦一模特儿摄影师在公园摄影，回家洗胶片时发现一张照片背景有异，把照片放大后才看出一宗谋杀案在进行中。这种神秘故事片当然迎合广大观众之好。英国当代最著名女演员瓦妮莎·雷德格雷夫在此影片中首次出现，她的美艳立时引起观众注意。成名后她的激进思想（她常替受压迫者打抱不平）曾成为她的电影生涯障碍，但她仍有她的舞台生涯，最近就曾在百老汇演出。我在这儿特别提出她的名字，因我一向是她的崇拜者，今日她已是一位有尊严有气派的老妇人。

安东尼奥尼初期影片都是黑白片，因此他的首部彩色片《红色沙漠》(*The Red Desert*) 1964年出现时特别受人注意。此片有关一位精神崩溃的女子，导演利用颜色来反映女主人公的精神状态，他甚至把房屋与树木漆了颜色，然后又一景一景地改换颜色。他在此片中对颜色的运用，令我想起张艺谋初期作品。

安东尼奥尼作品不如伯格曼之多。1960年代正是性自由解放最热烈的时代，两位大师的杰作也不免渗有性的因素。有的美国观众去看外国（欧洲）电影就是着意于坦白的性描写，把它们当作色情片看待。其实两位名导演乃是利用必要的色情镜头来刻画片中人物对爱与情欲的索求，目的是在更深入地描绘一个人的性格。

伯格曼的产品不但较安东尼奥尼为多，而且更为卖座。作为艺术家，安东尼奥尼在制片时绝不向出资的后台老板妥协屈膝，他于1975年曾与美国影星杰克·尼科尔森合作拍了《过客》(*The Passenger*)，并不十分卖座。他几乎常是在"失业"状态中，老年中风后更不能工作。1996年度的金像奖典礼颁给他一个特别奖，他已讲话困难，只能说一个字"Grazie"（谢谢）。

常被人遗忘的乃是安东尼奥尼于1972年所拍制的纪录片《中国》(*Chung Kuo*)。此片描绘当时（"文革"时期）农民处境，为政府所禁。

（2007年8月10日）

CIA原来是个纸老虎？
——新书揭露美国情报机构笨拙无能

我一向对CIA（美国中央情报局）与苏联间谍机构KGB（克格勃）之间斗智很有兴趣，因此而成为一个热心的间谍小说迷。现在，苏联没有了，KGB今日在普京治下虽还存在，却已失去往日威风；而CIA的笨拙颟顸真相近来被揭露后，也令我大为失望。它正如其他官僚机构一样，英雄，显然只出现在虚构小说中。

在我下笔不久前，CIA总部在国会催促之下，终于将一份2005年6月的内部调查报告公布于世。此报告主要乃是监察长（Inspector General，不受情报局长约束）调查"九一一"事件为何未能防止的原因。结果，发现责任于CIA高级领导及当时局长乔治·特尼特的身上，并指出整个机构"系统性的失败"。但那年，政府以机密不可外扬为理由，拒绝将此报告公开。而特尼特在辞退后，还受布什总统颁予国家一级胜利勋章颂扬他的功绩。2006年国会大选民主党取胜后，才迫使CIA将此报告公布。

报告详尽地指出，CIA其实早已获悉阿盖达组织与本·拉登的存在，但未准备具体策略对付；此外，CIA又未能与FBI合作，以致几个已知的恐怖分子逃出法网，其中一些恐怖分子后来参与驾机撞毁世贸中心而丧生。

其实CIA的行为一向受到外界指摘。读到此新闻之时，我正在阅读一本《纽约时报》记者蒂姆·韦纳所著有关CIA过失的新书《余灰》(*Legacy of Ashes*)，将CIA在冷战时期所犯错误一一列出。

作者以为，美国的敌人往往将CIA能力估计过高。例如，当基辛格于1971年初次秘访中国时，周恩来问他CIA各种暗中破坏行为，基辛格答周："你太高估了CIA能力。"周说："凡是世界有事发生，人人就想到CIA。"基辛格同意："你说的是对的，但这样看法只有令CIA自鸣得意，其实它不值得如此被看重。"

1979年时，伊朗革命青年占领德黑兰美国大使馆，捕获一个CIA使馆情报人员，指他是CIA在整个中东间谍网中的首脑，阴谋暗杀霍梅尼大主教。其实此人到伊朗只有九个月，不会操波斯语。那些革命分子查出后大失所望，以为美国太轻视伊朗，只派来如此一个没有经验的间谍，等于是"侮辱"：此人对伊朗文化历史也毫无认识。

根据作者所述，CIA历年来所犯错误众多，并不是外界所畏的秘密情报组织。它的前身是"二战"时在欧洲敌后专与反纳粹游击队合作的秘密活动组织，名OSS，战后正式成为CIA。CIA在中国大陆根本没有什么成效，在伊朗，它甚至不能预测1979年革命的发生。卡特总统时期CIA局长S.特纳自承："我们好似在睡眠中。"

此外，CIA未能预测1949年的苏联试爆首个原子弹，1950年的朝鲜战争，1950年代的东欧各地反苏暴动，1962年的苏联在古巴装置飞弹，1979年的苏联军队进攻阿富汗，1972年的阿拉伯以色列战争，1989年的苏联解体，1990年的伊拉克侵攻科威特，1998年的印度试爆核弹，以至2002年的所谓萨达姆拥有"大规模杀人武器"等等。可列的清单长得很，这些都是世界重要事件，而CIA不能预测它们的发生，可见这个情报机构的无能。

韦纳的《余灰》详尽地列出CIA种种失败，从冷战初期开始（当时有数百名人员潜入苏联铁幕之后活动，有的被捕杀，有的投诚变为双料间谍），直至伊拉克战争时期，特尼特仍大言不惭地向布什夸言捕捉本·拉登是等于"扣球入篮"（Slam Dunk）。此词已成为表明CIA无能的常用臭名。

1950年代，CIA远东部门处长厄尔默曾夸言："我们在世界到处活动，到处成功。"1963年，CIA在伊拉克秘密支援军人兵变，成立了后来在伊战著名的巴斯党（Baath Party），党内一个主要的暗杀能手名叫萨达姆·侯赛因。因此，我们可以说萨达姆乃是CIA一手造成的。韦纳在书中也提及前CIA南韩主任D.格雷格（后来曾任老布什当副总统时期的国防顾问）曾这么说过："我们在欧洲成绩不佳，在亚洲成绩也坏。CIA初期毫无成就。名气虽响亮，成绩则极糟。"

这样说法的流露完全推翻了我们对CIA这个间谍组织的神奇遐想，令我们这些间谍小说迷特别失望。我们一向以为它是个非常神秘的、无事不知、富有魅力的间谍机构。美国的小说、电影、电视中各种描述都加强了对他们的想象，甚至美国的敌人也有这种又敬又畏的看法。韦纳在书中指出，甚至许多总统在莅任之初，也以为这个情报机构神通广大，能够探取他国秘密，而且影响当地政治。

据说，当各总统们到任不久，发现真相后，极为失望，有的怒发怨言。艾森豪威尔于二届任期终了时，重审CIA成绩，冷冷地对当时的CIA局长艾伦·杜勒斯道："我因你这个机构已经受了八年失败，现在只好将此《余灰》传给继承者。"接任的肯尼迪总统乃是一位间谍小说迷，特别欣赏著名的007号间谍惊险故事。当他被介绍给当时负责暗杀古巴总统卡斯特罗的间谍时，大为失望，因为此人又胖又爱酒，毫无007的英俊气派。到了里根总统时期，接任CIA首脑的威廉·凯西乃是总统知友，此人不拘小节，道德观念不高，他说他要恢复CIA

过去光荣，结果毫无成就，反而因"Iran-Contra事件"[1]引致国会查问，里根总统名誉大损。

韦纳特别指出国务卿艾森豪威尔之弟艾伦（CIA任期最长的首脑）是个爱好虚荣、懒惰、使诈的骗子式人物。他一面在听下属报告，一面看电视上的篮球比赛；他用纸张的厚重来估量报告书的重要性。至于凯西呢？他不但善于撒谎，且行为古怪，可能是后来致命的脑瘤影响。在各任CIA首脑之中，最有名的当是约翰逊与尼克松总统时期的理查德·赫尔姆斯。但是即使是他，也爱讲一些总统喜欢的话。1969年时，为了迎合尼克松白宫政策的需要，他甚至编改了CIA对苏联核弹力量估计的报告（在原来的分析报告书中，专家认为苏联尚无能力发射核弹）。赫尔姆斯将一段重要文句删掉，从此，每年CIA的报告总是高估了苏联的能力，直至冷战结束。

当然，近年CIA最声名狼藉的成绩是2002、2003年度对伊拉克的情报。情报人员误信了一个伊拉克流放人士的谎言，因而在政策上造成错误。[2]

我对此书特别欣赏，乃是因为我是用间谍小说迷的眼光来探视过去六十年来CIA所犯错误的惹人又生气又可笑的详情。韦纳作为《纽约时报》记者，采访此情报机构多年。根据他的调查，政府高级官员往往是最后才获知详情。例如现任国防部长罗伯特·盖茨，1990年8月时乃是老布什白宫情报顾问。那天，他正在与家人野餐，夫人从屋内出来惊奇地问他："你还在这里干什么？"他道："你说什么？"夫人答道："侵袭。"他高声问："什么侵袭？"原来伊拉克大军刚入侵科威特。

这类内部高官消息毫不灵通的例子很多。1989年柏林围墙倒塌发

---

[1] 非法将军火售与伊朗，所得暗中支援尼加拉瓜反政府叛军。
[2] 约翰逊总统执政的1964年，总统为了要博得国会同意对越南宣战，情报机构甚至伪造了越盟在海面攻击美国军舰的"证据"。

生时，CIA苏联部门一个高级要员毫不知其情，直到白宫紧急来电话询问，此人乃不得不依靠CNN的广播来作答。韦纳写道："当然，CIA不能承认，潜伏在苏联的双料间谍早都已被捕杀；因此它不能得悉围墙即将倒塌的情报。"①

韦纳并非揭露CIA真相的第一个记者。我尚记得，1975年时，由爱达荷州参议员弗兰克·丘奇任主席的参院委员会曾对CIA的作风与成绩做了调查，结果极度不满。当时曾有几位记者与作家写书报导，最出名的一本是1979年托马斯·鲍尔斯所作的《那个保守秘密的人》（*The Man Who Kept the Secrets*），书中主人公就是上述的理查德·赫尔姆斯。

韦纳所写的《余灰》共七百余页，其所述译尽事实的依据是数万件已被公开的秘密文件，以及他对数十个已退休间谍们的亲身探访。他所绘的CIA真相图像可用四个字来形容：颟顸无能。请想历年来美国为此消耗了多少经费——CIA经费与预算从不公布！

我们可以自问：一个公开的民主社会是不是可以维持一个有效的秘密情报机构？在公开社会中要保持秘密，当然极为困难。可是在当前伊斯兰恐怖分子威胁在美国城市爆发核子炸弹之时，我们可不得不保持这么一个机构。

正在我阅读韦纳厚厚的书之前，CIA现任局长海登将军于六月下旬公布了一批长期保守秘密的文件，历述1960至1970年的CIA不端行为，对内侦查公民、对外计谋暗杀，以及其他未曾成功的错误任务。这些文件系于1974年编集，一直被冰冻在机密保险箱中。经国会的要求以及历史学家的申请，海登终于将那些多达七百余页的文件解

---

① 爱读新闻者应当知道，后来有一名潜伏在CIA的双料间谍奥尔德里奇·埃姆斯被举发捕获，原来是他向KGB泄露那些潜伏分子的身份的。

冻（同时解冻者有大批有关美国与中苏间冷战关系的文件），CIA内部把它们称为"家传珠宝"。在极度保守秘密的布什政府下，CIA首脑愿将多年守秘的家丑外扬，可说是件不平常之事。

有一文件记录了福特总统与其国务卿基辛格之间的谈话。基辛格批评当时CIA首脑威廉·科尔比主张彻底调查情报机构的以往过失，谓这类调查"比麦卡锡时期更不好"，反而会拘束了情报人员行事。

福特问道："我们可将他停职吗？"

基辛格答："不必。但在调查结束以后，你可将他去职，另外找一个有德行的人替代。"

果然，一年后，福特挑了老布什继任CIA首脑。科尔比后来在一湖边驶船时神秘死亡，老布什后来当选了总统。

那七百余页的"家传珠宝"文件原乃是科尔比的前任首脑詹姆斯·施莱辛格所下令编集，过去三十三年来，其中有一部分曾泄露给传媒界，1974年12月《纽约时报》就曾报导，CIA也藏有侦查万余美国公民的档案，这类行为是非法的。

CIA原来竟是个错误百出的纸老虎。我一向对政府机构不是十分信任，但是作为一个间谍小说迷，我可更失望更伤心。在此伊斯兰恐怖活动猖獗之时，又特别令我寒心。

（2007年9月5日）

戈尔指布什有违理性

——戈尔新书《强奸理性》列举总统种种错误

我每日在电视新闻上看到伊拉克战争所引起平民大批被自杀炸弹炸死，美军士兵死伤等惨状，就会想起2000年总统大选结果：戈尔虽获全民投票（popular votes）多数，但是受保守分子掌握的最高法院还是将总统判给布什。许多选民回忆当时的情况，恐怕都在发问：如果戈尔成为总统，这过去六年多来的美国与世界情势又会如何发展？近来布什的民意支援已降到29%，他的"政绩"成为国际笑柄。

相反的，戈尔声誉则大升，特别是他对环保的意见获得国际支援。他的指出地球转暖危机的纪录片也获得奥斯卡金像奖。他被提名为诺贝尔和平奖人选。如此，他若参与2008年总统竞选更有可能给希拉里与后生可畏的奥巴马带来威胁。

上月他的新著《强奸理性》（*The Assault on Reason*）的出版因此而特别令人注意。两星期前，我去我家附近的一家书店听他演讲与新书签名，五楼大厅挤满了千余听众（或读者），显然都是他的爱慕者，其中许多是支援环保运动人士。他以前的一本畅销书《一个不方便的真理》（*An Inconvenient Truth*），与根据此书所摄的影片早已替他召集了不少英雄崇拜者。这些听众当然都是对布什总统行为感到十分绝望的公民。

我购了新书请戈尔亲笔签名后，迅速读完，这里便是《强奸真理》的读后感。

我曾对书的译名起了一阵踌躇。assault的原意是"攻打"，而报上常载的好女被强奸新闻往往也用assault一字。戈尔演讲指出新书乃是批评布什攻伊政策的不讲理由，有违理性。我初要把书名译为"有违理性"，但觉得不够强调，因此用了"强奸理性"。美国目前极大多数民意对侵攻伊拉克的战争都有深深反感，他们当与戈尔有同感：布什的决意领导全国奔往危险绝境，表明他已失去理性。"强奸理性"在两星期内已升达畅销书目单第一位。

戈尔的怒气针对布什过去六年的政绩，新书指出布什不讲理由，"与现实脱节"，说他口中不断重复的"民主"观念完全有违开国元勋们的原意。他单面侵攻伊拉克，口口声声说要在中东地区传布民主，改变政权，他的用武借口是萨达姆藏有"大规模杀人武器"，这个借口现已在联合国与美军搜索后证明没有实据。可是今日美国仍有半数人口相信副总统切尼所撒谎言，谓伊斯兰恐怖分子"九一一"空袭炸毁世贸中心乃是受萨达姆指使。

戈尔批评布什在行政方面颠顶无能，不但忽视"九一一"前有关恐怖分子活动情报，而且使用政治手段与宣传来煽动民间的恐惧；他的"单边行动"信条触怒盟国，造成美国在国际上的孤立，同时反而引起中东地区更严重的危机。在国内，宪法所定的行政、立法、司法三方面独立的平衡也被布什的专断态度破坏，戈尔说："布什对右翼理论有如此的绝对信仰，他忘却我们这些收集事实根据的人们也有我们的信念。"他特别指明极右思想的媒介与宗教保守派为伍，雇佣一些有偏见的新闻从业人员充当"宣传应声虫"。

对布什行为不满的人们并不单限于民主党人或所谓"自由派分子"(Liberals)，多数历史学家，政治问题专家，甚至布什白宫的前中坚分子也有同感，此乃是布什在民间声望低落的大原因。当然，戈尔不单是以前副总统身份发言，而且他也可能是明年的总统竞选人，如此，《强奸理性》一书更具分量。作为读者，我认为此书对布什政策的批评并不限于党派争执，而具有实据（他在大量脚注中引据国会档案，在国会各委员会作证者证词，报纸言论等），其对读者的影响力当不下于《一个不方便的真理》。

《强奸理性》的重要性并不限于他对布什行政能力真相的揭露，而且也对当前美国民主受创现象——做了分析：选民失去信心，许多公民避免前往投票站，因为他们对政客深表怀疑，竞选的政客不大与选民直接接触，只依靠三十秒的电视宣传；在此同时，有地位的传媒业又逐渐被巨大企业并吞，失去言论独立性等等。在这类环境下，选民无法认识一个竞选人的真正意向。此书的出世重新燃起民间对民主政治的热忱，正如《一个不方便的真理》一样，引动大量关心时事者的兴奋。

戈尔新书讨论中心点是："当前美国政府在审慎考虑重大决策时，好似不顾理由、逻辑与真理，公共辩论也已越来越模糊不清，漠视理由，缺乏焦点。"戈尔谓布什白宫的行政讨论就是如此，正如许多曾在白宫服务过的人员所透露，布什往往忽视专家意见，例如：侵攻伊拉克所需部队数目，对地球转暖后果的警惕，国库亏空所造成的危机等等。他与亲信下属往往绕道而行，以求迎合预先已定的牛康派右翼理论。

在布什一意进兵伊拉克之前，国际专家早已对萨达姆拥有"大规模杀人武器"谣言起疑，至于所谓萨达姆即可制造核弹之言更难以令人置信，不过有些专家不敢公开张言，"以求避免与布什白宫所发言论起矛盾"，有损个人福利。最明显的例子是前陆军参谋总长辛塞奇将军的受处罚。他在国会做证时声言要在伊拉克驻军治安，至少必需军队数十万。此言与国防部长拉姆斯菲尔德的预计不合，辛将军不久即被撤职，提早退休。戈尔写道："布什与下属因为辛塞奇提供的意见不合他们所预期者，不愿进行有理性的讨论——虽然，他是专家，而他们不是。"

戈尔也指出，布什政府偏爱守秘，如国家安全局监视公民，以及酷刑拷问嫌疑犯的行为等都不公开；它行事没有责任感，它的"欺瞒"公众的做法简直是"前所未有"，因此伊拉克一类问题"根本不可能在民间展开真正考虑与有意义的讨论"。至今为止，白宫（特别是副总统切尼）还是不断向广大民众暗示萨达姆与阿尔凯达组织有联络，主使了恐怖分子对世贸中心的袭击。事实当然已证明，布什进兵如果是为"九一一"事件复仇，侵攻伊拉克根本是搞错了目标。在内政方面，戈尔也指控布什向国会"隐瞒事实"，为了取悦富有的石油工业，他甚至拒绝参与国际准备应付地球转暖、气候转变可能引起全球灾祸的一致协议（即东京协议 Kyoto Agreement）。

过去六年多来，戈尔作为一个没有官职的普通公民，却做了一些有益人类的事。他的《一个不方便的真理》影片与书震动全世界。现在这本《强奸理性》可以当作学校的公民课教科书，但也可以被看作是对布什篡位的报复，可是即使把它当作后者，我们还是可以学得政治背后的一些勾心斗角的奥妙。戈尔笔法是酸刻的，但我们不得不同意他，他说，历史将会判断伊拉克战争，布什的"决意侵攻与占领一个并未攻打我们、也对我们不具威胁的脆弱小国，简直是荒谬的悲剧"。四年战争与三千五百名美军丧生后的今日，三分之二公民举手同意。

戈尔在过去数年虽曾不断蒙受右派舆论的攻击，但他的一般言论与这本《强奸理性》基本上说的是真话。他说他没有再度竞选用意，因此可以不受政治考虑的束缚而任所欲言。可是读了此书后，我仍可瞥见他留下一个小缝，金秋挪威京城奥斯陆发表诺贝尔和平奖人选时，名字如是阿尔·戈尔，我预言美国人民会群起催促戈尔下海。其实那天在他签名售书的书店门口已有一群青年高持"08 戈尔"的标语。

现在的问题是：届时希拉里将会有何反应？

（2007年9月）

谈诺曼·梅勒的生平与著作
——悼念二十世纪美国文坛一头雄狮

我初次听到诺曼·梅勒之名是1948年在密苏里大学图书馆中。一位初识的女同学为我这个到了密大不久的新生导游图书馆。她指着大厅一具橱窗内所陈列的两本新书道:"这两位青年作家必将扬名文坛。"新书是诺曼·梅勒的《裸者与死者》和杜鲁门·卡波蒂的《别的语声,别的房间》两本内容性质截然不同的处女作。半个世纪来,这两位作家确都成为国际知名人物。卡波蒂已于1984年逝世,今日我著文纪念刚于十一月十日告别人间的梅勒,不免回忆自己在青年时期的生活。因为我们是同一年代的,我常企羡、惋惜为何自己没有如此成就。不过世界有多少怀有如此梦想的青年,而诺曼·梅勒只此一个。《裸者与死者》出世惊动文坛时,梅勒只不过二十五岁!

我与梅勒只见过数面,最不能忘怀的是第一次。我于1952年自密苏里迁至纽约后,生活简单,十多年来常与格林威治村一群对文学艺术志趣相同的青年厮混,男女黑白皆有,夜间在咖啡馆或酒吧高谈阔论时行的文学作品与电影。朋友交游随便,周末晚间常有派对,来者不拒。拥有面积较大的公寓者很愿意慷慨开门接纳客人。某次我们在咖啡馆相聚，有人谈起他们所认识的朋友在西边八十几街的公寓正有派对，我们五六个人毫不犹豫就带了一瓶威士忌酒驾车而去。开门纳客的是醉醺醺的作家梅勒，一手持酒杯，一手持烟，笑嘻嘻地邀我们入内。此后情况我记不起来。数年后，就是在此类场合中，他与当时的妻子醉酒争吵，用小刀把她刺伤，次日纽约各小报封面就满是这个新闻。

梅勒不但是位受尊重的文学家，也是喜爱在社交界出风头的名流人物，小报闲话专栏常有他的名字出现，他爱好辩论，主题无论是文学或社会问题。最出名的几次电视辩论的对手分别是保守派的威廉・伯克莱（《国家评论》创办人）与思想开明愤世嫉俗的戈尔・维达尔。这两位先生一左一右，都是能言善辩者，有时一语不合，梅勒就会大发脾气。他性格暴躁，某次在电视节目上几乎与维达尔打起架来。又有一次他与伯克莱辩论后，次日报载谓二人针锋相对，结果是半斤八两，无人取胜。那个晚上在一酒会中，他面质那位写报导的《纽约时报》记者，把酒泼在他的脸上，厉声怒斥："谁说半斤八两？我把他打瘪了。"关于梅勒的这类轶闻太多了。

1986年1月，国际笔会在纽约开年会，东道主是美国分会，那年恰好是分会选出梅勒为会长。由他主持，国际笔会的集合更热闹了，世界名家云集，出席者包括波兰诗人米伊兹，西德作家君特・格拉斯，南非作家内丁・戈迪默，美国作家索尔・贝娄等，都是诺贝尔文学奖得主。中国也派来一个代表团，我记得发言的有王蒙与陆文夫。大会的主题是"作家的想象与政府的想象"，因此会中政治气氛浓厚。会议由梅勒来主持甚为恰当，政府干涉作家自由问题最可引起热烈辩论。我记得当时政府曾派国务卿施瓦茨来大会致辞，表示欢迎，政府官员的出席引起会员极度反感。我到今日还觉得任何文艺集会何必邀请官方代表作为贵宾来说话？当时我曾写了一篇"世界作家，国际政治"的报导，今日竟记不起在何处发表，但收在我一本文集中。

1986年是梅勒写作生涯最旺盛、也是他的名气最大的时期，除了写小说与非虚构作品以外，他也有时间在杂志上发表文章。他的多产，主要是为经济问题。他结婚离婚多次，一面要付前妻赡养费，一面又要负担许多儿女的生活。他的作品（特别是发表在杂志刊物上的文章）有时不免粗制滥造，可是他在美国文学界是坚定的。青年时期他就野心毕露，自称"要写一部陀思妥耶夫斯基、马克思、乔伊斯、弗洛伊德、司汤达、托尔斯泰、普鲁斯特、福克纳甚至海明威也要阅读的小说"。

处女作《裸者与死者》替他获得了偌大的声誉，此后他出版过多部小说，但我觉得他的非虚构作品倒反而对社会更有影响。我所最欣赏的作品是1968年的《夜幕下的大军》（The Armies of the Night），书的副题是"历史当作小说，小说当作历史"。书中主要角色是梅勒自己（用第三人称）。所记述者是1967年反越战运动民众在国防部五角大厦外的游行示威。所谓"非虚构小说"称号，已因卡波蒂的《冷血》（In Cold Blood）而时行。此后新闻记者也仿用小说形式写报导。《夜幕下的大军》被公认为梅勒最佳作，曾同时获了两个奖：普利策奖与国家图书奖。

梅勒的兴趣包罗万象，政治、拳击（他是默罕默德·阿里的好友，曾写过这位黑人拳击家）、好莱坞、女明星、美术等，都可成为他的写作题材，他曾写过毕加索传记，玛丽莲·梦露传记，也写过总统竞选的纪实报导。他一面又对社会现状不满，另一部非虚构小说是1979年的《刽子手之歌》（The Executioner's Song），把一个杀人凶手的真实生活感受、爱、恨、暴力、受刑等——用小说方式写出，此书也获得了普利策奖。

梅勒本人的生活也是五颜六色、多种方式的。1960年时他在派对中用刀刺伤妻子，声名狼藉，1969年他竟要竞选纽约市长，与他合伙者是纽约著名时论家吉米·布雷斯林，竞选运动确有一些号召力，开首布雷斯林以为梅勒只是逢场作戏开玩笑而已，发现梅勒有此真意，赶忙退出。那是社会动荡的1960年代，什么怪事都可发生。不过梅勒当时与女人合作创办的《村声》(*Village Voice*)周刊今日犹存。经过数度资金与人手转换后，内容已不如初期的泼辣有劲。现在纽约到处街角都置有免费取阅箱，《村声》今日只靠广告支援。

梅勒的自大性极强，早于1959年出过一本名叫《自我宣传》(*Advertisement for Myself*)的杂文集，自认生性傲慢，脾气倔强，不能自主，但相信作为一个小说作家，他可影响美国社会。梅勒自信，他虽不如托尔斯泰伟大，但必能写出一部与《战争与和平》一样的小说来描述美国当代的政治与社会状况。1965年他出版了《一个美国梦》(*An American Dream*)，形容当时的嬉皮士式生活，未受十分好评。

由于他的兴趣之广，他的写作取材也甚奇特，除了1973年的《玛丽莲传》与1995年的《青年时期毕加索》以外，1995年的《奥斯瓦尔德故事》乃是记述暗杀肯尼迪总统的凶手奥斯瓦尔德生平。他也对太空旅行好奇，于1969年出版过记述人类首次登陆月球的《月球上的一朵火焰》(*Of a Fire on the Moon*)，他对政治的关心令他权充新闻记者采访了1968年的民主党和共和党的大会。

其他我可推荐的小说有1984年的《硬汉不跳舞》(*Tough Guys Don't Dance*)，一部硬性的谋杀案故事，在两个月内匆匆完成，因梅勒为经济所迫急要付债，但此也是梅勒自己最喜欢的作品。1991年的《卖淫妇的鬼影》(*Harlot's Ghost*)，情节有关国际情报工作，故事系根据CIA一个重要间谍的生平。最后作品是2007年的《林中城堡》(*The Castle in the Forest*)，解剖希特勒童年时代心理成长。据说梅勒在临死前仍希望完成此部小说的续集。

从1948年的《裸者与死者》直至2007年的《林中城堡》，梅勒的小说与非虚构著作一共三十多部，另加无数纪实或论事的杂志文章，真可谓是多产作家。他的作品内容多样性，正如他的生活充满传奇性。他结婚六次，一共生有九个儿女，到他去世之时，孙儿女已有十个。他生活浪漫，喜好女色，饮酒吸毒，无所不为。但他对家庭颇有责任心。

在写作方面，他自视甚高，蔑视当代作家，而把自己与托尔斯泰与陀思妥耶夫斯基相比。他视戈尔·维达尔为劲敌，经常相辩。维达尔这么形容他的辩论神态："他老是高声疾呼，好像非要把他的高见印入我们脑袋不可，每说一句话，他声音越来越高，态度越来越是恼人，但是我们同时代的都尊重这位具有影响力的作家。他的错处虽多，但比不上他的整个成就。"

在第二次世界大战后的新兴作家中，梅勒的作风可说是革命性的。他是第一个最大胆使用禁字的作家。《裸者与死者》中一个"f……"字出现时，读者突然看到会心惊肉跳。那时，"fuck"等一类脏字不能在报刊书本出现，但是战场大兵每说一句话总不脱"fuck"，如果不用，书中角色的对白便不自然，梅勒乃用"f……"来表达。今日这类禁例已完全被废弃，甚至在电影中或电视上有的角色（男女均有）满口"fuck"或"fucking"。

梅勒出生于一中产犹太家庭，自幼聪慧，十六岁即进哈佛大学，开始对斯坦贝克与多斯·帕索斯作品发生兴趣，一心想当作家，自己规定每日非写三千字不可。十八岁时他获得《故事》杂志征文头奖，1943年于哈佛毕业，决心追求文学生涯，次年被征入伍，结了婚后被遣至菲律宾作战。《裸者与死者》就是根据他的战场经验而写，初版在三个月内就销了二十万本，一时声名大震。梅勒后来说："开初我自认为这是《战争与和平》以来的最伟大小说。另一方面，我又想，我不懂写作是什么，我其实是个冒充作家。"

到了1950年代，他又写了两部小说后，未获好评，他生活流浪，没有方向，就是在此期间（1955年）他与友人合创了《村声》周报，成为齐集格林威治村的文人、艺人的喉舌。在周报上他发表了不少杂文，成为1960年代落拓不羁、嬉皮士式风格的先声。可是他虽思想开明，剧烈反战，对当时新兴的女权主义运动却具反感。在这方面，他是个大男子主义者，随便遗弃妻子，六个妻子之中有一位是英国贵族，最后一位是身材比他高的美丽模特儿（最近也有一部小说出版，显然是受了梅勒鼓励）。1971年时，他与一位女权主义领袖在纽约一剧院公开辩论，自称是"生育节制之敌"，一时成为传媒大新闻。

他的广泛兴趣也包括电影，一度曾在1981年的《爵士年代》（*Ragtime*）片中当过配角。但他主要是想当导演，只导演过一部名叫"Maid Stone"的片子，在拍片时他与饰演主角的演员因意见不合而打架，竟把那演员的耳朵咬去半个，受伤的演员抓住一把铁锹向他追打，经场中工作人员劝告而止。但此影片很少在电影院公映。

在多部小说中，梅勒自己以为1983年的《古代的傍晚》（*Ancient Evenings*）是他的最佳作。此书内容背景是古代埃及，因此作者必须有特殊的想象力，出版后曾受到不少书评家赞赏，但有的却批评他是卖弄噱头。至于评论界公认的杰作《刽子手之歌》，梅勒则并不十分同意，因那小说是根据实事，并不完全出于想象力。出版时《纽约时报书评》周刊一位名家如此赞扬："写此书的野心令人晕眩。所被忽视的事实是：梅勒乃是一位伟大而有独特风格的作家。对他而言，文句的样式便成为故事中心。他的文句长短并非偶然，也不是匆匆写出。我以为除了梅勒以外无人敢写此书。《刽子手之歌》中的语声是真正的西部语声，我们可常在生活中听到，但很少在文学作品中读到。"

到了1990年代，梅勒的健康状况转劣，走路要靠手杖，耳朵要用助听器。他于1995年戒酒，同时他的自大也逐渐消失，某次竟说：

"索尔·贝娄与我自己,以及其他几位,其实不能与海明威、福克纳相比。"虽然突然如此谦虚,他仍自认是当代作家最伟大者之一。他说老年体弱后对写作至少有一个好处:"字句不再浪费,低落情绪也慢慢消失。与我在青年时期不同,写作现在是件严肃正经的活动。真正的好作家常常自问到底是多么好,好的小说家非常惧怕自己究竟好在哪里,惟恐并不好得怎么样。在此科技发达的社会中,我常自问,一生写小说是否有此必要。年老之后的好处是我不必再如此多虑。三五十年前我如有这样认识,便可省却不少苦恼——一个人的最终名誉与他的才能无关。历史决定你的名誉,不是你的文字排列次序。"

在结束此文之前,我不能忘却杰克·亨利·阿波特的一段轶事,阿波特是半华裔的囚犯,在狱中与梅勒开始通信,梅勒欣赏他的文笔,鼓励他写作,帮他出版了一本自传《在野兽的腹腔中》,更将他保释出狱,囚犯一时成为文坛宠儿。但是人性不改,阿波特出狱不久后又因吵架而杀人,再被关入牢狱。时间是1981年。

写作生涯长达六十年的梅勒未能获得诺贝尔奖是个遗憾。他的最后所获荣誉乃是在2005年国家图书奖的典礼中,大会颁发给他终身成就奖,他一时感到已成过去人物,二十世纪已逝,感叹道:"我想小说形式不久将成为过去。但是由于个人对自己的行业总较别人看得更重要,我相信世界将会感到有所欠缺。"

(2007年11月14日)

布什的悲剧
——专家分析即将期满的总统心理

近几个月来，美国传媒专注于下届总统竞选情况的发展，把现任总统冷落了。过去七年多的布什总统政策把美国与世界形势弄成一团糟，历史学家当然不会忘记。多数时论家（除了一些极端保守派）都已把布什认定为美国有史以来政绩最劣的总统，可是自信力极强的布什仍是大言不惭地把自己比为林肯或杜鲁门（杜鲁门虽因朝鲜战争而声望大跌，后来则被历史学家抬举为美国伟大总统之一）。他也提及丘吉尔之名，更令人忍俊不禁。

布什的两届总统任期既是如此引起人言啧啧，市上有关他的论集极多，来不及阅读。近来我尽量找出时间来把两本新书读完，觉得颇有介绍价值。一是去年九月出版的R. 德雷珀的《死不认错》(*Dead Certain*)，另一是今年一月问世的J. 韦斯伯格的《布什悲剧》(*The Bush Tragedy*)。把这两本书同时参读，我们便可对这位总统的脾气、性格、学识、对人对事态度以及最后的悲剧性终场有所认识。

《死不认错》，单是这个书名就一语道出了布什的顽固强硬性格。他自称是个"决定者"（decider），即是说任何政策都由他自做决定，决不后退，决不改念。问题是，他的执拗态度在外交与行政讨论方面都不能产生顺利结果。例如，他一听信了副总统切尼的耳语，便不会改意。他并不在会议中讨取多方不同意见。按例，国家安全顾问赖斯女士（现升任国务卿）应是总统最主要顾问，但是赖斯只是个亟欲取悦总统的应声虫，并不发生什么大作用。布什是个永远乐观者，毫不关心外界批评。

作者德雷珀曾任《德克萨斯月刊》（*Texas Monthly*）主编，对布什在德州任州长时的情况极为熟悉，为了写这本书，他曾采访了二百余名人士，包括切尼、赖斯、前国防部长拉姆斯菲尔德、前政治顾问卡尔·罗夫以及总统夫人罗拉。结果是一幅充满自信、乐观、对事绝对肯定的肖像。他很少自信自疑，一做重要决定，即从不因其他考虑而发生动摇。这样的固执终而造成今日伊拉克战陷入泥潭、不能自拔的局面。

这幅肖像当然不是簇新的，历年来市上已有好几本如此描写布什的书籍。但这本新书的特点是在给予读者对总统一个密切熟悉的印象，特别是，他做政策决定的过程。他往往过分信赖亲信顾问罗夫，常常造成后者与其他顾问之间的不和。此外，作为一个"决定者"，他的自信力也往往引起他的"健忘"。例如，伊战初期胜利后最大失策是立即将萨达姆军队解散，无人治安，引起巴格达大乱。布什并不归咎自己，说他没有下过解散伊军之令，把过失归于当时的抚安特使布雷默。但是布雷默取出一封总统赞许信为证，表明总统确曾批准此令。

我不是指布什善于撒谎或夸张，可是有一些话却难以令我这个喜爱读书人置信。在某次采访交谈中，总统告诉采访者，那年他已阅读了八十七部书。八十七部书！以总统事务的忙碌加上旅行，健身运动（他每日必做），接见外宾，早睡习惯（每晚九时必上床）等等，怎么会有时间与心意来阅读这么多部书？

德雷珀在书中道，到了 2006 年 4 月，布什还是坚信萨达姆藏有大规模杀人武器，联合国人员与美国自己的人员调查结果似尚未能去除布什这个迷信，他的固执甚至延及到他对部属的期望：要求完全忠诚。他也不爱听不好的消息或外界的批评。下属不敢有忠言逆耳之举，这就造成总统一有决定，顾问不敢疑问的现象。除了伊战之外，另一例子是前年卡特琳娜大风暴造成数万贫苦民众死伤流离的悲剧。下属未能将坏消息迅速呈报总统，而总统仍自以为是个果断的"决定者"。

既是如此自负，布什就从不向白宫之外的专家讨取意见，无论是外交、伊战、内政、经济诸方面。他对外界的反响采取漫不经意的态度，这更证实了他的倔强性格。"决定者"不一定是"负责者"，结果是将伊拉克的混乱局势遗留给了下届总统去收拾，所谓"屙屎不揩屁股"是也。

德雷珀结束道，布什在他最后几月当政期间，确已想到前程。他说他的愿望是设立一个"自由学院"，邀请国外青年领袖前来学习民主。同时，他也半开玩笑似的说，白宫退休后可以赚些钱了。他说，作为前总统，出外演讲，报酬不少，"我不知我爹赚了多少，大概每次五万或七万五千美金吧"。布什此言似乎泄露了他对自己父亲、美国第四十一届总统大布什的艳羡而小觑的复杂情绪。

另一本韦斯伯格新书《布什悲剧》主要是描述小布什生活中的各种关系：个人的、家庭的、宗教的、历史的等，而其中影响他的总统生涯最重要的是他与父亲之间的关系。由于老布什也当过总统，具有倔强性格的小布什便不免有意无意地要与父亲做竞争，这种复杂的心理似需心理学大师弗洛伊德来做解析。小布什对老布什未能在海湾战事中将萨达姆问题做最后解决，一向觉得不满，因此在自己进入白宫后，乃一心一意要将萨达姆消灭，终而造成惨局不能收拾的场面。韦斯伯格写道：小布什的任性行动"结果将一出家庭戏剧变化为一出对他家庭、国家、世界都有损害的悲剧"。

韦斯伯格乃是互联网上杂志 *Slate* 总编辑，对华府内情非常熟悉，在此书中他指出，"小布什自幼即欲与父亲竞赛，他要与父亲不同，要在各方面都超越父亲的成就……他决定要向谨慎、稳健、着重实效的父亲的政绩挑战，他的急躁、极端、固执的特性"影响了他的白宫行政，终而把他引入伊战困境。韦斯伯格有时把复杂的父子关系似乎解释得太简单，他说小布什的亟欲挑తింగ伊战，乃是因为一种"潜意识的动机，要想完成父亲所未结束的任务"。

韦斯伯格采用弗洛伊德术语，相信小布什有一种"恋母情结"（Oedipal）的心理，视父亲为劲敌，同时他也要与亲弟弟杰布竞争。杰布曾任佛罗里达州州长，一向被父亲目为更有出息的继承人，而小布什在年轻时则不学无术，喜爱酗酒。在事业上没有成就，不受父亲器重。在这种心理压迫下，小布什当选总统后便决意想要做出一些大事来，"纠正父亲错误，可令父亲对他拜服"。不料，他在伊拉克战争的行为反而造成不能脱身的僵局，而在战争发动前，他甚至不听父亲与父亲老僚属的忠告。

老布什在当政时采取中庸立场，在政治上，他是中间偏右，甘愿与民主党合作。小布什则完全偏右，并与极端保守的基督教右派思想合为一体。基督教右派批评老布什的行政过分谨慎小心，而将小布什赞誉为"率直大胆"。事实是，老布什对政策做细心研讨，小布什则没有这种耐心与兴趣；他是个"即刻的决定者，既不反顾，也不转念"。

韦斯伯格谓，小布什的亲信罗夫与副总统切尼看透了总统这么个情结，就把它利用来配合他们自己的政治方向；罗夫深知，"小布什一面对父亲极为忠诚，但一面又要逃出父亲阴影的笼罩"，而且他不想重复1992年父亲竞选败于克林顿的耻辱。2000年小布什进入白宫后，这两位权力大臣第一个欲望就是要长期保持共和党的多数派地位。小布什当选德克萨斯州长时所持中间偏右立场，进白宫后被上述二臣推向极右，"因而把小布什转变为尼克松以来最不得人心、最具分化的总统"。

切尼富有政府经验，曾在老布什任下当过国防部长，照理应是小布什最可靠亲信。但是他自有主意，知道如何摆弄小布什来"与他父亲的意见作对"。由于小布什生性急躁，没有研读政策细节的耐心，大权就由切尼操弄。切尼因而成为美国有史以来最具势力的副总统，完全不听或忽视异议者意见。罗夫的任务则是在党的方面，尽力巩固共和党右派基础，使切尼可以顺利促进他在行政方面的权力而影响总统的外交政策。[1]

总而言之，新书《布什悲剧》主要不是在揭露布什行政错处，而其实好似一件弗洛伊德的心理分析档案，意在解析布什如何从一位中间偏右的稳健德州州长演化为一个分化全国民意的独断总统；如何从一个在竞选时主张温和外交政策、反对用武的候选人转变为一个侵攻、占领伊拉克而不能自脱的总统。

历史当会做最后判断。我们可以期望 2009 年将有大批讨论小布什政绩的新书出现。解剖小布什的思索过程已成为传记作者们的时尚，且看去年已出几本书籍的书名：《布什上卧榻》(*Bush on the Couch*)，《布什的头脑》(*Bush's Brain*)，我们便可察知时论家对这位总统思想过程的兴趣。

（2008 年 2 月 15 日）

---

[1] 国务卿赖斯从应声虫国家安全顾问升职后，已慢慢地敢与切尼对抗，特别是在国防部长拉姆斯菲尔德卸职之后。

诺贝尔奖得主奈保尔的真实人格

2008年年底，2001年诺贝尔文学奖得主、西印度群岛出生的英籍作家V. S. 奈保尔的一本传记出版，书名是《世界正是如此》（*The World is What It is*）。书中揭露奈保尔不雅私生活和人格卑劣的一面，真实而可读，备受好评。我一向不喜欢所谓"授权"（authorized）的传记，因为主人公授了权，作者的笔录便受拘束。一个伟大作家必须有一部伟大的传记，而一部伟大的传记必须道出真相。任何有自尊心的作家绝不愿妥协，而这本传记作者帕特里克·弗伦奇坚持奈保尔必须交出他所有的日记、通信，以及他的已故妻子的日记（这些文件都藏在一家大学图书馆）。到了传记完成，奈保尔在审查后竟予许可，未改一字。

《世界正是如此》读来犹如一部精彩小说，让人对奈保尔一生的优劣都尽览无遗，确是当代英语文学界一部文献。奈保尔于1932年出生于英属西印度群岛的千里达（祖父乃是来自印度的苦工），终而成为二十世纪下半叶最伟大的英文小说作家之一。我在读过他几部小说后就对他的背景与人格发生兴趣，1998年所出版的《维地亚爵士的阴影》（*Sir Vidia's Shadow*）令我震惊。那本回忆录乃是美国作家保罗·泰鲁所写的他与奈保尔之间的三十年友谊，后来终于断交。书中泰鲁揭露了奈保尔为人的真相，把他描写为一个鲁莽无礼、贪小便宜、吝啬待友、讨厌女人、爱好虚荣、蔑视黑人的大男子主义者，泰鲁最尖刻的批评揭露了奈保尔对前妻派特的肉体与精神虐待。

十年后出世的这部《世界正是如此》包含了取自派特日记的材料（奈保尔自己从未读过）就更泄露了奈保尔乖戾冷漠的真貌。作者弗伦奇是个英国青年记者，他不怕向主人公面质在他生活中发生的各种不愉快事情，并在书中记录下来。由于奈保尔在原稿上不改一字，传记就成为近年一本最有可读性的书。弗伦奇写道："他相信出一本不是真诚坦率的传记，没有什么意义，而他的甘愿准许如此的书在他去世之前出版，证明他又是自我陶醉，又是谦卑。"

个性与为人充满矛盾

奈保尔自己虽属于有色人种，却对非洲极其厌恶，书开始他就这么说"非洲没有前途，伊斯兰教是祸患，法国是骗子，所有采访员都是猢狲……"他身为少数民族，但攻击多元文化；他自己皮肤黝黑，但用笑话来讥讽比他皮肤更黑的非洲人；他斥责非洲独立国没有骨气。弗伦奇道："作为一个成功的移民作家竟取如此态度，当然要被人特别视为出卖祖宗。"

奈保尔于1990年受英女王封爵，2001年获诺贝尔文学奖，他的成就在文学界达到顶点，可是他的整个为人，于人一种复杂矛盾的印象：他是天才，但他性格孤僻残暴；他贪色，但又讨厌女人；他是个势利的人，对种族、殖民地主义种种话题发出犹如身为奴隶似的言论，被人视为特殊。他出生贫苦，父亲因偶然之故干上新闻这一行，后来给他灵感，于1961年写出了一部《毕斯瓦思先生之屋》（*A House for Mr. Biswas*）。他自幼爱阅读，十八岁时获奖学金赴牛津留学，此后就留居英国。他的第一部小说《神秘的按摩师》（*The Mystic Masseur*）于1957年出版，甚获好评，奈保尔惊喜交集，将书评抄录寄给对他常加鼓励的母亲。此后他就一心一意写小说。

《世界正是如此》书中多的是对奈保尔与女性之间关系的描写，有时相当黄色。他对第一任妻子派特求婚时，派特乃是一个初出茅庐的女演员。整个婚期生活，派特遭受奈保尔不断批评责骂，并眼看夫君经常出外找妓女，甚至与一年轻女子维持长期关系。彼女也奇怪得很，不但甘愿受他殴打，而且经常画了奈保尔的坚挺生殖器邮寄给他取乐——"书中生殖器戴了黑眼镜与绿色牧童帽"。弗伦奇此类生动描写，将是传记畅销的一个原因。

奈保尔的信任让弗伦奇一字不改地出版此书，证实了此本传记的真实性。奈保尔也写游记，经常旅行各地，总带了派特同行，但很少在游记中提起她。后来，派特患了乳癌，奄奄待毙，当时奈保尔已找到了一个也是印度裔的情妇，甚至发怒怪派特不早断气，使他可以迅速再婚。派特终于1996年逝世。

在弗伦奇笔下，奈保尔坚决不愿被读者视为仅是"西印度作家"，他要自成一体，女王的封爵与诺贝尔颁奖应可使他满足。他怀有歧视黑人的种族偏见，但他自己也常被英国作家们暗地讥笑他的"黑面孔"。他与另一位也曾获得诺贝尔奖的加勒比海诗人沃尔科特也常相互咒骂。后者批评奈保尔谓："如果他将那种可恶的讥讽目标从黑人转向犹太人，又会发生什么反应？"

和妻子、情人奇异的三角关系

此本传记中有趣轶事众多,例如,某次英国首相撒切尔夫人设宴,席中都是英国著名作家,奈保尔竟当众责骂批评一位受尊敬的女作家艾丽斯·默多克,弄得满场宾客不好意思。某次在好莱坞招待他的宴会中,他也高声向大导演乔治·卢卡斯说"《星球大战》是什么东西?我就没兴趣看"。

奈保尔在文学界自视甚高而蔑视他人的孤傲神态,再加上他对女性的侮辱,频频引起世界其他作家议论纷纷。上述的泰鲁回忆录《维地亚爵士的阴影》揭露了这位大师的可耻私生活,被人视为乃是"报复性",令其他同行读了称快。但是奈保尔既允准《世界就是如此》出版,只证明他对别人的批评并不在意。下面一件有关女色与虐待的轶事也是经他许可而在他传记中出现的。

上面提到的那个维持长期关系的情妇乃是奈保尔于1972年在阿根廷旅游时相遇,名玛格丽特,年仅三十岁,已婚并育有三个儿女。这个女子的个性恰与派特相反,泼辣生动而且性感,很能满足奈保尔的性胃口。他的书局编辑批评他不忠,他答道:"我整个生活中首次有此肉欲兴趣,你叫我放弃吗?"他的所谓"肉欲兴趣"乃是鞭打床上伴侣,而玛格丽特甘愿忍受各种辱弄,甚至画了他的生殖器邮寄给他作纪念。传记的作者怎么会知道这类房事详情呢?原来是奈保尔自己告诉他:"整整两天,我用手毒打她,直到我手生痛……她竟不在意。她以为这样举动表明我对她有极强烈情欲。她的脸被打坏,不能公开露面。我的手也肿起来……我对那些因情欲而有奇怪行为的人们很同情。"

奈保尔甚至将此事告知妻子派特,"她很好,她还要安慰我"。派特其时已与丈夫没有性关系,她同意三角关系的存在,因她无法自己做主,但同时她也恢复写日记。弗伦奇读了日记后,对派特颇表怜悯。她在日记中充满了自咎，只怪自己没有侍候好丈夫。

如此三角关系持续了二十年，奈保尔自认为在性爱上获得了满足，大大鼓励了他在创作方面的努力。被公认为文学杰作，以非洲为背景的《河中一湾》(*A Bend in the River*)就是在此期间完成的（1979年版）。不过后来奈保尔也承认他与玛格丽特的关系确实毁坏了派特的生活。他告诉弗伦奇："我获得解放，她则被摧毁，这是不可避免的。"

派特患乳癌后期，奈保尔找到了一个印度裔女友，极想娶她为妻，甚至怪派特不早去世。妻子在病床含冤而死，丈夫如愿以偿，奈保尔终于找到他的根——印度妻子。《世界就是如此》好似他的忏悔，是他的自大表现。至少，版税会源源地滚进来。

（2008年2月17日）

《国家评论》与威廉·伯克莱

当年创刊时，《国家评论》完全与南方主张种族隔离者站在一起，以为黑人天生低能，无论在政治或文化上，白人有权控制。经几位同人反对后，伯克莱才主张未受教育的白人与黑人同样不能参加选举。

伯克莱不一定是向共和党一面倒的。《国家评论》对艾森豪威尔就有意见，并不完全支持他，仅在社论中温吞水似的说："我们宁愿推举艾克。"刊物销路开始只有一万六千份，到了1964年支援戈德华特竞选总统时增至七万份，到1972年增至十一万五千份，今日共销十六万六千份，如此销量在着重思想评论的知识杂志中算是不错。最初经常撰稿者多是已成名的保守学者与评论家，但《国家评论》由于它的水准高，也曾吸引与培养了不少青年作家。这些作家有的脱离右翼而以倾向左翼成名，也有的在右派言论家中著称。伯克莱的保守主义运动不屑与偏激右派为伍，一直保持他在社会的主流地位。

除了《国家评论》以外，伯克莱同时也主持一个名叫"开火线"（*Firing Line*）的电视讨论节目。这个节目一共历时三十三年，自1966年直至1999年。我自己就是这个节目迷,每星期日就要收听伯克莱与应邀之客舌战。由于客人多半是与他观点相反的各界名人(基辛格也是常客),针锋相对的辩论特别引起听者兴趣。例如,他与社会主义运动领袖诺曼·托马斯辩论外交政策,与女权主义运动领袖杰曼·格里尔讨论男女平等,与黑人名作家詹姆斯·鲍德温讨论种族问题。

他发言机智诙谐,爱用艰涩字眼,有时把对方难住,就露齿一笑,自鸣得意。但有时也会遇到出口伶俐尖锐的对手,他就不免会失去冷静姿态。某次他与名作家诺曼·梅勒斗嘴,双方不欢而散。我觉得最有趣者是他与另一名作家戈尔·维达尔的辩论。双方都以出言机智诙谐讥讽刻薄出名,一言不合,维达尔把伯克莱骂为"秘密纳粹分子",伯克莱把同性恋者的维达尔骂为"Queer",此字是对同性恋者的侮辱。维达尔火气大发。两人几乎在电视公众前打起架来。

伯克莱生活阔绰,一生好客,常在家中设宴请客,与他特别交好的很有一些自由主义思想者,例如曾在肯尼迪总统白宫任职的两位哈佛名教授:约翰·肯尼思·加尔布雷思与亚瑟·施莱辛格。因他们智力与他相当,他便觉得谈话更有意思。

伯克莱爱驾驶帆船,五十岁时曾横跨大西洋,同时也开始写间谍小说,其中十一部的主角都是同一间谍。到了1965年他对纽约政治产生兴趣,以保守党名义竞选市长,获票仅全部票数百分之十三,但却害了共和党的得票。后来里根总统曾有意派他做驻外大使,但他对做官毫无兴趣。进入老年后,他渐渐放弃各种职务,于1998年停止公开演说,四十年来他曾每年应邀演讲至少七十次。他已出售了他心爱的游艇,写了最后一部间谍小说,也开始写一部历史小说(未完成)。他的爱妻于2007年4月逝世之后,他就一直陷入低落情绪中。

回顾我对他五十多年来的成就认识,我尊重他的高见,所最不乐意者是他从未改变他对麦卡锡参议员的评价。但是他把伊拉克战批评为"失败",能坚持说实话的立场,令我保持对他的敬意。

(2008 年 3 月 11 日)

大俗大雅《洛丽塔》

三十年前我初读《洛丽塔》，带了一阵好奇涉猎的心情：一个中年男子对十二岁女孩的恋情故事，很难使严肃的文学读者把它看为艺术。我的好奇心乃是双重性的：一、一位堂堂的文学作家怎可把这样的主题作淋漓尽致的描写？二、他的写作技巧怎会精妙得令文学评论家叹为观止，捧为杰作？

《洛丽塔》当时的风行一时就是因为读者们的这类双重兴趣。内容的奇特与写作的精妙使它成为一本雅俗共赏的书。

《洛丽塔》的成功，立即把作者弗拉基米尔·纳博科夫升华为一位国际知名人物。在一次接受访问时，纳博科夫说："出名的是洛丽塔，不是我。"这是他的谦虚。纳博科夫的名字不但在国际文坛上响亮，而且也成为出版界的畅销商标，1958年他在西方享受盛名时已经六十岁了。我并不是说你只要写一本有关性状态的小说即可成功，可是不能否认，近百年来有多少部世界文学杰作的吸引读者都是出于不平常的理由。在过去，乔伊斯的《尤利西斯》、劳伦斯的《查泰莱夫人的情人》等不都是同样的"声名狼藉"？

那么我们对纳博科夫这部小说的疑问应该取得怎样的解答呢？文学应该怎样解释它的"色情"、"淫猥"的成分？

纳博科夫自己曾作这样的谈论："在古代欧洲，直到十八世纪，喜剧、讽刺作品、甚至一个诗人在俏皮嬉玩情绪中的出品，都故意含有淫荡的成分。在今日，'色情文学'一词的含义则是平庸、商业化……"纳博科夫以为真正文学艺术的描写应与简单直接的描述分得清楚。

性爱是人生的一部分，创造艺术家都不能忘却这个人生重要的因素。莎士比亚作品、甚至《圣经》中也有性爱的描写。庸俗作品与文学艺术品间的分界线便是：前者是露骨的，千篇一律的，陈词滥调的；后者则是寓含独创的想象力的。

纳博科夫自认《洛丽塔》是他最佳的英文原作。作家孕育小说正好像妇女孕育婴孩一样，需要怀胎期。早于上世纪三十年代的柏林时期，纳博科夫已在孕育这个故事，终于在1939年出版了俄文的《魅人者》。《魅人者》是《洛丽塔》的前身，是纳博科夫最后一部俄文著作，次年他就与妻儿移居美国，时年四十岁。

《魅人者》含有后来杰作《洛丽塔》所有的因素：一个中年的欧洲男子；一个幼稚的女童；一个追求母亲以便得到女儿的主题。所不同者是，《魅人者》的最后被卡车撞死者是那个中年色鬼，而《洛丽塔》的丧生者是女童的母亲。《洛丽塔》1958年在美国出版时，纳博科夫在美定居不过十八年。使我这类读者特别觉得惊异的，是作者描绘时对美国情景的熟悉，对美国俚语的熟悉，对上世纪五十年代美国青少年情况的熟悉。不但如此，因为他来自欧洲，他的看法又有特别的新鲜感。不过撇开他的创作才能，他对这类故事情节的专注令人不得不怀疑他本人对幼小女孩是不是也含有垂涎觊觎的遐想。

其实，远在《魅人者》出版之前，纳博科夫已在他的用俄文所作的自传性小说《天资》(*The Gift*)中起了《洛丽塔》的苗头。下面的一段乃自英文转译过来的,"啊,我如只要有一霎儿时间,可以赶出怎么样一部小说!以现实生活为根据。请想象这样的情节:一个老混蛋——仍在壮年,热切渴望人生的乐趣。他遇到一个寡妇,寡妇有个女儿,还是个女童——你知道我的意思——没有发育完全。不过她行路姿态可以挑逗得你发狂。一个纤小的女孩,非常白皙、苍白、眼下呈青色。当然,她对老色鬼毫不加注意。怎么办呢?不假思索地他就娶了寡妇。好吧。他们三人一起合居。从此开始,你可无限发展——诱惑,永恒的折磨,痒痒的难熬,疯狂的希望。结局——是一个失算。光阴疾驰,他老了,她发育成长——并未成为丑香肠。她行路而过,轻蔑地投你一眼,令你发烧。怎么样?你觉得这里有一个陀思妥耶夫斯基的悲剧?"

纳博科夫不但是创作天才,也是语言天才。英文不是他的母语。在国际作家中,很少有人能够如此精通另一种语言。

《洛丽塔》中所用的英文词汇令人吃惊。不过他也有采用艰涩生字的习惯,那个习惯也曾受过《纽约客》当年小说编辑凯瑟琳·怀特的批评。主角亨伯特·亨伯特这个名字就滑稽得很。作者对主角的详细描写令人想到他在用艰涩生字时的细细推敲。亨伯特·亨伯特对发育没有完全女孩的癖好有特殊的定义:年龄必须在九岁至十二岁之间。

亨伯特的情欲对象是可望而不可即。他不能占有这样的一个色欲对象,因为时间在飞驰,即使在他占有时期,时间会毫不留情地把女童进化为成年妇女。在这方面看来,很多正在失恋的读者读了《洛丽塔》后应该有相当的满足感:至少,他们所追求者并非四年为限、可望而不可即的对象。我这样的陈述一定会给有些读者斥为胡思乱想。不过正如纳博科夫在他的自传小说中所说,"从此开始,你可无限发展……"我们这些对女童并不作非分之想的读者,至少可以在欣赏一部文学杰作之余，随着作者的想象力，作一些毫不受拘束的发挥。

在《洛丽塔》这部小说中，相对的角色好像是时间。一个人在出生时就在向死亡行进。时间是敌人：亨伯特要赶着时间去享受他所特别嗜好的人生乐趣；《洛丽塔》在不断成长，纳博科夫要赶着时间写他的杰作。《洛丽塔》出版时他已年近六十，他留了多少年完成他所有所想创作的作品？时间是生命中一个最大因素，而人一出生，除了谋生填饱胃腹之外，最大的兴趣是情欲，最大的惧怕是死亡。《洛丽塔》主角亨伯特整个时间就是被这两个关注所缠迷。性与死乃是文学作品中常见的主题。但是亨伯特对洛丽塔着迷的特殊又可与其他一类的着迷程度相比。例如，一个专心一致的艺术家对创作过程的关注；一个科学家对他的发明进度的关注；一个革命家甚至恐怖主义者对收复祖国失地的关注等。这种关注心理都是极为紧张的。亨伯特对洛丽塔的情爱简直是疯狂性的，他的紧张成为创作者的紧张。怪不得这部作品被公认为杰作。

今日，《洛丽塔》已被世界公认为现代文学的经典之作。但是社会不乏愚昧无知的人，这部书与很多其他名作仍在某些美国城镇的图书馆中被禁。

（2009年3月14日）

研究性行为的两位大师

最近阅览一本新书，不免想到多年前初读一本突破时代性的有关人类性行为名著时的兴奋之情。1948年，我在密苏里大学图书馆找到了当时报刊上正在大事宣扬的畅销书：性博士金赛的研究报告《男子性行为》。金赛以谈话询问方式，记录了许多男子对自己性生活最隐秘部分的自述，由于隐名，故可畅所欲言。金赛的报告出版时，"二战"刚结束不久，人们对性知识还停留在腼腆的维多利亚女皇时代，报告问世后，立时打开古板风气，到了1953年《女子性行为》出版，金赛博士名气大扬，成为世界的性知识权威。

其实这两个报告内容枯燥，所载的多是统计数字，例如"百分之多少女子有自渎行为"、"百分之多少女子能够达到性高潮"等等，可是那些志愿应征坦言的对话记录则没有发表，令那些想在书中找到刺激的读者大为失望。

到了1966年，新一代（金赛已于1956年逝世）的性行为研究报告问世，那可是真正惊动社会了，书名《人类性反应》(*Human Sexual Response*)，内容震撼世界，因为两位做调查的男女专家所用的研究方法不是"对话",而是实地"观察",男的是妇科医生威廉·马斯特斯,女的是他的助手弗吉尼娅·约翰逊女士。女助手在一旁同时观察,主要是为帮助缓解性行为男女的不自在感。此书出世畅销后,"马斯特斯与约翰逊"就成为世界性学研究的代名词。

多年来,读者们一直探究马斯特斯医生与约翰逊之间的私人关系,今日这本新书的出版恰可满足人们对他俩私生活的好奇心。新书名《性行为大师》(*Masters of Sex*),副题是"威廉·马斯特斯与弗吉尼娅·约翰逊,一对教导美国如何做爱的男女伴侣的生活与时代",作者托马斯·梅耶尔当过新闻记者,也写过好几部名人传记。

把金赛与马斯特斯和约翰逊相比,我们可说,前者的调查方法是"社会学",而后者实际观察男女做爱,用摄像机实拍,还用血压器测试性行为活动时的血液脉搏反应,可以算是"科学"。为科学做研究,牺牲乃是必要,马斯特斯在初次雇用约翰逊女士时就对她说,她的工作不但要观察他人的行为与体质反应,而且自己也要亲身体验,正如他本人也要如此实践一样。

当时(1956年)马斯特斯是圣路易华盛顿大学的妇科产科教授,年四十一岁,已婚。约翰逊则是已离婚两次的三十一岁女子,正在找工作,没有大学文凭。当年新闻报导说她是心理学家,没有实据。

在金赛博士与马斯特斯、约翰逊的两度性研究报告出现之前,美国人一般对性的态度还是羞惭难言,到了上世纪六十年代,风气大开,满载裸女照的《花花公子》(*Playboy*)杂志也出世了。在以前,诺曼·梅勒的成名作《裸者与死者》还不敢用"fuck"(士兵口头语)一字,而用"fug"代替。《花花公子》直到1968年第一期刊登马斯特斯、约翰逊访问记时,才首次用了"clitoris"(阴蒂)一字。上世纪六十年代是社会革命时代,把反越战、黑人人权、女权主义、性自由等各种运动连在一起。此后美国面貌大变,成为世界思想最先进的社会。

话归正传，马斯特斯对性行为研究发生兴趣是因为他是妇科医生。某次一位病人告诉他，她的性欲不能得到满足，在行房时往往假装达到性高潮。马氏好奇，问题多多。该女病人回答说："你需要一个女助手，才可能了解这类女性的苦衷。"

马氏经学校许可，在校中开设性无能治疗室，雇用了女助手约翰逊。一开始她并不知道要做什么，马氏告诉她：在询问病人最秘密的肉体感觉时，她要态度大方，使病人不会受窘。约翰逊接受了各种条件，最终证明她是一位极能干的助手。

由于当时自愿应征治疗的女病人少，马氏就先雇用妓女来做试验。不过以卖淫为生女子的性反应不同于常人，他便不得不在校园中张贴布告，征求女生自愿前来做试验。不料，应征者甚多，校园里谣言四起，医疗室不得不脱离学校而独立出来。

所谓"谣言"之一，就是马斯特斯与约翰逊二人自己也在进行性事。这是真的，约翰逊不但离婚两次，而且与许多男子发生过关系。她自认性趣极广，因此马氏在雇用她时，说她不但要观察别人做爱，也要经常与他做爱。当时马氏已有妻子，而约翰逊也有男友。

新书作者梅耶尔写道，马氏当时告诉约翰逊，"工作"时要尽可能"职业"，不可超过"科学研究"范围之外。约翰逊后来对梅耶尔说，"我对他毫无兴趣"。虽是如此，他们的肉体合作共达十三年，直至1971年约翰逊几乎答应了一位千万富翁的求婚，马氏惟恐他们已名扬国际的合作就此分手，才与共同生活了二十九年的发妻离婚，正式娶了约翰逊。

颇具讽刺意味的是，他们之间的性生活从此也失效了。

马斯特斯与约翰逊的婚姻达二十年之久，外界看来，他们是一对最理想的性爱伴侣，其实他们从未互相倾诉爱情。马氏倾心于教学研究，约翰逊较年轻美貌，是个放荡女人，曾与许多男子发生关系，经验丰富。她说自从在初恋时被男友抛弃后，此后再不施爱情予任何男人。

马斯特斯与约翰逊合作，于第一部著作《人类性反应》出世后，又出过几部书，包括《人类性无能》(Human Sexual Inadequacy)与《乐趣的结合》(The Pleasure Bond)。1970年第一期《时代周刊》把他们的相片登在封面上，文中马斯特斯告诉记者道："最有效的性教育应是：爸爸进入厨房，把正在做菜的妈妈的屁股拍了一下，妈妈表示乐意。在一旁的儿童看到，想道，啊，这正是我所要的。"

马斯特斯与约翰逊独立门户后，"性无能治疗室"扩大，顾客甚多，包括好莱坞男女明星，甚至阿拉巴马州州长乔治·华莱士被枪击而下体瘫痪后，也来请教。在1950、1960年代，马斯特斯与约翰逊二人做法之大胆自然引起社会上保守人士的非议。尤其与华盛顿大学脱钩后，更是大胆。为了医治男子性无能，如早泄、不举等，他们甚至出钱雇用了志愿的女子配对相助，使男病人得以恢复性功能。如此做法，几近卖淫，广受批评。后来马氏改为尽量鼓励男病人自携伴侣（妻子或女友），女病人则与丈夫或男友同来试验。

在此期间，他们又出版了几本书，有一本是说同性恋倾向可以治疗，立时成为保守人士攻击"同性恋乃是天生"理论的炮弹。另有一本指控政府故意隐瞒艾滋病问题，也受过批评。

马斯特斯于1993年与约翰逊离婚后又娶了他在中学时代的女友，那才是他的真正爱情所在。据说当年中学生马氏曾送她两打蔷薇花附了一封情书，多年后才发现她没有收到。重燃爱情时他已七十九岁，婚后快乐，于2001年八十五岁逝世。

约翰逊女士在离异后想独自开设治疗室，没有成功。现在她也已八十有余，独自生活。她已将许多录影带毁灭，后悔没有嫁给富翁。本书作者梅耶尔曾与她多次访谈，并鼓励华盛顿大学颁给她一个荣誉学位。

《性行为大师》附有图片,畅销似没有问题。

(2009年7月27日)

巴尔加斯·略萨创作的两个主题

2010年10月7日清早，诺贝尔文学奖佳讯传来之时，马里奥·巴尔加斯·略萨恰恰在纽约（他今年在普林斯顿大学拉美研究系任教），当日下午乃在曼哈顿的塞万提斯学院举行记者招待会。他七十四岁了，神采奕然，用英语与西班牙语答问，称他的得奖只表明了拉美文学与西班牙语文学在世界的重要性。拉美文学当然早已于三十多年前受到重视，哥伦比亚的加西亚·马尔克斯于1982年获诺贝尔文学奖，随后有1990年获奖的墨西哥诗人奥克塔维奥·帕斯。

巴尔加斯·略萨的作品多含有政治成分，他说政治反映生活，不能与文学隔离。在思想上他倾向于保守，经常批评拉丁美洲的左派政府，特别是古巴与委内瑞拉。在记者招待会中他说："拉美作家很难避免政治，文学是生活的反映，你不能抹杀生活上的政治成分。"

自传色彩作品

他显然认为性与色情也是生活的重要成分。我初次认识他的作品是1982年《胡利娅姨妈与作家》

（1977）英译本出版时。青年时代的著作显然带有一些自传成分，此书描述一个喜爱写作的青年爱上他美丽姨妈的故事，充满淋漓尽致的色情描写，特别引起世界文坛注意，也曾改编为电影。巴尔加斯·略萨当时承认，他自少年时代开始，即对年长女人有特殊情感。

另一本同样性质的《继母颂》（1988）英译本于1990年在美国出版时，也极受读者注意。薄薄的一本，叙述一个富有的保险公司商人，人近老年，才感到人生没有意思，惟一做人乐趣是性爱，而不是赚钱。于是他乃遗弃糟糠之妻，另娶一个不到四十岁的美妇人，并出巨资购买了六幅名贵春宫画，准备在家中安度晚年。不料他尚未成年"正在发育"的儿子也对继母起了觊觎之心，设法勾引。美妇人禁不住青春少年的诱惑，终于发生奸情。事后儿子故意让父亲知道，父亲一怒之下，将新妻驱逐出门。儿子很得意，他还勾搭上了女佣人，并对她说，他的原意是为自己的生母报复。此书出版后，巴尔加斯·略萨自称，创作虽是一件苦事，写这部小说，他却有非常满足的快感，好似发泄了自己在少年时已有的对中年妇女的特殊情欲。

擅取历史事迹

尽管他思想保守，对拉丁美洲各国的独裁者非常厌恶，但他颇多小说乃是根据历史事迹创作。在2001年英译《公羊的节日》（2000）中，描绘了多米尼加共和国前独裁者特鲁希略，在他三十多年专制统治下，整个国家成了人间地狱。小说通过杜撰的一个女人的所见所闻，再现拉美最血腥的独裁统治。在此书中，特鲁希略不具名，只被称呼为"魔鬼"。作者指出，在他的统治下，人民所受的苦难较历史上的"海地的占领，西班牙与美国的侵略，各种内战内斗，以及地震、飓风等从天上、海面、地心所降来的种种苦难的总合尤甚。"

1986年英译《玛伊塔的真实生活》(1985,已出版中译本书名为《狂人玛伊塔》),故事讲述一个人的复杂性格。书中各类人物形容他们对一个托洛茨基派革命家的记忆。各种记忆不同,而这位革命家好似是多重性格的结合:他热心崇拜神明,也热心崇拜马克思;他是个职业革命家,但也会操纵青年同志;他是个理想主义者,但一面又对左翼人士的宗派内斗大为失望……

巴尔加斯·略萨的小说创作集中于两个主题:一、人类对自由(无论是政治、社会或创作)的向往;二、艺术与想象力所能带来的解放。讲述故事当然是小说家考虑的中心,不过读者可从著作总结出小说家的思想所在。

"玛伊塔"一类作品与《继母颂》和《胡利娅姨妈与作家》等大有不同,好像出于不同二人的手。不过,无论是取材自历史事迹或自传性的个人经验,巴尔加斯·略萨的创作艺术主要是:"改造现实,把它加饰一些,或减削一些。"(作者本人之语)我在网上搜索他的文学写作意见,找到1984年他在《纽约时报书评》周刊所发表的一篇论文,其中有言:"小说中之有虚构谎言,并非没有理由,它充实了现实生活的不足处。因此,人在对生活绝对满意之时,或让宗教信仰支配之时,就不需要小说来相助。宗教文化只产生诗与戏剧,而小说则是各种社会事物所产生的艺术。在小说中,人的信仰发生动摇,必须另找一个可以信任的幻觉,但此幻觉已被现实世界的捉摸不定现象替代。"

与马尔克斯绝交三十年

巴尔加斯·略萨与拉美文学另一巨人、《百年孤独》作者马尔克斯原是至交,但1976年他们在墨西哥城吵闹,以致绝交,从此不相往来。事情的发生犹如他们小说中的情节。那天在一部影片开幕仪式中，马尔克斯见到巴尔加斯·略萨，走向前握手拥抱，被后者一拳打去，满脸乌青。据说起因是马尔克斯在巴尔加斯·略萨婚姻发生问题时，曾慰抚他的妻子。2007年，《百年孤独》出版四十周年特别版，巴尔加斯·略萨答应以自己一篇评《百年孤独》的文章为马尔克斯这部经典作序，此举对二位文豪别具意味。1982年马尔克斯获诺贝尔奖也曾引起巴尔加斯·略萨的妒羡。现在他自己也获奖，当可满足了。马尔克斯在微博上留言祝贺巴尔加斯·略萨："如今我们都一样了。"

写到这里，我不免想到美国作家菲利普·罗思的失望之情。在美国，两位文坛巨人诺曼·梅勒与约翰·厄普代克去世后，文化界简直人人都期待，此次诺奖应该轮到罗思了。上次美国作家获诺奖者是1993年的黑人女作家托尼·莫里森，而美国在等待的另一女作家是乔伊斯·卡罗尔·欧茨。罗思刚于十月五日出了新作《追击者》（*Nemesis*），获得佳评，但我尚未读到。作为美国文学读者，我对他的落选也深感失望。

（2010年10月8日）

美国左翼文学
——一个时代的结束

威廉·菲利普斯的逝世象征了美国文学一个时代的结束。那是美国文学的一个特殊时代，代表了上世纪三十年代蓬勃的左翼文学。几乎所有美国当代老作家都经过左翼思想的考验。

威廉·菲利普斯当然是著名文学杂志《党派评论》（*Partisan Review*）的创办人。他于2002年9月13日去世，享年九十四岁。《党派评论》虽然销路不大（从未超过一万五千份），但有一时期在美国文坛影响极大，培养过不少后来出名的作家。今日声名显赫的，几乎没有一个不在《党派评论》首先露面。在左翼进步思想最时髦的年代，菲利普斯与杂志的另一主编菲利普·拉夫乃是那时代的文化潮流与意识形态的掌舵人，吸引了许多有才能的青年作家，在美国文化与政治方面留下了不可磨灭的痕迹。

且让我在这里提几个曾为《党派评论》做过贡献的名字：莱昂内尔·特里林（后来成为哥伦比亚大学文学教授）、玛丽·麦卡锡、欧文·豪威（社会主义思想家）、德怀特·麦克唐纳（托洛茨基派作家）、迈耶·夏皮罗（艺术史学家）、哈罗德·罗森堡（文学评论家）。在第二次世界大战前后，他们的文字帮助《党派评论》成为当时美国最具影响力的文学与政治刊物。

《党派评论》也发掘了不少后来享有盛名的短篇小说作家，所发表的有伯纳德·马拉默德的著名短篇《魔桶》，以及后来获诺贝尔文学奖的艾萨克·辛格的《傻瓜吉姆佩尔》。那是辛格第一篇用英文发表的故事，翻译者是青年作家索尔·贝娄。《党派评论》是向美国读者介绍存在主义思想的第一本杂志，也是它首先发表了年轻女作家苏珊·桑塔格震动文坛的文化论文《论庸俗》。

在《党派评论》的页面上，评论家克莱门特·格林伯格首先引起了美国读者对抽象表现主义的注意，诗人艾伦·泰特与罗伯特·佩恩·沃伦散播了所谓"新批评"思想。许多世界名作家如汉娜·阿伦特、萨特、德·波伏瓦、加缪、阿瑟·凯斯特勒都通过《党派评论》吸引了美国读者。所有后来成名的美国作家如罗伯特·洛威尔、伊丽莎白·哈威克、诺曼·梅勒、詹姆斯·鲍德温（黑人），以及近年来变为思想极右的诺曼·波德霍雷茨等初出茅庐时都从这个杂志起步。

1997年，菲利普斯告诉一采访记者谓："我们只是局外人，开始了一个新的尝试；我们不知能不能持久，也不知能不能起重要影响。后来我才发现我们终能从文化边缘而走近文化中心。"

《党派评论》另一创始人菲利普·拉夫乃是一位富有才华的编辑与评论家，杂志的辉煌主要是他的功劳。拉夫早于1972年病逝，但是他的精神犹存，成为《党派评论》的灵魂。威廉·菲利普斯独当一面后，连续负责编务共达六十年。目前《党派评论》主编名叫伊迪丝·柯兹威尔，于1995年与菲利普斯成婚。她说："他独力支撑，标准极高。他有才识与鉴赏力。如果你有钱付稿费，可以邀请名家写稿，但是要识别一个新人的写作才能却困难得多了。"

菲利普斯的父母是东欧移民，波希米亚背景。当他与拉夫在格林威治村于1934年创办《党派评论》时，他在政治思想上乃是一个马克思主义者。他六十年来继续阅读来稿，直到九十来岁。到了后期，杂志失去影响力，只能靠大学基金支持。他一直坚持他的刊物应该不停地展示意识形态上的争论：上世纪三十年代托洛茨基派与斯大林派之争；四十与五十年代对共产主义起疑之争；七十年代"牛康派"与老左派之争。社会历史学家曾称赞菲利普斯在思想斗争方面的努力，认为美国知识界应该感谢《党派评论》。

菲利普斯当主编的精彩处在于他知识结构的多样化。《党派评论》基本上是一份文学杂志，它可以在某一期集中讨论托洛茨基，而另一期的讨论中心是托尔斯泰。在性格上菲利普斯与另一主编拉夫是相对的，他态度温和，待人友善，而拉夫性格暴躁乖戾。菲利普斯这样形容他的朋友："我们一般人在经过心理分析后会自认错处，拉夫则在受过心理分析后发现自己原来是个伟大人物。"朋友们把他们之间的关系形容为"一个不稳定、经常吵架的婚姻，因为热爱儿子（《党派评论》）而继续同居"。

菲利普斯并不是个完全的教条主义者，专注于意识形态。德怀特·麦克唐纳退出杂志，因为他反对美国参入第二次世界大战，认为欧洲各国的战争会造成资本主义社会的失败，社会主义的崛起。不过菲利普斯与拉夫则认为击败希特勒乃是第一要务。

《党派评论》在后期获得哥伦比亚大学与哈佛大学基金援助，经济情况改善，稿费提高，早期的贫困作家终于达到生活宽裕的阶段。可是这些作家在成名后的回忆录中还是对那时期在艺术与政治上的挣扎有甜蜜的追忆。

菲利普斯1997年编集了一本《〈党派评论〉六十年来小说精选》，在序言中回忆道："我犹记得加缪初来美国第一件事就是来访我们编辑部，没有料到他所遇到的人不如他想象中那么重要。我很惦念那时与这许多有才华的文人为伍。在主流文化中，我们只是边缘，可是我们珍视我们的艺术生活，我们之间的谈话就很具刺激性。"

威廉·菲利普斯于1907年11月14日在纽约东哈勒姆区出生，父母来自乌克兰。作为移民，菲利普斯幼时生活困苦，进纽约市立大学（免费）后开始阅读T. S. 艾略特，大有启发。1933年结婚后，妻子的中学教师薪水勉强支持两人生活。当时恰逢经济大萧条时期，他们决意不生育儿女。妻子于1985年逝世。

经济大萧条大大影响了菲利普斯对未来的看法。他对政治发生兴趣，特别是马克思主义。他参加了受共产党支持的"约翰·里德会社"（John Reed Club），会址在格林威治村，会员都是作家与艺术家。三十年后，他这么写道："那是一个既有理智又没有理智的时期，理想主义与犬儒主义的时期；在那时期你可同时相信民主与独裁。"菲利普斯后来任了"里德会社"的秘书，但是对于社员们一切向党看齐的武断态度总觉不过劲，找到同道拉夫，一起决定创办刊物。拉夫乃是俄裔移民，曾在共产党刊物《新群众》写稿，但他醉心于前卫派文化，认为党的教条主义太限制。他们集资八百美元，创办了《党派评论》，作为"里德会社"会刊，目的是发动一个将激进主义与现代主义混合的新文学运动。

不过他们在编辑刊物时仍受到"文学标准必须符合苏维埃思想"的压力。发行九期后，他们终于脱离了"里德会社"而独立，过去的朋友骂他们是帝国主义走狗，拒绝与他们来往。但是他们把《新群众》的文学编辑F. W. 杜披挖了过来，也邀到了耶鲁毕业的麦克唐纳、玛丽·麦卡锡。独立后的第一期在1937年12月出世。杂志的宗旨是着重"文学与艺术的现代意识、社会与政治上的激进自觉"。那时，他们已在准备从纯粹马克思主义与前卫派文化立场出发攻击斯大林与前苏联。当时，现代主义被正宗共产党视为有损群众利益。脱离"里德会社"后第一期内容有德尔莫尔·施瓦茨的小说,华莱士·史蒂文斯的诗,莱昂内尔·阿贝尔与埃德蒙·威尔逊的论文,以及特里林与锡德尼·胡克的书评。

被《党派评论》所吸引的作家自成一个世界,往往被人相比于英国的以弗吉尼亚·伍尔夫为首的布鲁姆斯伯里(Bloomsbury)集团。作家之中很多思想家,他们常在格林威治村一家咖啡馆相聚谈话争论,话题包括私人交恶、男女相恋等,大部分是犹太裔。在美国文学界后来成为里程碑的几篇论文都在这本杂志发表,评论家莱斯利·菲德勒也因此成名,是他第一个指明美国文学中的同性恋与种族各种问题。在政治上,《党派评论》一直维持它的反斯大林主义立场(因此被人目为托派)。1946年时它曾发表社论攻击其他两本左翼刊物《新共和》与《国家》,指责它们的撰稿者乃是"舌舔斯大林皮靴"的"第五纵队"。

麦卡锡时代给左翼作家们带来不少麻烦与龃龉。剧作家莉莲·赫尔曼指责菲利普斯没有替她辩护(当时赫尔曼与许多其他作家受到国会反美委员会恶毒攻击)。但是菲利普斯反驳说,《党派评论》确曾发表了几篇社论攻击麦卡锡主义。不过他说,有的作家不值得他辩护,因为他们在斯大林逮捕陷害苏维埃知识分子时默不作声。

到二十世纪六十与七十年代,许多在《党派评论》成名的作家逐一另谋发展,编务自拉夫落在菲利普斯手上。到1965年,编辑委员会将菲利普斯一人列为总编辑,拉夫怒而向法庭诉讼,要取回控制权。菲利普斯后来写道:"我从未听说一本不谋利的文学杂志有过诉讼案件。只有一个深信马克思主义传统、坚定不妥协的革命者头脑才会想出这么一个仿效资本主义产业控制的做法。"

但是拉夫后来取得了看稿的权利。两位朋友发生不和后,拉夫终于辞离,自己另办杂志。《党派评论》受罗格斯大学资助,由大学供给办公室，菲利普斯受聘为该校英文系教授。1978年，罗格斯终止合同，菲利普斯将杂志移往波士顿大学。

老年以后，菲利普斯欲重建当年他的理想中的文学世界，完全不成。各位成名作家如桑塔格、特里林夫妇、波德霍雷茨等在思想上都已分道扬镳，相互攻击。菲利普斯说："我要把羊与狼配对，本是梦想。"

（2010年12月11日）

下编

浅谈美国移民文学

今天以老移民的资格来谈谈"移民文学"。

在我初来美国求学之时,华裔移民很少。由于美国规定了给中国的移民名额每年只限制105个。我们数千个在第二次世界大战结束后来美国的留学生,由于中国发生革命而被国会核准以"难民"的身份留下,并成为公民。而今,情形完全不同了,中国移民的名额限制早在肯尼迪总统时代就被取消。中国移民人数的大量增多,也表明了爱好文学的作者增多,因此滋生了"移民文学"。

五六十年前,在美华人少,知识分子不多,没有中文刊物,写作者不得不把稿子投向香港、台湾等地去发表。著名作家如聂华苓、于梨华等,她们的作品被冠以"留学生文学"。美国所谓的"移民文学"其实是指外裔移民用英文写作发表的作品。

年轻时,我也尝试过用英文写作投稿,目标是当时最具声望的文学杂志《纽约客》。几度被退稿,我很失望。忽然,有一段时间发现《纽约客》连续发表了数篇署名C. Y. Lee的有关中国人的故事,羡慕不已。后来,我获悉C. Y. Lee的中文名字是黎锦扬,乃上个世纪三十年代中国电影明星黎明晖的亲属。不久，他又写了《花鼓歌》(*Flower Drum Song*)出书成名。此书后来被改编成歌舞剧在百老汇上演，也曾被改编成电影。可惜的是，后来他又写了几部长篇小说都没有畅销，终而默默无闻。

谈到美国移民文学，在我看来，最著名的作家有两个，一个是《洛丽塔》的作者纳博科夫。他的母语是俄文，英文写作应该不算是一件容易的事，但是，《洛丽塔》的文笔却能雅俗共赏，这部作品使他成为美国文坛的一颗明星。另一个是波兰裔的作家科辛斯基，他以"二战"难民的身份逃到美国来，用英文写了《上了漆的鸟》(*The Painted Bird*)而成名，他还担任过国际笔会美国分会主席。然而，后来有人著文揭露，他的想象力虽极为丰富，可英文程度却不足，此书乃雇人捉刀。此秘密泄露后，科辛斯基一直郁郁寡欢，终自杀而亡。

华裔作家中最著名的两个应该算是汤婷婷和谭恩美。她们二位不但拥有庞大的读者群，而且甚受评论家赞赏。可是，她们都是第二代移民，生长在美国，用英文写作不成问题。备受关注是因为她们创作的题材。她们多写自己的母亲，以及母亲所讲的中国传统神怪故事。谭恩美最近的新作是《沉鱼》(*Saving Fish from Drowning*)，又受好评，立刻挤入畅销书排行榜。评论家称赞这部小说，内容已经摆脱了以中国人为背景的圈子。

移民文学作家中，印度裔出名的较多，但他们在印度受的就是英文教育，他们的英文写作能力无异于汤婷婷和谭恩美。近来第二代的华裔作家不少，还有一位值得一提的是任璧莲，她的作品也颇受好评，但尚未登上畅销榜。

因此，我要在这里特别提到一位著名作家哈金，他的中英文俱佳。如纳博科夫一般，他来美国只不过短短的几年时间，就能写出英文小说《等待》而获得美国重要的文学奖。他在美国的名声，较诺贝尔文学奖获得者高行健尤高。我想我们一些"移民文学"作家最后的愿望应该还是能像哈金那样，用英文创作打入美国主流。

（2005年11月27日）

悲悼报纸的凋谢

我是一个天生报迷，自幼即养成看报习惯，后来曾成报人，在报纸任事，也在新闻学院取到个学位。电视新闻与电脑网站的发达并不影响我的读报热情。

因此近来美国报界不断出现报纸被迫裁员后，减少新闻报导、缩小编辑部甚至报纸关门的新闻，很使我伤心。

美国四个大报中，《纽约时报》与《华盛顿邮报》已在不断裁减编辑部人员；《华尔街日报》（ The Wall Street Journal ）被报阀默多克购去；《洛杉矶时报》（ Los Angeles Times ）的再三更换总编辑，并迫使大批记者辞职特别使我寒心；受人重视的《洛杉矶时报》被一商侩购去后，以营利为主，今日在新闻界的地位已不足为道。

裁员、节省费用等，首先遭殃者往往是国际新闻，因为派遣驻外记者，是最花钱的。在电视新闻方面也是如此。你可注意到CBS、NBC、ABC三个大电台国际新闻的匮乏？近年来这三个拥有最多观众的新闻部门已关闭了许多驻各国际城市的办事处。我不得不到BBC去看国际新闻了。

据最近一个调查报告，近几年有三分之二的美国全国报纸，大量削减国际新闻。它们的理由是，地方报纸读者多，要看地方新闻。该报告是《洛杉矶时报》一位卸职的驻外记者查问了二百五十九份报纸总编后得出的结果。

报纸的兴旺与否，是编辑部与广告部互相牵制的结果：新闻越多，读者也增多，销路越大，广告越多，赚钱也容易。不过报纸老板如要省钱裁员，结果当然相反。就是说，报业主权不应被商侩掌握。

我们当然也不能忽视今日的经济不景气，不过，作为报迷，我以为，报业是神圣的，能够不亏本而营些小利就足够了，要想靠办报大笔赚钱，结果只能是报业的凋零。那真是读者的损失。

为这个原因，我相信办报大权应握在职业新闻从业人员手中。他们了解，要办好报纸，不能在人才、酬报、稿费各方面吝啬。不然，读者们看到的只是次等货色，当然索性往电脑网络上去找寻免费新闻了。

新一代的传媒专家早已替传统的日报敲了丧钟。他们认为，在电脑时代成长的"读者"，已没有耐心去阅读新闻纸，他们一打开电脑即可到处浏览他们要看的东西，不但种类多，而且信息快。通常报纸上的深度评论不是他们所需要的。如此，新的社会将只能养育一批信息广博而认识浅薄的知识分子。

（2008年8月4日）

保罗·纽曼，我的英雄

我最着迷的好莱坞大明星保罗·纽曼于2008年9月26日星期五逝世，我相信他一定遗憾未能及时收视奥巴马与麦凯恩的电视辩论。

我说这话是有理由的：他不但是我的银幕英雄，也是我在政治思想方面的英雄。他是我的同年代人物，过去半个世纪以来，我一直在好奇地追踪他在政治活动上的行迹。他是一个自由主义者，即思想开明进步者。虽是大明星，他一直在替受压迫者（黑人，穷人）仗言；他的生活不如其他明星奢侈。满是谣言绯闻的低级趣味刊物如 *People*、*Us* 等尊重他的私人权，从不侵犯。他是一位慈善家，常把个人财富捐助出来。

多年前，他曾与一位作家朋友一起，发明出一种可口的生菜色拉油，我妻到现在还在用这个醋与橄榄油的混合调味品。纽曼喜欢下厨，开首他把自制的生菜油送朋友，好友们纷纷要求，他与好友乃索性装瓶出售，瓶上标有他的照片，下面是"纽曼调味"字样，结果成就了一桩极好的生意。你如有意，可在超级市场找到。但是纽曼并不愿从中取利，他将盈利完全捐给了慈善机构，至今总共已赚了3亿美元。

我几乎看过纽曼一生主演的所有影片（共达五十部左右），但我第一次注意到他的政治活动还是在1968年。那年因全民反对越战，约翰逊总统引咎自退，不再竞选，民主党推出副总统汉弗莱，但党内进步派则要支持明尼苏达州参议员尤金·麦卡锡。在林肯中心音乐厅所举行的大会中，我在会场看见纽曼甚为活跃。但是麦卡锡在初选中失败于汉弗莱，结果造成共和党尼克松的当选，引致后来的水门丑案。

在上世纪六十年代美国社会大动荡期间，纽曼是反对越战运动的中坚分子，他也是金博士的黑人人权运动中的活跃分子。在那个时代，我走上同样的政治道路，因此对纽曼的行止有亲切感，常加注意。他逝世的消息于那个星期六晚在电视上首次出现时，我不敢相信自己的眼睛："忆念保罗·纽曼，1925~2008"。

（2008年10月6日）

诺贝尔奖忽视美国文学

2008年度诺贝尔文学奖得主是在美国名不见经传的法国作家勒·克莱奇奥。我一听到消息,就觉得很失望。作为长期的美国读者,我一直期望老一辈美国作家如约翰·厄普代克,或女作家乔伊斯·卡罗尔·欧茨等中的一位中选;特别是刚出了一本新著《愤慨》(*Indignation*)、甚获好评的七十五岁老翁菲利普·罗思。

最近一次获奖的美国作家是1993年度的黑人女作家托尼·莫里森。根据过去美国频频获奖的先例,十五年的隔别是一段很长时间。可叹的是八十五岁、世界闻名的诺曼·梅勒,竟未能得到文学界最崇高的诺贝尔奖,就乘鹤而去了。

早在诺贝尔奖宣布的前数天,我已为美国作家担忧:美联社发布一篇瑞典皇家学院永久秘书的谈话,据他说,"世界文化中心乃是欧洲,不是美国"。他批评美国作家"太敏感于本国大众文化动向",又说"美国太孤立,与外界隔绝"。他还指责美国出版界不大翻译外国文学作品,没有着实参与广泛的文化交流,这大大限制了出版界向外发展的机会。

这位先生发言后,大概自觉太苛刻了些,又向英国《卫报》(*The Guardian*)解释,文学奖的抉择完全是仿照创始人诺贝尔所定规例,即"颁奖绝不考虑作家国籍",因此,"我们在评审美国作家时,只看美国文学如何与其他国家文学相比"。

回顾诺贝尔文学奖历史,曾有多少一流名家都被瑞典学院忽略?俄罗斯的托尔斯泰、法国的普鲁斯特、阿根廷的博尔赫斯、爱尔兰的乔伊斯、美国(俄裔)的纳博科夫、英国的奥登等等。这些作家有如此国际声望,我用不着把他们一一连名带姓列出。

翻译人才的缺乏似是诺贝尔奖差强人意的原因,试想,2002年得奖的高行健,如果没有汉学家兼评审委员马悦然大力推荐,今日中国人恐仍在怨诉,诺贝尔奖何日可以轮到"有五千年文化历史的炎黄子孙"?

(2008年10月21日)

女作家论色情狂

对名人私生活发生兴趣乃是人之常情，不过我的偏好是在探知著名作家的隐私。二十余年前我读了名作家约翰·契弗之女苏珊所写的回忆录《天黑前回家》(*Home Before Dark*)，把她父亲（二十世纪最伟大作家之一）的双面生活秘密（酗酒，好色，有同性恋癖好等）完全抖搂出来，对我这位崇拜者乃是一大震惊。后来苏珊又写了本名叫《酒瓶中找到的笔记》(*Notes Found in a Bottle*)的忏悔录，揭出自己的饮酒癖好，暗示是父亲遗传。

现在，六十余岁的苏珊又有新书出版。薄薄的一本，揭露父亲遗传给她的另一癖好：好色。书名就叫《欲望》(*Desire*)，书中作者公然向世界坦白承认自己是个彻头彻尾的色情狂。我就奇怪，一位作家为吸引读者，甘愿将绝对隐私暴露出来，是不是她的神经出了毛病？

作者坦承自己的欲望旺盛，兴致来时，不择男人，不择地方，甚至曾在低级简陋的旅馆中放肆，她的对象可以是律师，是富商，也可以是搬运家具的工人。书的副标题是"好色成瘾"，作者的原意是探索人类性欲的神秘,用自己的经验做例证。

她详述了自己在婚后与一个爱酒的名记者长期私通。此人后来成为她第三任丈夫。同时,她仍不能自我抑制地随便与其他男子相交。苏珊把此书写得犹如一本心理学指南,用自己的经验举例。书分三个部分:一、"这是什么?"二、"原因何在?"三、"我们能如何纠正?"她称在美国"全国都是好色的清教徒"。她有她的理论,并列举造成色情狂泛滥的原因:童年的心灵创伤,遗传,社会影响,潜在的心理因素,长寿。长寿?你自己去猜想吧!

苏珊指出,瘾君子通常不能保守自己的诺言,爱酒者不能放下酒瓶,吸毒者不能抗拒毒品,好色者不能抑制欲望。当然,上述第三种具有道德意念。前两种成瘾者只在伤害自己,好色成瘾者则会伤害爱人或配偶。

苏珊自幼在一个富足家庭成长,父亲世界闻名。二十年前将她父亲的秘密公开后,她显然心存内疚,所以要把自己的隐私暴露出来。不过,她同时却伤害了受窘的儿女。

(2008年12月9日)

至爱兄弟不了情

十五年前，弟弟来信告我，北京一家出版社有意请我们兄弟俩合写一本回忆录。他们的想法很新颖，要我与乐山（我在美国，他在中国），叙写过去五十年来我们各自生活经验，一章一章地对照。我是于1947年出国留学的，历年所过的是正常生活，在此期间，他则经受了反右运动与文化大革命时期的二十年入狱、下乡劳动种种苦难。我们的经历当然有天渊之别，惟一相同处是我俩都喜爱阅读与写作。我们连续不断地出版作品，到了后来做总结，他的成就完全超越了我的。我于1978年开始，几乎每年回国一次，每次在遇到旧友新知时，总被介绍为"董乐山的哥哥"。他在文化界名气如此响亮，很容易地替我在出版方面打出道路来。

遗憾的是，上述那家北京出版社的计划没有成功，因为他的忙碌与我的懒惰给拖延下来。直到乐山去世，我才恍然领会到损失巨大。到2002年，替我出版《纽约客书林漫步》的天津百花出版社主编李华敏女士约我写回忆录，我已因没有持久的精力长期写作而谢绝了。

半世纪分离造成兄弟间思想隔阂

明年（2009年）一月十六日恰好是乐山逝世十周年，我不免细细回忆，要把我的感慨写下来。这十年来我常想，我是比他大了两岁的哥哥，怎么他会先我而去？如果他仍在世，我们间关系又会如何发展？少年时期，我们俩在五个兄弟姐妹中是最亲近的，数十年的隔离，由于我们生活经验的差误，造成晚年的隔膜。而我最感不平和不安的是，他乃是含冤而离开人世。他少年参加革命，出了力，结果不但没有得到宽待，反而蒙受二十余年苦难。他深感委屈，耿耿于怀。

在他去世前两年，某次我们在他家谈话，他（一位马克思主义深信者）把对政府的憎恨转移向我这个在美国言论自由、避免偏见的气氛中受熏陶数十年的哥哥身上。因为我的一篇书评结论（我反驳那书作者认为中美战争不可避免的言论，我以为中美之间或有冲突，但绝不会发生核战），他对我大发脾气，指我为政府辩护。我深知他的嫉恶如仇的心理状态，并不与他争论。我渐渐了解到，在极权社会中成长的知识人士，往往会养成一种看事物很极端的态度，不是百分之百的对，便是百分之百的错。有些在国内受过迫害的人，到了美国后就把美国看作什么都好的天堂，但同时又不能体会美国自由气氛中的理性：即凡事都不能视为"非黑即白"。

但是乐山并不一定持有这类"非黑即白"态度。把凡事看得"非黑即白"乃是"文革"时期所遗下的陋习，乐山怎会采纳？我了解他的思想过程，在此纪念他逝世十周年之际我不免回想起我们自童年开始的思想发展。我们相差两岁，在家中我是老二，他是老三。我们兴趣相近，自幼喜欢看书，给我们思想启蒙的最重要一本书是巴金的小说《家》。在那个反对旧礼教的故事中，他自比为较为激烈的觉慧，而我是较为温和的觉民。初中时期，我们狼吞虎咽地看了不少左翼著作。到了我十四岁在宁波的一家日报《时事公报》副刊首次发表文章时，他与我同样惊喜。慢慢的，我们都走上写作之路。七七抗日战争开始后，我家迁往上海，我开始在柯灵所编的日报文艺副刊发表散文（第一个笔名是"坚卫"，因为那时作家多流行笔名），他也开始写诗，在报刊出现，他又学会了木刻，母亲常说他"比哥哥更聪明"。

乐山中学时代参加中共地下活动

1940年代的上海所谓"孤岛"时期，是我们思想发展最快、写作最多产的时期。我们住在租界，抗日情绪激昂，我想就是在那时期，他暗地参加了地下活动（请注意我们都不到二十岁）。我们在那时向往"延安圣地"，凡有朋友偷偷加入新四军的，我们都很羡慕。同时我们作品的发表也更频繁；尤其是在敌伪统治之下，我们如能在报刊上发表一些指桑骂槐的讽刺杂文，便觉得很痛快。乐山的智慧发展更是迅速，十八岁时他突然成为上海剧艺界最受尊重的剧评家[①]。

我至今不能解释，乐山何以正在高中毕业之时，竟能写出对戏剧艺术有那么成熟见解的评论。今日我重读2001年出版的《董乐山文集》（李辉编集）所收的《麦耶剧评》，仍能敬佩他的少年文才。在敌伪统治期间，未去内地留在上海的影剧文化人仍很多。看惯了好莱坞电影的知识民众因没有美国电影进口，苦闷得很，乃去话剧院找寻娱乐。剧艺界人士趁此机会，搬演出许多名剧，卖座不错。剧院生意兴隆，在报刊写剧评者也纷纷出现。乐山用了"麦耶"笔名，在当时销

[①] 当时思想进步又未及迁往内地的戏剧界人士都集居上海租界。由于美国电影不能进口，话剧极为兴旺，观众在受租界保护的爱国戏剧中找到一些娱乐与慰藉。

路最大的综合性刊物①发表每月一次的剧评，大受文化界人士注意。通过他与剧艺界有名人物的交往，我也结识了一些名导演、名演员如黄作霖（佐临）、胡导、石挥、刘琼、乔奇、黄宗英、白文等。

1945年8月世界大战结束，抗战胜利，退居重庆的国民政府迁回南京，大批文化人回到上海，美国电影开始进口，上海文化界也起了变化。那年我在圣约翰大学毕业考入《申报》当记者，刚二十一岁的乐山则自著名剧评家降为圣约翰大学二年级生。约大是以学生生活浮华、专爱舞会派对著名，乐山也不免予人以这种印象，但我相信他仍保持地下党关系。

在1945年至1947年的两年中，我在新闻界活跃，喜欢夜生活，也在著名小报《辛报》兼职。我自己觉得那是我整个生活最愉快的时间：白天采访（我是外交新闻记者），晚上与朋友们在夜总会相聚，有闲用"令狐慧"笔名写些迎合男女大学生趣味的小说，在朋友所编的畅销杂志发表。那时乐山有了女友，好像兴趣转移，专心学习英文，很少写作，只偶然写些小诗而已。

我于1947年9月离国前的最后职业是国民党所办的《东南日报》本埠新闻编辑（该报原是杭州名报，胜利后移至上海），夜间上班，但每日下午仍有时间去南京路新雅茶室与文化界友人相聚。我们在茶室楼上有个固定大圆桌，朋友们随进随出，喝茶谈天，相互传达文化艺术消息，各自推荐文章找地方发表。由于内地文化人的大批返沪，上海剧艺界也随之变化，麦耶停止写剧评，从剧评家还原为大学生身份。我惊讶一个人在少年气盛时期的充沛精力，以及对知识吸收、精炼、运用的快速。他于十八九岁时所写剧评文字，我今日读了还是觉

---

① 这本名叫《杂志》的刊物，乃是敌伪机构出资所办，但敢容纳较为大胆敢言的文章，多年后我才知晓，主编人原来乃是中国共产党地下党员。

得十分老练成熟。

二十年苦难中仍有优秀译作问世

我离开上海后，乐山接任了我在《东南日报》的夜间编辑职务，后来又一度当过中央社记者。两年后上海"解放"，他恰在美国新闻处任职。这个履历后来就成为他在反右运动与"文革"时期遭受折磨的原因之一。其实，在初期，他的才干颇受新政府赏识，邀请他入新华社主持新闻翻译工作。在二十年（自1956年至1976年）入狱下放苦难时期中，他没有放弃工作志趣，暗中与几位友人合译并独自编校了美国名记者威廉·夏伊勒所著的德国纳粹历史《第三帝国的兴亡》，获准出版后（先是内部读物）名气大扬。

上述一段是我在后来才知晓的。当我于1978年回国之前，《第三帝国的兴亡》巨大翻译工程早已在美国文化学术界对中国有兴趣人士之间引起一阵骚动。那年是我离国三十一年后首次返回祖国，乐山与其他亲属在上海火车站（当时我们是自纽约飞香港、从广州乘火车抵沪）迎接我们一家三口。我立时提出必要到北京去看看，乐山一口应允办到。

在北京皇亭子新华社简陋宿舍一个宿室（是他家三口住所）中，我索看他的译本，乐山在我们挤坐的小木床（房中没有座椅，只有两个木床，一个小桌）床褥下抽出三集破破烂烂的《第三帝国的兴亡》译本，我不禁一阵辛酸，一面敬佩他在艰难环境中的成就，一面悯怜他们生活条件的苛刻。那时，落实政策后的他已被调至外国语学院教授英文，而且也是社会科学院美国所专家、新闻研究所教授。我马上看出其间的讽刺意义：他因熟悉英文与懂得美国而遭难。他又因同样原因而被重用！

通过他与知友冯亦代，我于1979年开始在新出版而且内容开放的杂志《读书》上写一个介绍美国文化与文学的专栏。他也开始不断出版不少近代美国文学名著的译本（在1980年代间，他是中国名气最响亮的翻译家）。从此，我几乎每年回国一次，应邀讲学或探亲，每见到他，我总觉得他好似有种有苦难言的神态，他的愁眉苦脸好似已经成型，笑颜难开。1981年我邀他来纽约我家住留三个月，谈话机会多得很，但一提他的受折磨经历，他就闭口不谈。他对美国的新奇也似乎没有兴趣，不时在客厅踏方步深思。某次我说要带他到纽约文化界出名的格林威治村散步，他竟没兴趣。

享有盛名仍郁郁寡欢无限苦闷

次年他应康奈尔大学之邀（福特基金会资助）担任访问教授一年。那年经我介绍，他在文学杂志《巴黎评论》发表了由我所译的短篇小说《傅正业教授的颠倒世界》（原文曾在上海《文汇报》获得征文头奖），并附了我为该杂志所写的《董乐山访问记》与《当代中国文学近况》。我可说那是美国文化界首次读到中国作家形容"文革"时期知识分子受折磨的作品，恐比所谓"伤痕文学"传到美国还早。

1989年夏，那次事件发生之后不久，乐山夫妇竟被获准出国，我大为惊喜。此次乃是应哥伦比亚大学之邀（鲁斯基金资助）前往担任访问教授。在机场去迎接时，我首次看到他的解愁笑颜。一年任期完后，我问他要不要我帮助申请绿卡，在美国留下来。他说不，他要回去"享受应得的养老金"，一句话说出他的执拗性格。虽然他欣赏美国自由空气，他还是要赌气地回去收回政府（一个他自己在青年理想时期所助成的体制）所"欠他的债"。

他的复杂情绪是容易了解的。他憎恨自己的理想主义竟被出卖

（少年时受欺骗，成年后又受虐待），他喜欢美国的民主自由、宽容公正。但同时，由于他在国内压抑气氛中受到长期影响，竟不能容忍我在美国自由发表意见的习惯。我们在民主自由世界的人，尽可能地保持言论真实，即有错误，至少可以表达自己的忠实立场。"你非我友、即是我敌"的绝对态度乃是当时社会风气所造成。我伤心的是，我的嫉恶如仇的弟弟，竟也因受"文革"的恶毒气氛熏染，成为不容异见的顽固者。

最后见面竟是不欢而散

1997年4月，我在香港的杂志发表了一篇讨论名记者理查德·伯恩斯坦新著《即将来临的中美冲突》的书评。我的结论是，中美或会冲突，但不会发生核子战争。五月我去北京看乐山，谈到此文，他对我的意见不以为然，厉声把我大骂一顿，斥我是帮政府讲话。而我只不过是发表读后感而已，预测未来核战不可能发生，不然全球毁灭，同归于尽，什么善恶、什么爱恨都没有了。对他的责骂我闷口不言。不料那次竟是我们最后一次会面。两年后，他因肝癌逝世。他的儿子亦波曾自美赶去送终，回来后我问他爸临终时有没有给我留言，他说没有，我听了非常伤心。

有本杂志2001年八月号发表了主编对我的访问记，我也提到我们兄弟最后不欢而散的一场。不料有人看到此文，在网络上发表文章把我骂得狗血淋头。他显然也曾受过折磨，但在思想上仍保留了"文革"气氛的熏陶，现在到了美国，他可自由发挥，他嫉恶如仇，犹如乐山。他说他很敬重董乐山，我当然听了高兴；他指我所发表的文章持有"许多左倾观点"，不值我弟弟的敬慕。由于他在文中做人身攻击，我不屑作答。但我认为这类"亲我者友，逆我者敌"的态度，乃是最暴虐的"文革"时期所遗下的余毒。那位显然自己吃过苦头的人，在进入自由环境下竟不能去除如此骂人态度，令我可惜。

　　乐山是个聪明人，某次我们讨论在思想与行为上，左右两派若走极端会产生的结果，我们同意，到了极端的终点，左与右的思想相遇，都是一样的不容自由思想的发挥。这是真正的乐山，我的弟弟。

（2008年12月9日）

玛丽与『天下真小』

1979年夏，我在出版界的友人弗兰克·泰勒的家中第一次与玛丽·沙利文相遇。那时我刚从大陆探亲（三十一年来首次）归来，弗兰克要我与她相见，是因为她在"二战"结束后曾在上海住过，当时正准备于秋间偕夫君——《纽约时报》科学编辑沙莱前往中国访问。三十余年前，沙莱曾是"时报"驻重庆和上海的记者。

席间另一客人是斯诺的夫人洛伊斯·惠勒·斯诺。我提及她新出一书的中文本译者就是我的弟弟董乐山。即她的《我热爱中国》，讲述斯诺生命的最后日子。弗兰克一时惊呼："It's a small world！（世界真小啊！）"

玛丽告诉我，她在上海的美国新闻处任职时，曾交过不少文化界朋友，其中之一姓冯，但苦于想不起他的中文全名。她希望能在此次行程中找到他。经过一番询问，我说你的冯姓朋友就是我的知友冯亦代，我此次曾在北京见过。玛丽听了，惊喜不已，大家又一齐欢呼："天下真小！"

"天下真小"后来成为一本我的文集的书名。

这么多年来玛丽与我一直保持密切联系，冯亦代来美时也曾数度去她在康州的家做客。我与玛丽特别喜爱谈论美国政治，我们都是中间偏左的民主党人。弗兰克与沙莱早已去世。日前玛丽女儿来信告诉我，玛丽已于两个月前患癌症逝世，一时令我想起三十年前一齐高呼"天下真小"的情景。

我最后一次与她电话相谈，是去年民主党初选运动正在如火如荼的时候，她热心支持奥巴马，我则倾向希拉里。现在我在悲悼之余，惟一的慰藉是，她在临终之前已知悉她的英雄当选。

（2009年2月10日）

1964年的黑总统

奥巴马总统不但善于演讲,而且也会写文章,他的两本自传体著作,《父亲给我的梦》(*Dreams from My Father*)与《敢于希望》(*Audacity of Hope*),早在他竞选总统前完成,至今畅销不衰,在《纽约时报书评》周刊精装本畅销书榜上登了好几个月,同时在平装本畅销书榜仍分别占了第一、二位。

他的畅销书所收版税远远超过总统四十万美元年薪。其实,即使不进白宫,他也已是一个百万富翁。

过去,黑人当总统常常出现在我们的想象中,电视、电影故事里早就有过黑人总统。读者中如有像我一样迷上电视连续剧《24小时》的,一定还记得去年和前年的节目中有过两任黑人总统,今年第三集中是个黑人女总统。

半个世纪前的畅销流行小说家欧文·华莱士就于1964年出版过一本以黑人总统为主角的畅销小说《那个人》(*The Man*)。故事讲述一个黑人议员雄心勃勃,竞选总统,经过许多似乎难以克服的难关,终于成功。此书曾在《纽约时报书评》周刊畅销书榜上连登三十余星期,内容离奇,甚至有诬陷总统企图在林肯卧房强奸的片段，以及极右派白人在白宫草地上焚烧十字架的景象。

华莱士当年曾写过好几部畅销小说，著名的有以诺贝尔奖为背景的《大奖》(*The Prize*)，以金赛博士性研究报告为背景的《却普门报告》(*The Chapman Report*)等，有的曾被拍成电影。

《那个人》当年遭到"每月读书会"拒绝，原因是惟恐触怒南方读者。十余年前，华莱士儿子曾想把该小说卖给电影制片厂，但制片厂坚持主角必须由白人演员饰演，因而作罢。今日，奥巴马事迹必可被拍为电影，而且卖座。白宫第一夫人乃是黑奴后裔，多么诱人。

（2009 年 3 月 3 日）

诺贝尔奖得主的烦恼

照理，诺贝尔奖得主的智慧高于常人，更何况和平奖是世界最崇高的荣誉；何况，这位得主是：哲学家、小说家、时论家——曾在纳粹集中营吃过苦头而生还的犹太民族中最受尊重的伊利·韦塞尔。我用不着在这里介绍韦塞尔，他于1981年获诺贝尔奖时就深受全世界人士赞许。

纳粹集中营内的经验令他对人生的思想哲理高人一筹，他出版过多种书籍，除了非虚构著作以外，他也写过多部小说，他能用虚构人物来解释人的善恶行为。可晚年，他竟受到一个无德伪君子的诈骗，丧失了一生的积蓄，连由他主持的慈善机构的基金也被全部骗去。他夫妇俩现已八十余岁高龄，不得不担忧余下的晚年生活。

时至今日，我想读者们必已读厌了有关麦多夫的新闻。这位华尔街投资商过去三十年来诈骗了500亿美元的巨款，受害者包括他富有的亲戚朋友，甚至好莱坞名人与慈善机构。这么大笔款项的丧失令人惊讶于他的挥霍能力。据说他只接受拥有数百万美元的富人找他代为投资，对这些富人我们也许没有多大同情，但是慈善机构也被诈骗，不免令人气愤。韦塞尔慈善基金会的 1520 万美元以及韦塞尔夫妇的全部积蓄完全丧失。他系受一位朋友介绍给麦多夫（也是犹太裔），而这位朋友自己也损失惨重。韦塞尔现在波士顿大学任教。他说他初遇麦多夫时，曾与他谈论过道德问题，他说："我教授的是哲学与文学，对财经我是个外行。"

有人问这位哲学家，应该如何处罚那个大骗子麦多夫？这位哲学家富有想象力："把他放在一个单独禁闭的小屋里，只在墙上悬了一个电视荧幕。至少在五年内，荧幕日夜连续映出受害者，一一向他诉怨：'你看，你伤害了这位老弱妇人；你看，你伤害了这个无辜孩子……你看，你怎么会干出如此恶行……'别的用不着说。"

哲学家以为，精神折磨是最适当的处罚。

（2009 年 3 月 10 日）

诺贝尔诗人的烦恼

影城歌坛明星罗曼史只不过是有闲人的茶余谈资，可是文人学者一旦在性行为上稍有失当便可成为知识界一件大新闻。我还记得数年前《纽约》杂志所载一篇女学生控告哈佛名教授性骚扰的故事。这位名教授以文学理论著称。此案后来听说不了了之，名教授可能付出一笔赔偿金。

今天我要谈的，是有关一位诺贝尔奖诗人——1992年获奖的西印度群岛诗人德里克·沃尔科特。因为身为黑人，而且事关牛津大学，绯闻传出后特别引起欧洲学术文化界注意。

2009年，牛津大学数十位教授收到一件匿名寄来的邮包，内中是一本附有照片的新书，记述多年前一位女性控告沃尔科特性骚扰的绯闻。邮包来自何人，尚未查出，可该新闻无疑伤了诗人的名誉。牛津正在物色一位名诗人担任驻校特级教授，沃尔科特也是被考虑者之一，他非常失望，乃退出竞选。

能被牛津聘为特级教授，是一种荣誉。其他两位被牛津考虑的诗人，一是英国籍，一是印度籍，沃尔科特如果退出，中选的可能是那位较有名望的英籍女诗人露丝·帕德尔。有谣言说，匿名发邮件者乃是帕德尔。如此恶意中伤的诬蔑又不免令学术界大倒胃口。

书中所控的所谓性骚扰约发生在三十年前，书名是《好色的教授》(*The Lecherous Professor*)，书中记述，1982 年，沃尔科特在哈佛大学的诗作课上向一女生调情，要求与该女生"做爱"。女生拒绝，考试时只得了个"C"。据说学校当局后来将"C"改为"Pass"。

另一件事发生于 1996 年，波士顿大学一位女生控告他向她求欢，她不准而受到处罚，沃尔科特不准她的剧本上演。此案后来庭外解决，由诗人付了赔偿金。

当然也有许多学者为沃尔科特辩护，认为此类事发生在多年前，即使天才诗人也不免在社交上有失当之处。

女诗人帕德尔是进化论创始人达尔文的玄孙女，她也不信学术界竟选道德竟堕落到如此程度。

（2009 年 6 月 1 日）

肯尼迪的最后情侣

我们都熟悉克林顿总统在白宫时期的绯闻，可是青年读者很少知道历代总统中，被暗杀的肯尼迪最为风流。他在任内常常趁夫人杰奎琳出国旅行时在白宫金屋藏娇。由于他相貌英俊、气质超群再加上身为总统之高位，很少女子能够抵御他的魅力。她们潜入白宫，总统僚属为之掩护，连记者们也是睁一只眼，闭一只眼，不予声张。

当时传媒界的信条是，偷情乃是总统私事，闲人不得探问。记者要保持新闻道德，不愿犯规。例如，罗斯福、艾森豪威尔都有婚外情，到后来才被人披露出来。这种情况与今日市上充斥各种黄色小报，电视满是名人艳闻的现状完全不同。

日前（2009年6月）我在出版界获悉一条新闻，兰登书屋即将出版肯尼迪又一位情妇的回忆录。这位风韵犹存的六十六岁作者名叫咪咪·奥尔福德，已从教堂工作退休，她的秘密于六年前一本肯尼迪的传记中首次披露。1962年时，她只十九岁，在白宫当实习生，被总统看中，发生关系达一年半，到总统于1963年11月被暗杀为止。

她结婚两次，以前从未将此秘密向父母或儿女透露过。新书之名暂定为《某次一个秘密》(Once Upon a Secret)，据看过原稿的女编辑透露，回忆录令人肝肠寸断，作者确实深爱着总统。该编辑还说，作者当时仍是一个天真无邪的处女，一旦受英俊总统之宠，无异失去了头脑和理智。

2003年时，纽约《每日新闻报》首先披露她的秘密，令她大为吃惊，在深思熟虑后，认为与其任由黄色小报造谣生事，不如自己写书，述出真相与自己当时的感受。

在2003年出版的肯尼迪传记《未曾结束的生活》(An Unfinished Life)中，作者罗伯特·达莱克曾把咪咪形容为一个"身材纤长的美丽大学生"，"那个夏间，在白宫新闻办公室任事，与总统开始发生关系。"

总统被暗杀后，她嫁了一个银行家。第一任丈夫于1993年逝世，后来又再结婚。新书由职业作家助写，共分三部分：白宫之前，白宫之时，白宫之后。最后一部分叙述她在经受这个重大变故后的家庭生活，以及长期保守秘密的心理影响。兰登书屋称该书具体出版期尚未确定。

（2009年6月22日）

南非白人的《羞辱》

我是一个影迷，每日读报上影评，看看哪部新片适合我的胃口。我特别爱看由文学作品改编的电影。日前读到一则新闻，说根据南非诺贝尔文学奖（2003年度）作家库切的名作《羞辱》（*Disgrace*）改编的电影即将在纽约放映，甚为兴奋，我立时记起年前初读《羞辱》时的矛盾心情：我先是对当年南非在白人统治下黑人的遭遇抱不平，后来又对黑人解放掌权后对白人施行的暴虐报复感到愤慨。

书中作者的描述相当动人。故事很简单，结局却意味深长。一位白人教授与一黑白混血女生发生暧昧关系后，被迫辞职，前往女儿在乡下的孤独农场隐居。某个黄昏，父女两人一同牵狗出外散步，突然在树林旁被三个黑人挡住，他们将女儿轮奸，将父亲的衣服点着，并偷走他的汽车。结局特别动人心魄，照理在这种恶劣的情况下，一般白人会弃家出逃，迁往城市居住。但书中的女儿，这位南非土生土长的美貌农场女主人，坚决不听父亲的忠告，一定要在农场住下去，甚至不向警局报告她被强奸的事。她与父亲原是南非的思想开放人士，她甚至与一黑人农夫在农场合作，她深信这是她的命运，不愿离弃养她的土地。

小说主题明确，南非不仅是白人，也是黑人心目中一块美好的肥沃土地，是他们共同的祖国。原来的白人殖民主义者后裔已是第三、四代，不愿离开他们的家乡，到世界的其他地方"避难"。尽管遭受污辱，也不放弃自己的根。

相反的，做父亲的没有女儿的骨气，虽然政治思想开明，但内心仍潜藏白人的优越感。黑人掌权后，这类白人已无法适应现实社会。

《羞辱》刚问世时，曾受到各方批评，认为库切的描写恐有种族优越感，用黑白轮奸场面来刺激读者。批评最严厉者是另一位诺贝尔文学奖作家内丁·戈迪默，她把此书评为"过分简单，富有种族主义观感"。库切受不了他尊崇的戈迪默给予他的批评，终而迁往澳洲。

我相信库切不是种族主义者，小说中的教授身上可能有他自己的影子。他与戈迪默同样受世界文坛尊崇（后者是反对种族隔离的活动分子），有一位评论家这么解释那位教授女儿的心理："他们日日面对难关。你说不出他们为何要坚持居留的原因，那是发自心灵的，那是一种情感。"

（2009年9月22日）

新保守主义的消逝

美国新保守主义始祖欧文·克里斯托尔日前逝世，令人怀疑新保守主义是否也在消逝。

新保守主义者绰号"牛康派"（Neo-Cons），他们的极端保守主义思想是前总统布什及其副手切尼发动伊拉克战争的理论根据。近年来我曾写了多篇有关新保守主义者的文章，奥巴马竞选总统的成功似乎表明他们在政治上已吃了败仗，但是他们的势力仍在传媒界存在。福克斯电视新闻台就满是言论极右的"脱口秀"主播，而那位刚去世鼻祖的儿子威廉·克里斯托尔就是极右派杂志《标准周报》主编，曾在《纽约时报》写过专栏。

我对新保守主义者的兴趣起于对他们的思想从一个极端转向另一极端的好奇。1930~1940年代的纽约市立大学有"穷人的哈佛"之称，学生大多是犹太移民子弟，聪敏得很，经常聚集讨论时事。正如当时大半青年思想的倾向，有的左得成为托洛茨基派。这些左倾青年后来都在文化界成名，有的是作家，有的是编辑，有的成为教授，有的进入政治。他们在文化界的名誉获得一个称号："纽约知识分子群"（New York

Intellectuals），他们很多后来从极左的社会主义转化为蔑视贫苦、有色人种的反共极右派。这类一百八十度的思想变化过程使我极为好奇。

克里斯托尔是那群原本支持罗斯福"新政"的民主党青年知识分子中思想右倾的佼佼者。他于1965年创办了一本名叫《公共利益》（*Public Interest*）的杂志，专门发表他们思想的发展与变化的论文，所谓"新保守主义运动"就此而生。他们批评约翰逊总统的"大社会"政策，以为民主党虽具有好意，但是做法错误，福利制度反而鼓励穷人懒惰。他们也反对优待黑人入学与就业的所谓"**Affirmative Action**"（平权法案）。新保守主义以为，自由主义者太纵容社会懒惰分子、太与普通人民思想脱节。参与政治后他们成为共和党右翼中坚分子，极受切尼与前国防部长拉姆斯菲尔德重视，进而导致伊战僵局与经济恐慌现象。

但是新保守主义者中也有后来对此不满者。一位曾任《公共利益》高级编辑的人就说过："新保守主义运动后来僵化为一种自成一体的'正统'，成为专替基督教右派吹捧的啦啦队。"

近数月来，"牛康派"又另生一个支流，多事者名之为"后现代保守主义者"（Post Modern Conservative），听来好似是有人打趣。近期《时代》周刊把一位名叫格林·贝克的"脱口秀"主播捧为封面人物，名气大扬。此人思想寡陋古怪，自称是保守派，专以攻击奥巴马总统来吸引听众。美国当然有一些反对黑人当总统的人，这些人都成为他的听迷。福克斯新闻电台几乎都是极右派评论员，但我相信"牛康派"真正具有学识如创始者克里斯托尔等对这些人必予以蔑视。

从社会主义者一化而为新保守主义者，特别是初期分子，确有一些学识高深的名人，例如：社会学家丹尼尔·贝尔，内森·格雷泽，文学评论家欧文·豪威等，都已去世。创刊主编《评论》（*Commentary*）杂志的诺曼·波德霍雷茨已退休，编务由他儿子约翰接任。正如克里斯托尔的儿子威廉一样，新一代"牛康派"并未经过如父辈的社会主义思想熏陶，因此他们的反自由主义立场是极端的。去年《纽约时报》邀威廉·克里斯托尔写专栏，目的是与其他专栏言论做对照（因保守人士常批评《纽约时报》言论"左倾"）。可威廉的专栏因内容平凡、言论极端引起读者反感，《纽约时报》未续订他的合同。其实"时报"确有一位保守派专栏作家大卫·布鲁克斯，虽是右派思想，其言论公正而具深意，甚受一般读者尊重。他秉持正统保守主义传统，追随已去世的《国家评论》创刊人威廉·伯克莱的道路。

民主党此次大选取胜，并捧出了一位黑人总统，导致新保守主义士气低落。始祖克里斯托尔的门徒影响了布什政策，促成伊拉克、阿富汗战争以及后来的经济恐慌，"牛康派"把局势搞得如此糟乱，情况如此之坏，我甚至怀疑奥巴马是否有能力或机会把前途导过来。"九一一"事件后，我们都赞同进攻阿富汗去杀恐怖分子，但是我们反对布什听信"牛康派"之言将军力移往伊拉克，幻想"推动阿拉伯国家走向民主"。八年战争之后，阿富汗只剩下一个伪造人民选票的贪污政府，现在，美国民间大多反对奥巴马遣送青年人去充当炮灰，证明新保守主义思想已失去作用。

（2009年10月13日）

文学奖出冷门内幕

2009年度诺贝尔奖的另一冷门是文学奖。世界文坛上尚未获奖的名作家很多,但是瑞典的文学奖委员会偏偏挑了一位名不见经传的罗马尼亚裔德国女作家赫塔·穆勒。

她在罗国独裁政权下生长,现年五十六岁,于1987年移民德国时已三十四岁。她一共用德文撰写了二十本书,在德国文坛圈外,并不知名。翻译成英文的有四部小说,只有两部在美国出版:《绿梅地》(*The Land of Green Plums*)与《约会》(*The Appointment*),没有什么销路,但出版商要趁此机会把二书重印出版。小说讲述的是在独裁者齐奥塞斯库统治下的艰苦生活。

瑞典学院在发布新闻时称赞穆勒故事与文笔的动人,说她讲述的是一个"在自己家内好似一个陌生人的成长"。下面是一段栩栩如生的描写:"在床上枕头底下有六罐染睫毛的膏。六个女孩在罐内吐唾液,用牙签将唾液与煤烟调匀在一起,结果变成黏性黑膏。她们把此黑膏涂在睫毛上,使睫毛变得又粗又黑,不过一小时后,唾液干了,黏性过了,眼毛不再乌黑,灰黑的煤烟纷纷落到她们的脸颊上。"

　　这段文字形象地描绘出罗马尼亚贫苦女大学生如何在宿舍仿效西方女性化妆的情景，读来让人苦笑。

　　此前有英国人猜测，以色列作家阿莫斯·奥兹最有希望。也有人认为美国名作家中可有一位中奖。可是我们还记得去年诺贝尔奖发言人恩达尔的话："各个文化都有强健的文学，不过你不能忽视，欧洲仍是文学世界中心，不是美国，美国太孤立了，太与外界脱节。他们翻译得不够，他们也不参与文学上的对话。这种愚昧无知约束了文学的发展。"

　　此语一出，大大触怒了美国文学界，也粉碎了美国一些名作家的希望，像菲利普·罗思、托马斯·品钦、乔伊斯·卡罗尔·欧茨、唐·德利洛等。诺曼·梅勒、约翰·厄普代克已经去世，J. D. 塞林格早已搁笔遁世。上次美国作家获奖是1993年度的托尼·莫里森。

　　不过我要给这些失望的美国名作家一个忠告：不必沮丧，与他们为伍的伟大作家多得很，俄罗斯的托尔斯泰、法国的普鲁斯特、爱尔兰的乔伊斯和英国的弗吉尼亚·伍尔夫等。作为历史记录，上次获奖的德国作家是1999年的君特·格拉斯。自从诺贝尔奖1901年颁奖以来，德国已有十三位获奖。穆勒是女作家获奖者中的第十二位。

（2009年10月26日）

我的朋友唐德刚

我记得在小学时代就读过胡适的《四十自述》，到现在，印象还是很深刻，胡适于四十岁时已成为中国学术界首屈一指的人物。青年时期，我阅读广泛，常读到有人在文章里大肆宣称自己与胡适相识，甚至以一句"我的朋友胡适之"自夸，这句话也成为文坛嘲讽的谈资。我是后辈，虽曾与胡适吃过饭，谈过天，也绝不敢自称"我的朋友胡适之"。

有幸见到胡适还是托老友唐德刚之福，而唐兄才可以这样说——"我的朋友胡适之"。他在哥伦比亚大学任教时，以主持"口述中国历史"节目著称，近代中国史当然少不了胡适，他因此曾长期访问胡适，成为关系密切的朋友，学术界称他为胡适的大弟子，胡适思想的传播者。

唐德刚著述颇丰，以《胡适口述自传》与《胡适杂忆》最著名，读过他的著作者都敬佩他的文笔风格。五十年来我与他成为知交，他也是我的导师，虽然我们年龄相仿。

他逝世的信息传来，令我悲痛不已，又不免起了兔死狐悲的感念。唐兄与我和夏志清教授有一时期曾被人称为"纽约三老"。我们年纪相隔不过二三岁。夏兄近来也患病，只留下我一个偶尔能参加一些活动。而我自己七年前患了带状疱疹所带来的神经痛，至今未愈，也不大出外了。

一提德刚，我马上想起一本名叫《海外论坛》的刊物。1950年代中期，我自密苏里搬来纽约，不久即与一些志趣相同的留学生相交。我们十余人经常在周末聚会闲谈，就在此时，德刚建议我们合作创办一本中文月刊，创刊经费由我们分担。多半朋友的反应是，到哪里找愿意购买刊物的读者呢？那时在美华人甚少。德刚则天真地举出五四时期胡适创办《独立评论》的先例，认为我们留学生创办的刊物也将在历史上留名。结果，《海外论坛》倒也生存了两年，终因读者稀少、经费不足而停刊。我还记得后来一些文化学术界名人如谢扶雅、周策纵、马大任、鲁光桓等都曾有文章在我们这个小刊物上发表。

在此同时，德刚也曾组了一个"白马诗社"，我因为对诗是外行，没有参加。希望一些当时的诗人也会发表回忆文章来纪念德刚。

半个世纪的友情在这短短的文章中怎能尽述？人到老年，记忆力减退，什么都模糊了。

唉，我的朋友唐德刚！

（2009年11月9日）

大学教授多左派？

已故美国现代保守主义评论家、《国家评论》创刊人威廉·伯克莱四十余年前说过一句话："我与其将政府责任交予哈佛大学教授们，不如交给波士顿电话簿上最先一百个人。"这句话表示他对哈佛教授的蔑视，虽然他自己也是常春藤耶鲁大学的一个毕业生。

上世纪六十年代的肯尼迪总统白宫与内阁就满是哈佛人才，伯克莱这句话是不是在酸溜溜讥讽肯尼迪的开明政治呢？其实，美国的所谓"思想开明分子"（liberals）多半是知识较深、教育程度较高的人士。近来有一专家调查报告谓，自由左派较保守右派人更要当大学教授，特别是人文学者或社会科学家。一般说来，社会上以新闻传媒、艺术、写作、时装为职业者思想较左，在治安、农业、医药、军事方面就职者思想较为保守。

此报告谓，在学术界就职者多半是不信宗教的自由派人士，过去数十年来，大学学府只培育了少数信教的保守主义学生，其他学生很多希望未来当教授。

对社会问题的关虑，为贫苦阶级抱不平，于上世纪三十年代经济大萧条时期，就成为稍有良心的知识分子的负担。罗斯福总统的"新政"引致了大批自由主义思想者进入政界。肯尼迪总统的同样倾向乃引起现代保守主义领袖伯克莱的讽刺。但是伯克莱本人也是高级知识分子，他的论理往往是有理性的，在辩论时往往令人难以招架。例如，他一反传统保守的严规，以为吸大麻应该解禁，枪械的买卖应受控制。

我常认为1960年代是美国社会最自由化的时代：反越战、黑人人权、女权等各种运动使许多青年男女获得解放，性自由、吸毒风气大行。同时，社会的自由空气也大大地影响了大学教授。我还记得哈佛大学有两位心理系讲师因为宣扬LSD（一种迷幻药）的好处而被革职。那个时代的各大学校园中满是思想左倾的青年学生，发动各种社会与政治活动，较为年轻的教授们与学生们站在一起。这种趋向一直还存在大学校园中，因此形成今日的大学教授们多是自由开明、左倾分子主义之说，哈佛既是最著名大学，更是首当其冲，也更受保守主义者指摘。

大致而言，一般所谓开明的教授有下面几个特点：一、有高等学位；二、虽信教但并不迷信（包括开明的基督教徒与犹太教徒）；三、能够容忍各种不同思想论争；四、虽有高等学位，但收入不高。

（2010年2月1日）

你读过《我的奋斗》吗？

"你可读过《我的奋斗》(*Mein Kampf*)?"我猜回答多是"没有"。今天的读者恐怕对第二次世界大战和纳粹德国只有一些模糊印象，没有记忆。《我的奋斗》是希特勒的自述，纳粹主义的根源。蒋介石曾在战时写过一本《中国的命运》，据说是模仿的《我的奋斗》。

我之所以突然想起希特勒与《我的奋斗》，是有消息说《我的奋斗》版权即将期满，在不久的将来将可以在市场上自由再版发行，这不能不让人担心纳粹主义卷土重来。即使在今天的德国、俄罗斯与东欧国家也常有剃光头的新纳粹分子作乱侮人的新闻。

《我的奋斗》是希特勒当年用以攫权的宣传品，后来成为畅销书，许多读者实际上是对希特勒的大脑好奇。希特勒于1945年春自杀后，书的版权一直握在德国现政府手中。德国出版法规定作者版权可延至死后七十年，因此到2015年，任何人都可以再版《我的奋斗》。有识之士与德国政府担忧这种恶毒思想的重新蔓延。据说，慕尼黑的当代历史研究所正在计划出版一册附有详尽注解的版本，希望这种学术性的版本有助于读者理解。但是遭到德国政府的反对，理由是避免触怒犹太公民，尊重"大屠杀"生还者的情感。同时，政府当即禁止国内外再版此书。

德国政府规定，纳粹宣传品为非法出版物，因此《我的奋斗》早就该销声匿迹，令人纳闷的是，纳粹宣传部长戈培尔与纳粹秘密警察首脑希姆莱的日记仍在出售。其实，对历史感兴趣的读者都能在网上找到《我的奋斗》，而且此书在德国以外地区，包括美国，仍允许合法出售。

对此书的流行与否，最关心者当然是犹太人。希特勒在《我的奋斗》中详述他对犹太民族的憎恨，以及他因第一次大战失败要向法国复仇，并要向东扩展德国领域等，上下两集于1925、1926年分别出世。据悉，到战争快结束的1945年，《我的奋斗》全球发行已达1200万册。滑稽的是，在慕尼黑与纽伦堡两个城市，当时的政府曾将此书作为赠给新婚夫妇的婚礼礼品。

"二战"结束后，生还出逃的犹太公民渐渐返回本国，为数不多，历年来正在各城市中成家立业，不受歧视。虽然光头新纳粹分子仍有作乱，但有政府派警保安。对于《我的奋斗》是否应该禁止，德国犹太社团有两种看法："大屠杀"生还者大部分反对，青年分子则以为此类毒素应该公布于世，让未来一代认识希特勒究竟是何种恶魔。这样说来，慕尼黑当代历史研究所附有注解的版本当大有可用。

（2010年2月16日）

译作，原作，书评

几年前，一位香港名作家送我一本她的小说英译本，请我写篇书评发表在香港一本杂志做介绍。我想来想去想不通，只好婉拒。这本小说原作早已在中国读者间畅销，评论它的英译本有什么意思？至多只能吹毛求疵地找些翻译者的错误而已。

日前另有一位作者来信，说他一本根据中国古代小说所写的英文小说将出法文译本，请我写篇书评在国内刊物发表。我的回答是，我的法文知识有限，只在大学读过两年，不能胜任，何况用中文写书评向中国读者介绍法文所译的英文原作，怎能引起读者兴趣？

他的回信详细道出那本小说的翻译史，说他的著作并非翻译，而是根据那本小说中人物与内容的英文创作，因此要我向中国读者介绍。

我深知那本小说的翻译史，原作的故事讲述一个明朝法官的侦探案件，在中国民间流行，但并非文学界所重视的《红楼梦》一类古典名作，我自己早在十二三岁时就读过。当它的英译本最初于1949年出版时，我已到了美国，在大学研究院中只对战后美国新作家特别有兴趣，而那位英译者——荷兰汉学大师高罗佩，并没引起我的注意，何况1949年是中国解放年，世人的注意力集中在中国革命。高罗佩其时只有三十九岁，已经是"中国通"。后来他曾出版过几部有关明代色情画册的书，一是1951年的《秘戏图考》（*Erotic Colour Prints of the Ming Period*）。到了1961年，他又出版了《中国古代房内考》（*Sexual Life in Ancient China*）。他回到海牙后，去世时仅五十七岁。

对那位坚持要求我介绍其英文小说给中国读者的作家的好意，我很感谢。可是我用同样理由婉拒：用中文写篇书评向不懂英文的中国读者介绍一位中国作家的英文创作，至多只能起一些宣传或广告作用，不是一个书评家的义务。

关于那位香港作家，我曾想到替她写书评在美国刊物发表。但是在美国，书评投稿不会被接受，书评刊物编者往往先挑选佳作，然后才约请作家写书评。我曾在《纽约时报书评》周刊及其他销路不大的时论文学刊物写过书评。但是编者们态度严正，要我细读一本厚厚新书花时太多，而且稿费不高。只有《纽约时报》，写七百字左右，稿费约150美元，今日恐有增加。进入老年后，编辑来电邀稿，我都已谢绝。现在我替本刊写稿，只为个人乐趣，题材无限，每周一次，想到什么就写什么，毫无拘束。

（2010年4月19日）

再谈书评种种

我发表《译作，原作，书评》一文后，意犹未尽，国内一位在文坛与新闻界颇有名的老友读后认同我的观点，他说现在国内所谓"书评"，已成为单纯的广告词。有人要借用他的大名吹捧，他只能敷衍一下。我自己有过经验，中国人讲情面，总觉不好拒绝。不过如有陌生人来信说要用我的"大名"替他宣扬一下，我有什么义务帮他销书赚钱呢？在美国，这类事是作家代理人或公关人员的事，作家须花钱雇用。而在严肃的报刊上，编者一看这是含有宣传作用的文稿，即严加拒绝，以免损伤报刊声誉。

为了这个原因，严肃刊物绝不收受外来投稿的所谓"书评"。以销路最大、广告最有效的《纽约时报书评》周刊为例，单是这份周刊，就有编辑十余名。你要问，区区周刊，何必用这么多的编辑？这里就表明美国刊物发表书评的认真。美国每年出新书约六万余种，而《纽约时报书评》每期只能刊载二三十篇书评，新书能被"时报书评"选中而加以批评，即便是来历指摘的恶评，也都起到广告宣传作用，因为"时报书评"是最受出版商、作家、读者器重的刊物。另一本名叫《纽约书评》的双周刊是本非商业性而重学术性的权威刊物，不在此例。另有许多文学刊物如《纽约客》，时论刊物如《新领袖》（现只在网上发行）等，发表书评也态度严正，但它们在商业方面影响不大，不能与《纽约时报书评》相比。

话归正传，区区周刊，为何要用这么多的编辑呢？他们的职责是浏览众多新书，先挑出重要著作为书评目标，然后与总编讨论邀请哪位作家评论此书，这些编辑多是各领域的专家，熟悉作家或书评家。《纽约时报书评》办刊态度相当严格，一旦发现某书评作者与该作家有亲友或同事关系，立即会在下期发表"编者更正"，指明刊物要尽量避免"裙带关系"，以免失却公允。

其他严肃刊物也一样，根本不会发表朋友间互相吹捧的"书评"。

在美国，任何一份报纸或刊物（不包括那些轻浮的娱乐性刊物），会将编辑部与广告部完全隔离，以免广告部人员干扰编辑部运作，好像美国宪法中将政府与宗教完全分开。严肃正统的编辑也同样坚持该立场，以免少数没有新闻道德的记者偷偷将有广告作用的新闻挤入版面。

只有如此，一份报纸或刊物才会在言论上有分量。

（2010年5月3日）

从《火烧红莲寺》谈起

2010年3月，我在天津出版的《散文》月刊发表一篇谈论自己在少年时读书经验的短文，题目是"从《火烧红莲寺》到巴金"，因为笔下疏忽，把"火烧"误写成为"红烧"，打字者和我自己校对时都没注意，引起好奇读者疑问。不过这件小事却反映出今日读者的兴趣所在大异于数十年前。

我对文学的爱好始于《火烧红莲寺》一类武侠小说，以及《西游记》、《封神榜》一类神怪小说，然后慢慢地成为言情小说迷。不久，巴金的《电》与《家》、《春》、《秋》三部曲帮我开始欣赏现代文学，但一直错过了还珠楼主或金庸的武侠巨作。

从小学识字开始，我就喜爱读故事、看小说，当时《火烧红莲寺》给我印象最深，作者笔名平江不肖生，后来我发现他的真名是向恺然，曾把《火烧红莲寺》的故事发展为厚厚数册的《江湖奇侠传》。我的兴趣不久便从武侠转向言情，到了最后对具有反抗旧礼教的革命小说着迷时，已是十三四岁了。到了今日，我仍不能忘怀幼年时对武侠小说的神往。

另一位我喜爱的武侠小说作家是姚民哀，他经常在赵苕狂所编的《红玫瑰》杂志上发表作品。这两个名字，恐怕只有在1949年以前已成了年的人才熟悉。"四人帮"垮台后，我偶然在国内期刊上读到，姚民哀原来就是鼎鼎大名姚文元的父亲，大吃一惊。姚文元之会写文章显然是从他父亲那里学来的。参照我自己读书兴趣转变的过程，我也就不奇怪一位武侠小说名家儿子所走的写作与思想道路。

与我同时代的人一样，当然我也都读过其他通俗小说如《荒江女侠》、《水浒传》、《三国演义》等，以及受人称颂的《红楼梦》。在醉心于新文学道路之前，我也曾迷上了《啼笑姻缘》、《金粉世家》一类言情小说。1930年代，刚在抗日战争开始的前后，张恨水是中国最红的畅销作家。《啼笑姻缘》电影捧红了一位大明星胡蝶。今日想起张恨水大名，我不禁好奇，当年被正统文坛目为"鸳鸯蝴蝶派"的作家，后来到底境遇如何？有没有吃过苦头？

当然，少年期间，受了时尚影响，我也读了高尔基、普希金、肖洛霍夫等俄罗斯作家的作品。肖洛霍夫的所谓"社会现实主义"小说《静静的顿河》曾获1965年度诺贝尔文学奖。写到这里，突然想起1946年某次，我与朋友从上海坐火车去苏州，随手带了本《被开垦的处女地》在途上解闷，车厢旁边一位衣冠整齐，又像官僚、又像市侩的男子看到书名，借去一阅。我与友人暗暗窃笑，他显然把肖洛霍夫的名作误认为一本淫书。

（2010年4月26日）

回忆录，自传，传记

我从 2010 年 1 月开始，在国内一位编辑朋友再三催迫下，终于同意动笔写回忆录。她不要我"过分辛苦"，只要我随想随写，一有了灵感，就随笔记下来，先在她主持的一份杂志上发表。这让我感觉轻松。我最怕出版社定期要我写出一部长达二三十万字的所谓自传，如此压力，以我的年纪经受不了了。

在乐山去世前数年，北京一家出版社曾有意请我兄弟俩合写一本自传，记述我俩各自的生活经历，作为对照。结果因为乐山害病与我的懒散，没有成功。

我晚年的读书兴趣早已从想象性的创作移向传记、时事与历史。我以为这样的阅读增长知识，又满足好奇心。我不一定要读政治时事人物的传记，有时，电影明星与名士闺秀的隐私秘闻也会引起我的好奇。5 月 2 日出版的《纽约时报书评》畅销书榜非小说第一位是凯蒂·凯莉的传记《奥普拉》（*Oprah*）。在美国，甚至全世界，几乎无人不知奥普拉，她每日下午在 ABC 电台的闲话节目，专门约请时事人物，说他们的隐私秘闻，观众号召力极大。她不但成为美国黑人中最富、最有社会势力的一个，在白人观众间的号召力也是电视界数一数二的。因此，一本揭露她的隐私秘闻的传记，一出世就升上"时报"畅销书榜第一位。

作者凯莉在读书界、娱乐界并非陌生人。她早因写过一本有关好莱坞影星歌星弗兰克·辛纳特拉秘闻的传记，以及一本揭露已故总统夫人杰奎琳·肯尼迪私生活的传记而名气大扬。写这类传记，为避免被主人公控诉，作者取材要非常小心，必须采访许多有关人物，谈话必须有录音为证，不能随便造谣或凭作者自己的想象夸张。

含有学术性的严肃传记与上述这些以销书为主的传记大有不同。作者不但要搜集主人公各种材料，包括文件、日记、书信等等，还要请求与他（如果还在世）直接交谈。

严肃传记必得在书后附有多页注解，证实作者取材来源。目前我收到一本郑达教授所著述的《蒋彝传》(*Chiang Yee: The Silent Traveller from the East*)，翻阅一下，就深感这是一本严肃传记著作，关于该书内容，因篇幅有限，我将在阅读后再谈。

（2010年5月10日）

"公共编辑"的认真

美国几份著名大报如《纽约时报》、《华盛顿邮报》，近年来在编辑部加了一位任务奇特的编辑，名为"公共编辑"（Public Editer），他所代表的是读者公众，他的专责是熟读每天报纸，找寻本报记者报导的错处以及各部门责任编辑的疏忽，在级别上他不受总编辑控制，他的惟一上司是报纸老板。这种职务，任期只有两年，被雇用者都是富有经验与声望的老报人。"时报"最近一位公共编辑刚刚满期，新人还未到，在此间隔时期，我觉得有所感触，就写下来。

严谨而有声望的报纸要把它的出品内容做到极为公正不偏、不捏造、不渲染夸张的地步，纽约其他诸报如《华尔街日报》、《纽约邮报》被福克斯电视台老板默多克购买、改换编辑人员后就没有保持这类标准。

"时报"公共编辑每星期日在专论版辟有专栏，检讨过去一周本报新闻报导的欠缺处。他的吹毛求疵的探索极为彻底，往往引起很有声望的名记者不快，中上级编辑们不好意思，甚至总编辑尴尬。由于公共编辑直接向老板报告，他的编辑地位犹如太上皇。他召记者或编辑去讨论时，好像一个学校的训导主任召唤学生质问其不当行为一样。

他要确认记者的新闻来源是否可靠。例如，记者往往写道："据一位匿名的政府官员透露"或"据白宫一个最高来源说"或"某某方面证实这个措施已在筹划中，但不愿透露姓名"等等。这些新闻即使都是可靠的，但一篇报导中如有数个类似的无从证实的来源，编辑们与公共编辑便要特别小心了，即使名记者也要接受质问。一个惯例是新闻来源人往往一定要记者保证不透露真名，才敢道出真相。还有记者因拒绝透露来源而触怒法官，宁愿坐牢。

还记得数年前，《纽约时报》一位年轻黑人记者因捏造新闻而被革职。当时的总编辑与黑人副总编辑，被人指控有袒护少数民族记者之嫌，后也引咎辞职。

我想，"公共编辑"的出现，大概是起于这件事。

（2010年5月24日）

第一夫人回忆录

上届总统布什的夫人劳拉的白宫回忆录《心里话》(*Spoken from the Heart*) 一上市，立即升上《纽约时报》畅销书榜非虚构类第一位。

历年来有许多白宫第一夫人写过回忆录，都是畅销书。四十余年前约翰逊总统夫人回忆录出世时也有这阵势。约翰逊夫人小名"夫人鸟"(Lady Bird)，是总统昵称。她的回忆录书名《我不要受打扰》(*I Want to be Alone*)。那时肯尼迪总统被暗杀不久，"夫人鸟"以为作为总统夫人，她对历史负有责任，决定每晚七时关入卧室内的化妆间写日记，在门外挂了写有"我不要受打扰"的小枕头。她用录音机记录每日情况，并积累了重要白宫访客名单与午餐菜单。总共积累了约二百万字的材料，终于 1970 年出版了《白宫日记》，极获好评，在畅销书榜上列了十三个星期。

此后各届总统夫人，除尼克松夫人之外都写了回忆录。不过"夫人鸟"因为忙于日记，疏忽了家庭的和谐空气。她的小女儿露茜后来说，她最恨"我不要受打扰"那个小枕头，因她不能见到母亲。总统回忆录当然与夫人的回忆录大有不同，因为前者记述多是有关国家大事。卡特总统夫人罗莎琳于1984年出版了《来自平原的第一夫人》(*First Lady from Plains*)，丈夫吉米问她："你在书中写你曾哭泣过，让自己显得不够坚强吗？"当然，那只是男人的想法。

里根总统夫人南希于1989年出版了《轮到我了》(*My Turn*)，在书中她冷言冷语地讥讽丈夫的政敌做报复。希拉里·克林顿于2003年出版的《活着的历史》(*Living History*) 又另有一番滋味，她不但讥刺丈夫的政敌，也有自己的政敌。此书不但是回忆录，而且关乎自己政途的前景在望。老布什总统夫人芭芭拉于1994年出版的《回忆录》(*A Memoir*)，书名简单，内容也无复杂处。

这些第一夫人回忆录不但畅销，而且比其丈夫的回忆录销得还好。福特总统夫人贝蒂于1978年出版了《我生活中的时世》(*The Times of My Life*)。她所得的预付版税较她丈夫的多了三倍。不过此次布什夫人劳拉所获的二百万美金不如丈夫乔治的七百万美金。

最后，我们得提一提罗斯福总统夫人埃莉诺于1949年出版的《这，我记得》(*This I Remember*)。此书可说是女权主义运动蓬勃的先声。

（2010年5月28日）

40 之下的 20

看到本篇的题目，请不要纳闷，让我解释："40 之下的 20"乃是从英文"20 Under 40"翻译过来的，意思是"四十岁以下的 20 个人"，或更准确一些，"20 位不到四十岁的作家"。《纽约客》是美国商业文艺界一份最有声望权威的刊物，历年来无名青年作家因为被《纽约客》杂志推荐而出名的不在少数！五十余年前，我自己也曾有过这种遐想，连连投稿而失望。不久见到一个中国名字的作者出现，艳羡不已。C. Y. Lee 写的是抗战时期内地的故事，后来我打听出他的名字是黎锦扬，乃是上世纪三十年代电影明星黎明晖的叔叔。C. Y. Lee 写的小说《花鼓歌》很畅销，小说故事有关旧金山华埠一个夜总会，后来被搬上百老汇舞台，还被好莱坞拍摄成电影。不过黎锦扬最终只写过一两部平庸小说，没有什么巨作出现。

近年来我所注意到的中国作家是李翊云。她已经在《纽约客》发表过几个短篇。她也成为"20 Under 40"之一，乃是莫大的荣誉。她在世界文坛前途无量。

现在且让我解释古怪的篇名。《纽约客》为提拔无名作家，曾于 1999 年出过一期"未来的美国小说"

特辑，被发表的无名作家后来多数都成名，其中有的获了普利策文艺奖，或"美国国家图书奖"等。这次，主编心血来潮，再来一次同样的措施，名之谓"20 Under 40"，挑出 20 名年纪不到四十岁的新作家，将连期发表他们的著作，其中八篇已先在本期特刊发表。被挑中的幸运儿国籍不一，有非洲的、南美的，俄罗斯的和南斯拉夫的。中国作家就是李翊云！听说还有一位，用的是洋名。

《纽约客》的小说编辑部门有好几个编辑分别挑选杰作。他们必要细读各候选人著作（短篇与长篇的段落），然后讨论，做最后决定。美国各大出版书局正在跃跃欲试，希望捉到一条可以畅销的大鱼。

我向李翊云祝贺，听说她毕业于北京大学生物系，半路出家，成为专业作家。兰登书屋已出版她的两本书，一是 2006 年的短篇小说集《千年敬祈》（*A Thousand Years of Good Prayers*），一是 2009 年的长篇小说《漂泊者》（*The Vagrants*）。

（2010 年 6 月 28 日）

一本不寻常的游记

近数十年来，在读到的旅行作家中，最喜爱的是保罗·泰鲁。他的观点锐利，笔法尖酸，充满讽刺嘲弄意味。有一位书评家曾对他如此作评："此人好像有项不平常才能，专门会在美丽的地方遇见令人讨厌的人物。"我对他的游记入迷，就是因为他的不同常人的写法。但是我读了他的中国游记《乘坐铁公鸡》(*Riding the Iron Rooster*，1988年版)后，即起一阵反感，曾在1992年9月12日的《纽约时报书评》发表一篇短文，节录如下：

"他性喜冒险，常在找寻新奇陌生的地方，但是他对一路相遇的人们都不乐意。在《乘坐铁公鸡》中（'铁公鸡'乃指火车），他如此讨厌中国人，竟把他们形容为'全是不清洁，讲话推诿，含糊其词，感觉迟钝，毫无礼貌，人人都在咳嗽清喉，人人随地吐痰，他们拖着脚行走，双臂拍动，不然就好像木偶一样地移动'。"

他不但善于侮辱华人，在另一本游记中，他还把太平洋一座小岛的岛民形容为"都是腿短足大的黑皮肤人，鲁莽无礼，顺手偷钱，懒惰而喜斗嘴，不表敬意"。他对人的讨厌，好似是普遍性的。在《乘坐铁公鸡》中，他就把英、美、法、德、澳各国旅游者一致形容为"威吓"、"丑陋"、"对人冷淡"、"虚夸"、"无知"、"傲慢"等等。

此篇短文曾获多方读者反映，但泰鲁新书仍不断畅销。

现在我要介绍一种与保罗·泰鲁作品完全不同的"游记"。我不能称呼此类作品为"游记"，因为作者用意与泰鲁之流完全不同。他所属意的是介绍世界各国在文学、音乐、艺术，甚至政治上有成就人物的故乡故居。他不厌其烦地亲自前往游历采访，并拍摄了许多珍贵照片。由于这些名人的故居后来都变成博物馆，对外开放，作者在每篇篇后都注明地址，开放时间，甚至交通提示。这样的做法对于有兴趣的读者极为方便。这样的游记不但让人对陌生地、陌生人增加认识，而且也增长旅游者的实际知识：亲身拜访所景仰的音乐家或文学家的出生地，视察他的工作室、卧室、坐椅与住所花园等，当是一件极具刺激性之事。

作者胡志翔就是这样的一个迷。他在香港行医退休后就每年前往欧洲各国旅游，搜集材料，写成了《世界文化名人图志：诞生地·故居·墓地》，已完成了两册，第三册即将出世，我将在下文介绍详情。

作为一部游记，《世界文化名人图志：诞生地·故居·墓地》的特点在于：作者不但叙述了他采访名人故居的经历，而且说明交通方法以及所在地（都已成为对外开放的纪念馆）的开放日期与时间。此外，每篇附有作者自己撰写的那位名人生平。例如，以《蓝色多瑙河》出名的圆舞曲作曲家约翰·施特劳斯的情况，我读了后对他更有认识，马上想到七十年前我在上海观看电影《伟大的华尔兹》时的感受。每篇文字所附的彩色照片更是珍贵。

《世界文化名人图志》第一册、第二册系于2005年与2007年先后由济南市的山东画报出版社出版。作者胡志翔的专业虽是医生，却对世界各国历代文化名人显然都有兴趣，第一册讲述的文学家有歌德、巴尔扎克、狄更斯、萧伯纳、罗曼·罗兰等,音乐家包括了舒伯特、肖邦、瓦格纳、柴可夫斯基、普契尼等;第二册的文学家有济慈、海涅、福楼拜、左拉、勃朗特姊妹等,音乐家有巴赫、莫扎特、贝多芬等。这些文学界与音乐界名人的姓名都是脍炙人口,用不着我在这里附上外文原文。

到了即将出世的第三册,作者没有忽略中国名人的故居,比如二十世纪初的学术界泰斗蔡元培。在第一册访萧伯纳故居的文中,所附珍贵照片也包括了一张于1933年所摄、稀有的黑白照片。当时萧伯纳正在中国访问,由宋庆龄陪同前往上海孙中山故居参观,国内文化界名人招待这位爱尔兰以讽刺知名的作家,包括了蔡元培、鲁迅、郭沫若等,都在这张照片中出现。萧伯纳生前是位社会主义者,曾于1931年前往莫斯科过他的七十五岁生日。两年后到访上海,在香港发表了《告中国人民书》,提到"中国人民如能一心一德,敢问世界孰能与之抗衡"。可惜的是,今日美国大学中的文学系已不注重这位大作家的杰作。

我在第二册序言中鼓励作者胡志翔把世界名人故居不断写下去,而且扩大他的兴趣范围。第三册原稿全文我尚没有见到,但是目录之中,除了有文学家大仲马、乔治·桑、陀思妥耶夫斯基、哈代等,音乐家托斯卡尼尼、德彪西、西贝柳斯等,画家莫奈和文艺复兴时期的达·芬奇,哲学家黑格尔等之外,也包括了科学家居里夫人。

这似表明作者兴趣已移向科学方面。我只希望这位老友保持健康,继续不断旅行,向我们的读者做报告。

(2010年7月19日)

《红楼梦》中的女人

喜欢读书的人几乎都读过《红楼梦》,在世界各地的中国人中,又有哪一个没有听到过《红楼梦》?所谓"古典文学"就是这个意思。像西方文学中的莎士比亚作品一样,《红楼梦》会一直流传下去,不断地受到学者的讨论。近来国内研究红学的著作特多,数年前作家刘心武来纽约时就送我两本他的近作,我读得津津有味。近来又有一本刚在上海出版的王海龙的《曹雪芹笔下的少女与妇人》,洋洋五十万言,听说初版立即售罄,正在再版中,可见人们对《红楼梦》故事与人物的兴趣。

我于初中时期即读过《红楼梦》,那时我的年纪较书中的贾宝玉犹轻,读了"宝玉初试云雨情"一章即引起我的遐想与好奇。这个读后印象至今不忘,好像自己也爱上了袭人,对她的想象较对林黛玉与薛宝钗的尤有好感。她虽是一个奴婢,她对宝玉的爱惜与忠耿却令我起了深深爱慕。

《红楼梦》中女性角色之多令读者吃惊,但她们的个性各有不同,每个都被描写得栩栩如生,这就是真正文学家的本事。作者把书中角色写得丰富真实又个性鲜明。王海龙写《曹雪芹笔下的少女与妇人》更进一步把四十七个女性角色做尽详解释，上起贾母，下至刘姥姥，每篇分析，至少有数千字，有的字数上万。这样的写法表明作者态度认真，我好奇他究竟读了多少遍《红楼梦》？他下笔如此细致，令读者兴趣陡生，非再重读《红楼梦》不可。

刚一周前，我收到上海文艺出版社寄来的王海龙大作，第一个反应是：他怎会有恒心与时间完成这本将近500页的巨作？我恐怕要花好几个星期才能读完。我选读的第一个角色就是袭人。作者果然同意我对袭人的看法：袭人是个大好人，忠心耿耿，照顾宝玉无微不至，甚至甘愿献身让宝玉初尝性爱滋味。

少年时作为读者，像其他书迷一样，把自己比作宝玉，就要在黛玉与宝钗之间做个挑选。我宁取宝钗而舍黛玉。我认为黛玉小心眼儿、心肠狭窄、气量不大，没有宝钗的慷慨大方，温柔体贴。你如要知道作者意见是否与我相似，那就要看他的大作了。在《红楼梦》各种角色中，我对凤姐儿的描述最感兴趣。她的泼辣而大胆敢言的个性颇似当代女性，我也要读读王海龙的看法。

王海龙在哥大任教，所专的不是文学，而是人类学。读了本书几篇后，我发现他有心理分析家的技巧，那可一定也是人类学家的专长了。

（2010年8月16日）

你要飞游火星吗？

四十余年前，太空人登月球的前二年，我们带了刚出生数个月的女儿，应邀前往休斯敦访友。

朋友比尔·萨斯顿是位名记者，当时在休斯敦太空中心任新闻官，主持公关事务。他的妻子也是瑞典裔，与我妻特别亲近。那个晚上他们开酒会欢迎我们，应邀的客人多在太空中心任职，其中的巴兹，乃是后来第二个登月的地球人。那时他们正在受训，尚未名扬全球。巴兹当时的妻子琼恩也是瑞典裔。我们在酒醉谈话时对太空飞行生活十分好奇，最关心的是，他们穿了宇航员厚重的戎装，如何解决人身排泄问题，在场的太空中心客人都笑而不答。我日前读到一本新书，多年前的疑问终于获得解答。作者是以笔法幽默著称的玛丽·罗奇，书名是《整装飞火星》（*Packing for Mars*），副标题是"太空中的不可思议科学与生活"。

罗奇女士花了长时间在太空中心采访搜集材料，她对浮在太空中没有重量的男女如何做爱特别好奇，因为来日地球人如要飞往火星，飞行时间长达数年，人类的这种自然冲动在所难免。据说，宇航员戎装内设有各种机械,例如贴在肚腹的聆听器,肚子如咕隆作声,证明此人需要大便或肚泻,在地球上的服务人员可以听到,向上报告,以防他生病。作者不但对排泄问题有兴趣,也注意太空人的智能变化等等。

在准备飞往火星的初期训练中,受训者必须平躺数月不动,吃的是果子冻与液体。此类试验是看人体在长期不动状态中会如何退化。

最令我们地球人关心的是太空舱内的卫生问题。太空舱充满臭味,许多有经验的宇航员都这么说。最难耐的是存留在紧密戒装内的排泄物。同时,由于宇航员长期不能洗浴,往往整个太空舱内臭气冲天。

为了写作此书,罗奇女士也曾亲自经历过各种试验。某次她从高空直降,造成无重量状态,果然,初觉能够浮空,好似进入天堂似的轻快,但不久地心吸力恢复,她就感到要呕吐。

穿了这类与外间完全隔离的太空戒装的最不舒服处,除了大小便外,还有难闻的自己的呕吐物。太空人每次步出太空舱外做修理工作会恶心呕吐,呕吐物留在头盔内非常难以忍受。

你还要飞游太空吗?

(2010年8月23日)

另一个诺贝尔奖

每到10月诺贝尔颁奖季节,美国读者常在提心吊胆地期望美国作家获文学奖。2010年10月6日晚开始,刚出版了新作《追击者》(*Nemesis*)的菲利普·罗思就通宵不能入眠,急切等待瑞典京城斯德哥尔摩打来的电话。自从美国文坛二巨人诺曼·梅勒与约翰·厄普代克逝世后,美国文坛一般以为此次罗思必能中选。上次美国作家获奖的是1993年的黑人女作家托尼·莫里森。

10月7日清晨,瑞典的诺贝尔文学奖委员会把电话打给正在纽约过周末的秘鲁作家马里奥·巴尔加斯·略萨。略萨(他今年恰在普林斯顿大学拉丁美洲研究系任教)喜出望外地告诉记者,他的获奖只不过证明拉美文学与西班牙语在当今世界之重要。

略萨著作多种,早在1982年另一拉美作家——哥伦比亚的加西亚·马尔克斯(《百年孤独》作者)获奖时,已有传闻,称那次文学奖恐会同时颁给两位著名拉美作家,可是诺贝尔文学奖委员会讨论之下,惟恐其中之一会拒收,而造成尴尬。两人原是知友,于1976年一场电影开幕仪式上,因三角恋爱关系而打架，据说至今尚未复交，我也听闻马尔克斯在网上留言祝贺略萨"如今我们都一样了"。

略萨思想保守，经常批评拉丁美洲的左翼独裁政府，如古巴与委内瑞拉。他认为拉美作家很难回避政治。他的作品往往专于两个主题：一是人对自由的向往，无论是政治、社会或创作；一是艺术与想象所能带来的解放。他的著作如2000年的《山羊的筵席》(*The Feast of the Goat*)描写多美尼加独裁总统特鲁希略执政三十年后人民的遭难惨况。同时他也能用淋漓尽致的色情描写来充实自传性的著作，例如1982年的《茱莉姨妈与作家》(*Aunt Julia and the Scriptwriter*)，描写一个喜爱写作的青年爱上美丽姨妈的故事。另一本是《赞赏继母》(*In Praise of the Stepmother*)，描写一个富人进入老年，觉得金钱不能带来乐趣，乃遗弃糟糠之妻，另娶一年轻美妇，不料新妻被青春儿子诱奸，老色鬼赶走新婚妻子后，才发现儿子是要为他的生母复仇。

略萨曾对外公认，他自少年开始，即对年长女子有特别嗜好，实际生活中，他曾娶了母亲的美丽幼妹。

略萨一向与加西亚·马尔克斯齐名，不过晚了三十八年才获诺贝尔奖，而今日他在传媒所应得的光辉，又被另一个重要诺贝尔奖（诺贝尔和平奖）揭晓的新闻占了上风。

（2010年10月18日）

洋人用汉语做梦

定居美国这么多年，我日常会话都是用英语，习惯了，现在做梦也是自然而然地用英语（我想许多朋友一定会有同感），因此，日前看到一本名叫《做梦用汉语》(*Dreaming in Chinese*)的书深觉好奇，翻开一读，就不忍释手。这位作者不但用她在北京数年所学的普通话做梦，而且也知晓拼音中"平、上、去、入"的奥妙。在书中，她用这个知识在她所喜爱、即将绝迹的胡同中游逛，与老百姓交谈，记出各种有趣韵事，令我读得津津有味。同时，她通晓拼音，我也学了一些，纠正了一些自己的中文发音。

由于我出生于宁波，自幼就学不了标准普通话，每次回国时，讲话总被朋友取笑。现在我又为了不能在电脑上用拼音打字而苦恼，往往，我在电脑上试用打字写篇短短的信，也要花半个小时以上。我们南方人的毛病是不能分别"林"（lin）与"令"（ling），"金"（jin）与"经"（jing），"朱"（zhu）与"祖"（zu）等的发音。例子太多了，打字时便不断要用字典做参考。这样，要写出一篇一气呵成的文章，又怎么可能？

而这位《做梦用汉语》的作者毕竟是受过严格训练的。她在书中印了几个中国成语（附了拼音字母）来解释老百姓习俗。例如用"热闹"二字来说出民间宴会、喜事的气氛；用"阴阳"二字来解释中国哲学；一句"听不懂"就可引起交谈者的热心指导等等。书中并有"打包"一章，讲述她在餐馆中吃不完剩菜，说一声"打包"，侍者即会用纸袋把剩菜包好，使她可带回家去。

作者名德博拉·法洛斯，乃是名作家詹姆斯·法洛斯之妻。詹姆斯一度曾被《大西洋月刊》(*The Atlantic*)派驻北京、上海。妻子有暇，索性上了专门教导洋人的中文学校，三年中，不但学会标准普通话，而且可与"老百姓"随便交谈。如此，她更能深入地了解中国民间实况。她也是位作家，曾在哈佛获得语言学博士学位。

作为一位语言学专家，她学外语当然更容易。书的副标题是"用普通话（mandarin）学习生活、爱情与语言"，书中充满有趣而风味的、有关她日常与"老百姓"交往的故事。她认为，要认识一个国家，先得熟悉那国的语言。她学会了中文，就能更深切了解中国平民的生活、习惯、幽默、爱情、礼节等种种生活要素。在她的笔下，现代中国已不再是美国人传统观念中的一个神秘国家。

（2010年10月25日）

赛珍珠的最后悲剧

2010年6月又有一本赛珍珠传记出世,我到了近来才有机会一读。这位曾在1938年因《大地》一书获得诺贝尔文学奖的青年女作家一向并不受文学界重视,但是她的小说历来还是有销路的。《大地》也曾于1932年获普利策文艺奖。当它被每月读书会选为1932年每月佳书时,赛珍珠曾如此天真,向出版商询问:"他们可知道我不是该会会员?"

《大地》一书改变了美国一般对华人缠足、抽鸦片、养长指甲、留八字须的印象。在此以前,中国文学界从无人写过一本向外介绍中国人实况的小说。但是美国文学界对赛珍珠并不尊重,著名作家福克纳把她戏称为"中国通巴克夫人"(赛珍珠原名Pearl Buck)。另一也是出生于中国传教士家庭的著名作家约翰·赫西则蔑视地称她"出产七十本著作太多"。

此本新传记名《赛珍珠在中国》(*Pearl Buck in China*),作者是希拉里·斯珀林,她对赛珍珠深表同情。书中讲,自幼,赛珍珠的金黄头发、灰绿眼睛就受到当地乡民的注意。长大后她学会中国话,但对中国的重男轻女习俗极为不满。她到美国进入大学,后回到中国,觉得中国才是她的故乡,二十五岁（1917年）时她嫁给了也是传教士的约翰·巴克,因与夫君兴趣不合,终于1935年离婚。

那时赛珍珠认为身为传教士之妻,浪费时间和生命,乃于1925至1935年之间开始大量写小说。她写《大地》初稿是先用中文想,后来才翻译为英文。不过,这是本书作者的看法,我可不能苟同。我不知作者从何处找来各种材料,有许多地方不可相信。例如,她说美国当时著名幽默家威尔·罗杰斯曾于1933年3月7日的《纽约时报》封面写了一篇称颂赛珍珠的文章,这令我难以置信。《纽约时报》最重要的封面,只载时事新闻,绝不可能把宝贵篇幅让给一篇发表意见的文章。事实是,罗杰斯确写过一封称扬《大地》的短文,曾在1932年的《纽约时报》读者来信栏发表。

赛珍珠确有写作天才。离婚后,她嫁给了她的出版商理查德·沃尔什,移往美国居住。从此,她写作的多产埋没了她的真正才干,因为她做出版商的丈夫只要畅销书赚钱,她慢慢失去了崇拜她的读者。她不能生育,领养了各种族的孤儿,设立了一个基金会,专门照顾亚裔孤儿,但老年后收了一个名叫西奥多·哈里斯的青年滑头,与之同居,开始打扮时髦、生活奢侈。她于1973年因肺癌逝世。哈里斯则因被控挪用基金会财库,并狎弄亚裔男童而被捕。这是堂堂一位著名作家的最终悲剧。

（2010年10月29日）

从英若诚想起……

周末去华美协进社听康开丽女士演讲英若诚生平。康开丽原名Claire Conceison，乃是北卡罗来纳州著名的杜克大学戏剧系教授，曾在中国居住多年，满口标准国语，但用英语演讲，因座中也有许多洋人也。所讲主题是她与英若诚合作的、这位著名戏剧家的自传。康教授于1990年学生时代就开始旅访中国，由于她对中国话剧发展有兴趣，与英若诚交了朋友，在后者于2003年病逝前数年，多次与英先生讲话录音，编成这本名叫 Voices Carry 的回忆录（中译本书名是《水流云在》），书中译述英家四代历史，直到英若诚后一代的英达（今日也是影剧名演员）。我觉得最有兴趣的一节是英若诚翻译了亚瑟·梅勒名剧《推销员之死》，并与梅勒合作在北京主演了此剧的事迹。

我与梅勒、英若诚都曾有机遇会过面，但不熟。在我于1947年离上海来美前，原与中国影剧界人士很熟识（英若诚成名是后来的事），因此，对康教授的讲述听得津津有味，可惜她未曾详述英若诚与戏剧界人士在"文革"时期的遭遇。

这就令我想起少年时期的崇拜对象曹禺。他不到三十岁就因《雷雨》一剧成名。《雷雨》剧本首先在巴金所编的一个文学刊物上发表,后来曾在国内外多次搬上舞台。曹禺与巴金从此成为终生好友。

近来读到北京名记者李辉所著一篇有关这两位文坛巨人的文章,令我很起感慨。此文即将在上海《收获》月刊发表,因此我要在此向李辉致歉,抢先用了他的资料,谈谈"文革"时遭遇对巴曹两人友谊的影响。

关于"文革"如何损害人性,我前曾多次讨论过。我认为任何人在那时期被迫做下的羞耻行为,都有可原谅之处。在恶毒气氛威胁下,为要保全自己,几乎人人都会做出违背良心的言行,所谓"明哲保身"是也。(我自己身处国外,得以避免这个难关。)"文革"时期的"自我批判"打开了人性丑恶面的大门。

巴金早先就曾鼓励曹禺"大胆"写作。我猜想曹禺在自我批判时曾发言伤害了友人,于心不安,到了1983年还在一个文化集会中,当了巴金的面大声诉说:"我十分讨厌自己!"巴金后来写信原谅了他。

我对巴金的记忆不是于1982年访他上海家居时的印象,而是王西彦在他《炼狱中的圣火》中所形容的一段:

"抬运粪水是我们'老牛鬼'的专业,巴金经常被派到化粪池畔倒粪水。当粪水哗的一声往池子倾泻下去时,池子里的积粪也相应地喷溅上来,因此巴金的脸孔就成了'花猫'。"

"炼狱"指"牛棚","圣火"是巴金!王西彦唏嘘地说。

(2010年12月13日)

论书评，忆巴金

不久前我写了一篇批评绮丽散文的文章，颇引起一些记者的非议。有的说，抒情散文与美丽的诗一样，已成为中国新文学中的一种文体。但我可不能同意，任何文章必须言之有物，仅靠绮丽形容词堆砌成的空洞东西，不能算是文学。

许多年前，我回国旅行，曾在北京一家大报《人民日报》副刊读到一篇作者自以为是用美丽文笔写出的"书评"，读来令我恶心，于是把此妙文剪藏，同时写了一篇对此种所谓"书评"的意见。

这篇书评的题目是"忆海中驰出的小船"，副标题是"读巴金《童年的回忆》"。既然谈到绮丽散文可将青年作家引入歧途，那就让我把这篇矫揉造作的妙文的一部分抄载如下，让读者自做判断：

我轻轻地翻开了这本书。

它是来自记忆海洋中的一只小船。

它载着作者的感情，又载上读者的感情，忽而在平和安静的海面上滑行，忽而在善与恶搏斗的漩涡中奋争。

……

从万缕乱丝中抽出一条思线,织成一张奇妙的网,罩住那过去时代的缩影,也罩住了读者们的心灵。

……

嫩绿的春天,紫红的桑葚,可爱的鸡群;
阴森的衙门,礼教的囚牢,衰老的仆人。

……

袒露胸怀,尊重人民。这是人的准则,文的精灵。

……

爱的滋润,恨的萌生,爱得真挚,恨得深沉。
由"爱一切的生活"开始,到从爱的溺海中苏醒。他突然睁开了眼睛,成为封建专制的叛逆者、掘墓人。

读者读了如觉得浑身肉麻,便可明了书评不应是绮丽抒情散文。

我自己是巴金迷,自幼熟读他的各部杰作,从未见到上述这类浮华文字。连这位"书评"作者也说过这位已故名作家作品的优点是:"通篇没有华丽的辞藻,却是作者风骨的写真。"

我之所以敬佩巴金先生,就是他的文学的清、淡、简、实。1982年我曾在上海登门拜见这位把我引入文学的导师。后来不免想,老先生如看到这篇"书评",一定比别人更会汗毛直竖。

(2011年4月11日)

《三字经》与马克·吐温

听说山东、湖北两省教育局命令本省各地小学停止将《三字经》用作教材，要"取其精华，去其糟粕"，全部改写后才可在教室使用。幼时我也背诵过《三字经》，现在只记得最初两句是："人之初，性本善"，惟恐山东省那些教育"专家"们要将此两句改为"人之初，性本恶"。《三字经》乃是中国历代经典著作，颟顸无能、缺乏智性的教育官僚们有何资格来篡改经典作品？翻造中国的历史？

世界上多得是头脑单纯、用政治偏见来决定何种人应读何种书的人物，这类现象甚至在思想自由的美国也有得是。我这么多年来在美国，常常听到思想陈腐保守的城镇教育委员会自作主张，禁止学校与图书馆陈列文学名著。是什么理由？因为那些作品"诲淫"。名家如 J. D. 塞林格与诺曼·梅勒的巨作都遭过此类待遇。最可笑的是，出版梅勒处女名作《裸者与死者》的书局，在社会压力下竟将书内"fuck"一字改为"fug"，引得读者们取笑，戏称梅勒不知拼字。书局在多方抗议之下，不得不改回去，那些思想陈腐者显然不懂梅勒所写的是战场经验，在炮火攻击下，哪个大兵不会说"fuck"来诅咒敌军？文学著作的认真竟触犯了那些愚蠢男女的敏感！如此，《圣经》上的用字也会遇到那些愚人的干涉。

日前，美国读书界一件大新闻是马克·吐温的作品遭到攻击，奇的是攻击不是来自保守的右翼，而是来自开明的左翼：亚拉巴马州一位大学英文系教授，竟擅自将马克·吐温名作《哈克贝利·费恩历险记》（*Huckleberry Finn*）改编出版，鼓励各地教师取用。这位先生将书中出现200余次的"nigger"一字改为"slave"。我们都知道，"nigger"是所有黑人最忌惮的字，其侮辱、蔑视的成分相等于华侨所听到的"chinaman"。

文学杰作是富有历史性的，在马克·吐温写作此书的时代，"nigger"是当时白人对黑人的通称，何况马克·吐温在书中明确显示他是同情黑人遭遇的。这本书并无诅咒黑人之处。将一本经典作品更改，等于是将一幅价值千万金的名画涂改。有的中学教师在奥巴马当选总统后，甚至主张将《哈克贝利·费恩历险记》一书不再收入中学教材。我还记得有一时期也有顽固的犹太人主张禁演莎士比亚名剧《威尼斯商人》，因为剧中有"侮辱犹太人"之处。

历史是不容篡改的，时代思想的变化不能改换经典艺术作品。所幸的是此次对于马克·吐温名作的论争，大部分思想开明的黑人学者与我意见相合。

（2011年1月14日）

不是『绮丽』的散文

少年时期我初学写作，深深迷上了"汉园三诗人"——卞之琳、何其芳、李广田的著作，特别喜爱何其芳的《画梦录》，因为他的文章词藻美丽、内容诡秘，犹如深奥哲理，一时间形成一股特殊散文的风气，学习写作的青年都把《画梦录》当作《圣经》一样的熟读，模仿何其芳作风。

成年后我才发现那种空洞的所谓"抒情散文"，只不过是美丽词藻的堆砌。1980年代，我开始返国探亲，发现国内文艺界已恢复这类作风，甚至《人民日报》文艺副刊也满是堆砌美丽词藻的空洞散文。我称呼这些作者为"失败的诗人"，曾写过几篇短文批评，收在1986年香港三联书店出版的《西窗漫记》中。我觉得"散文"一词也失去原意。真正言之有物的散文，不如称之为"随笔"，而任何随笔应尽量少用形容词与助动词（所谓"虚词"）是也。所幸的是，后期何其芳的著作也完全否定了他初期的文风。

精粹的、言之有物的随笔又往哪里去找呢？我手头有两部朱小棣作品，2009年的《闲书闲话》我已在去年一篇《看闲书，说闲话》中评论过，现在看到他的新作《地老天荒读书闲》，我的读后感不变，青年人性急，赠书之后，多度催我作评。此文延迟了一下，在这里向朱先生致歉。我年老眼花，阅读与写作缓慢，不能立时放下其他去替他效劳。我的书房中未读的报纸、杂志、新书（中英文都有）堆积如山，常怕自己没有余下时间来完成。

话归正传，《地老天荒读书闲》与《闲书闲话》内容相似，都是读后感，写的是书与人。作者的兴趣既与我这作评者并行，所谓"书评"已无意义，我之喜爱此书无可讳言，任何爱读书而讨厌抒情散文者都应人手一册。而他所读过的书，如袁鹰的《风云侧记》、黄宗英的《上了年纪的禅思》、杨宪益的《银翘集》、吴祖光的回忆录《一辈子》等等，都是我所应读而未读的。为什么？因为他们不是我的相识，便是我的知友。例如黄宗英，她与文化界知名的、绰号"二哥"的冯亦代黄昏恋时，反而称呼我为"鼎山大哥"，其实亦代无论在1949年以前或后来当我回国探亲之时，都把我当作小弟一样的照顾。读者如认为这类琐事有趣，便要读读朱小棣这本新书。

写到这里，我不禁想到见亦代最后一面时的感慨。好友李辉特地开了车让我去看他。他躺在病床上向我凝视，我坐在床边握了他手向他慰问，他不发一言，不能说话。突然间我看到他泪汪汪的，就知道他已认出了我。如此坐了一会儿，我就起身凄然告别，不久他就谢世。黄宗英当时不在，因她自己去了上海就医，我已好久没有听到她的情况了，记挂得很。

《地老天荒读书闲》提醒我应该赶读此书中所提的各种书，可是我哪里还有时间？

请恕老年人的唏嘘。

（2011年2月18日）

认识"美国知识分子"

首先，且让我把"知识分子"四字定义清楚。在我少年时的中国，凡是读过小学、识字的人们都被称为"知识分子"。我想现在也是如此。英文"intellectuals"可不能仅直译为"知识分子"，而是代表一些学术深奥、著作丰富的学者文士等。

凡是关心时事政治，对学术思想有兴趣的读者都应读陈安新著《美国知识分子：影响美国社会发展的思想家》(凤凰周刊文丛，当代中国出版社)。此书囊括了四十余名近代美国对政局有影响的思想家，从左到右，几乎把知识界所有著名人物一网打尽。自极左的诺姆·乔姆斯基到极右的、号称"新保守派之父"的欧文·克里斯托尔。我在美国居住了六十四年，这些人物的著作都是我所熟悉的。陈安的兴趣显然与我的相似。我对全书非常拜服，可是作为长者，我倚老卖老，有几个建议，希望他不见怪，在书再版时，将我的建议放在心上：

1. 我第一个遗憾是此书没有收入美国思想界保守主义大师、《国家评论》创刊时主编威廉·伯克莱。

2. 既放入了"新保守主义之父"欧文·克里斯托

尔，为何漏了所谓"牛康派"（Neo-Cons）另一重要祖师诺曼·波德霍雷茨？诺曼是《评论》月刊创刊时的主编。

3. 以《第三次浪潮》轰动美国思想界的阿尔温·托夫勒怎会被遗忘了？

4. 在《纽约时报》专栏作家之列，已去世的保守派威廉·萨菲尔当然非常重要，但同样受重视的自由派、已退休的安东尼·刘易斯怎被忽视？

5. 同样的，既介绍了《纽约时报》现行专栏作家保罗·克鲁格曼、托马斯·弗里德曼、戴维·布鲁克斯，怎可忽视目前最受《纽约时报》读者欢迎的第一号专栏作家弗兰克·里奇？他只在星期日的"每周评论"版出现一次。专栏长达数千字。里奇对时局评论见解高人一筹。他原是举足轻重的剧评家，当年他的一篇剧评可以影响新剧的卖座，甚至可以让剧院关门。

6. 既包括了女权主义先锋格洛丽亚·斯泰纳姆，怎可忽略美国女权运动发起人、《女性的神秘》(*The Feminine Mystique*)的作者贝蒂·弗里丹。现代女性可是把此书奉为《圣经》的。

7. 既包括了黑人作家詹姆斯·鲍德温，为何不提第一个在国际扬名的美国黑人作家理查德·赖特？

8. 包括了黑人电视脱口秀明星奥普拉·温弗瑞，遗漏了黑人民权运动创始人马丁·路德·金是个大错。

9. 被极右派人士捧为神明的、把"自私"看作美德的安·兰德，虽然思想相近于法西斯主义，却也对美国思想界有影响。有些专爱骂人的愚蠢文人把她看作女圣人，我把她称为思想恶毒的女巫师。

10. 不可忘却 1950~1960 年代发动全世界反核弹运动的社会主义大师诺曼·托马斯。

（2011年3月7日）

向一位专栏作家告别

读《纽约时报》周末版，厚厚的一叠，是我每星期上午一件最愉快的事。我第一个动作便是翻开"周末评论"部门的专栏版，找寻我最喜爱的两个专栏，一是弗兰克·里奇的专栏，另一是所谓"公共编辑"（Public Editor）专门答复与讨论读者对新闻处理不满的专栏。

我在上周《认识美国知识分子》一文中提起陈安那本精彩新书，忽视了《纽约时报》头号专栏家里奇，只因他的言论影响极大，特别是对美国知识学术界。恰巧在该文见报后，消息传来，里奇已辞去《纽约时报》工作，前往《纽约》杂志周刊任编务。今日看到他写给读者的告别辞，灵机一动，何不将他做个小小的介绍？

里奇是个在1960年代美国社会最动荡期间的产物，当时青年人，特别是中大学生们都因参加反越战，黑人民权，女权与性自由开放种种活动而思想激烈化，被人视为"左倾分子"。

里奇于1949年出生于一中产阶级知识分子家庭，他在告别文中提到幼年时如何开始对报纸专栏文章发生兴趣。那时他年约十二三岁，恰在肯尼迪总统执政之时，常在华盛顿家中听到父母讨论时事，当时最有名的时事专论家是沃尔特·李普曼。某次里奇自学校归家，路过国家大教堂，不慎掉了他的皮夹子，回家后正在他心神不定之时，母亲兴奋地跑入房内，不但不加责骂，而且高兴地说："刚才是沃尔特·李普曼的女佣来电，你的皮夹子掉在他家门口。"从此里奇好像受了神的指示，一心一意想当专栏作家，熟读当时名家如艾尔索普等。

他于1971年在哈佛大学文科毕业，第一个职务是《时代周刊》影评人，因为他对戏剧电影特别有兴趣，不久他被《纽约邮报》聘去写每日影评。由于他的见解高人一等，文笔优美，毫无偏见，终于1980年被《纽约时报》聘去当首席剧评人。在纽约报刊的剧评人特别受戏剧界重视，剧评的好坏可以影响新剧的卖座。里奇的评论标准特高，由于《纽约时报》是喜欢观剧的知识界最尊重的报纸，因此他的一篇恶评可以让新剧不能卖座而关门。戏剧界商人于是纷纷向《纽约时报》抗议，由于广告收入关系，《纽约时报》于1994年将他调任为每周两次的专栏家，而他的时事评论也是一针见血，读者极众，我也成为其"粉丝"。不过《纽约时报》把每篇专栏只限了750字，里奇觉得不能尽言，特别是讨论时事政治方面，于是向编辑部抗议。终于他在星期日的专栏版获得一块较大位置，但数千字的专栏只限每周一次。

我有许多有见识的学者文人朋友都是他的"粉丝"，他的言论，尤其是伊拉克战争开始时期，几乎无人不读，极右派人士把他咒骂为"社会主义者"、"极左亲共者"等，他的声名不动。现在他入了《纽约》杂志后，将每月写一篇专论，即是每四星期一篇长文。我要在此文中提出最重要的一点是，他的作品从不受编辑或报方干涉。这是当新闻记者的最必要之条件。

（2011年3月21日）

基辛格新书

我还记得那个深夜,当听到无线电广播尼克松总统的国家安全顾问基辛格秘密经巴基斯坦飞往北京的新闻时的兴奋。果然,不久我就实现了三十一年来首次回国的梦,基辛格也就成为中国官方人士口中的"老友"。根据美国新闻界估计,过去四十年来,基辛格一共去过中国五十余次。有的是为官方公事,有的是受中国官方的邀请,有的是为了他的私营事业。他自己开有一家公司,专门为各种企业当咨询顾问。

他可以称为美国的第一号中国问题专家,因此他的新书《论中国》(*On China*)的问世特别引起美国与民间的注意。这本书也可称为"当代中美外交史",不过在中国的悠长历史方面,他多多借用了史景迁的著作。在现代史上,他曾与好几代中国领导者打过交道,开始于毛泽东。他以为谈论中国政治,不能忘却中国的文化背景。

早于1994年,基辛格已出版一本《谈外交》(*Diplomacy*),谈论他作为尼克松国家安全顾问与国务卿的经验。与毛交谈,他特别小心中国的文化与历史背景,他以为在争论人权问题时,应该留些余地。

1999年出版的《基辛格文件》(Kissinger Transcripts)表明，他明显对外国领袖采取恭维手法。为了达到目的，他不惜在谈话时奉承毛泽东，因此顺利开通了此后的讨论大门。关于毛的"继续不断革命"的理论，基辛格以为，虽然中国经受了"文革"等灾难，但是终于成为二十一世纪的超级大国，正如秦始皇终在中国历史上被尊崇为"必要"的暴君。

在中国几位领袖中，基辛格最钦佩的是周恩来，他在记忆中称扬"周谈话时毫不费力的泰然风度"，并"具有孔夫子式的高人一等的智慧"。

对于1989年的风波，基辛格自己感觉也矛盾得很。他说："与美国多数人一样，我感到震惊，可是我一面又有机会看到邓小平在十几年内接受了政治改革，把中国引向现代世界，同时又改善了中美关系。"

谈到尼克松，基辛格说，尼克松听到毛有意与他相会时，就下了决心，但他要将此事保守秘密，只限白宫，因此国务院发言人某次表明总统不会接受毛的邀请时，几乎破坏了白宫的计划。

谈到当代中国，基辛格称，中国采取西方市场经济手法取得成功。然而2008年的世界金融危机，却让胡锦涛与温家宝领导下的新政府，对西方经济威力的信心发生动摇。他预计，更新一代熟悉电脑网络等新技术的青年企业家，在未来可能会对中国的政治与军事决策产生新影响。随着中国成为美国之外最有力的竞争对手，国际局势的平衡也将发生根本上的改变。基辛格认为中美保持良好关系对维持全球稳定极为重要。

基辛格拥有一家国际经济咨询公司。中美交好，特别是在经济贸易方面，对他本人也特别有利。

（2011年5月23日）

可记得《苏菲的选择》

如果你没有读过《苏菲的选择》(Sophie's Choice)小说，你一定看过《苏菲的选择》电影，如果你没看过这部电影，你一定听说过这个故事。《苏菲的选择》作者是二十世纪美国最伟大的作家之一，威廉·斯蒂伦。《苏菲的选择》于1979年出版后，更使这位作家扬名世界。

小说讲述一位波兰犹太妇女，在第二次世界大战时，由于纳粹德军的入侵，被弄得家破人亡的故事。最动人心腑的一节是纳粹要将一部分犹太人送往煤气营，轮到苏菲，纳粹说她只能留下一双儿女中的一个。作为母亲，苏菲不能抉择，纳粹于是将她那惊慌大哭的小女儿从她手臂中夺了过去。这样的情景让每位读者肝肠寸断。小说出版后立时畅销，好莱坞购去版权摄制成电影，由头牌女星梅丽尔·斯特里普主演。

一般作家都有他们的特殊脾性，斯蒂伦的脾气特别古怪。这是根据他的女儿亚历山大在她的回忆录《读懂我父》(Reading My Father)中透露的。女儿说她家有个规律，"绝不能与爸爸谈论他的工作"。当斯蒂伦集中心思写作时，不容儿女们吵扰他。孩子们奉了母亲的命令，轻步走路，低声讲话，不然父亲就要大发脾气。某次，在圣诞节的清晨，孩子们吵闹地拆开礼物时，打断了大作家的思路，于是他大步从书房跨入客厅喊叫道："你们都要给枪毙!"母亲出身富家，美艳令人羡慕，但是父亲由于声名在外，外遇众多，社交生活丰富，家中宴会的常客包括克林顿与诺贝尔文学奖得主加西亚·马尔克斯（两人辩论古巴），其他常客还有爱德华·肯尼迪，作家詹姆斯·琼斯、亚瑟·米勒，黑人作家詹姆斯·鲍德温等。圣诞节前夕派对中，有音乐大师伦纳德·伯恩斯坦钢琴伴奏。

斯蒂伦虽享有盛名，生活美满，但由于要专心写作，灵感未来就脾气暴躁、情绪抑郁。1980年代，他几乎因此发疯，甚至想到自杀，结果反而产生了一部畅销的回忆录，书名为"可看到的黑暗"（*Darkness Visible*），记录他的发疯过程，成为1990年度的畅销书。此后他的作家灵感似已中断。后期生活中没有名著问世。斯蒂伦出生于1925年，逝世于2006年，享年八十一岁。根据女儿所言，她的爸爸虽然缺点众多，但也有慈祥一面。《可看到的黑暗》出版后，常有患了抑郁症想自杀的读者打电话给他，他总是柔声劝阻他们。

作家女儿最不能宽恕父亲的一点是，她也要成为作家，父亲从不鼓励，直至她终于出版了一本小说，他才写信告诉她："写得不错，继续写下去!"

（2011年5月31日）

"九一一"的沙特奥秘

2011年9月是"九一一"惨案十周年纪念。那年,住在纽约的人永远也不会忘记那个晴朗无云、日光灿烂的早晨。由于我住在曼哈顿下东城,在第十一层楼窗口的一面就可望到电视镜头上的飞机二度冲入世界贸易中心高楼,一面可以见到南部天空的黑烟冲天;同时,一面望着第二大道上满脸灰黑烟泥的男女向北逃奔,一面听着不少消防车尖叫着向南飞驰。那是美国本土首次受到攻击的难忘印象。

据美国联邦政府调查结果,发现那些参与劫机的人中有十五人是沙特阿拉伯人。后来调查发现,发动攻击的领头人物本·拉登也是沙特阿拉伯人。多年来有人一直在怀疑沙特阿拉伯王国是不是欲要毁坏美国?幕后指使人是不是沙特王族[①]?

最近有一本名叫《王国与高楼》(*The Kingdom and the Towers*)的新书出版,一部分正在今年8月号的《名利场》杂志中节载,欲要先睹为快的好奇者不妨

[①] 由于阿拉伯人多妻多妾的习俗,王朝掌权人物都有"王子"的称号。

先去杂志一读。[①]果然，正如许多美国人（特别是数千牺牲者家属）猜测的，文中认为"九一一"的发生确与沙特王国有关。惨案发生后，CIA与FBI都派要员前往查案，但是握有重要职务者都闭口不言。有识人士推测，这些拥有世界石油财富的王子们至少在向本·拉登提供财物帮助。

此书作者是一对名叫安东尼·萨默斯和罗宾·斯旺的夫妇。此对畅销书作者曾有两本相关的书出版，一本名"九一一的真实故事"，一本名"奥萨马·本·拉登"，他们调查了许多有关的秘密文件，例如白宫成立的、由许多政要人物合组的"九一一事件调查委员会"的秘密调查结果等。杂志中并载有许多布什总统与来访的沙特王子亲脸、牵手行路的肉麻镜头。布什、副总统切尼家属由于石油交易与沙特王族亲戚间的亲密关系我们都知晓。可是沙特王室某些人物为何要毁灭美国呢？美国毕竟是沙特最大的石油主顾。

最令人不解的是：惨案发生之后，政府立即发出禁止飞行交通通令。在美国各地不受伊斯兰教约束、大肆享乐的沙特要员，包括二十名本·拉登的兄弟们，立即要求迅速返国，以防避美国民意的震怒，布什白宫竟下令派遣专机送这些沙特人返国！这事今日还是未解之谜。

（2011年7月11日）

[①] 美国杂志界向例是把出版期提前一月，所谓"8月号"于7月初即问世。

海明威自杀真相

1961年海明威吞枪自尽的新闻，令世界震惊。其时正值海明威壮年（1899~1961），名作传播全球。有人猜想，这样一位创作艺术家，自杀只有一个原因：忧郁症。造成的原因，一是创作力的下降，一是性能力的消逝。很多年近五六十岁的人，特别是艺术创作者，都有这类心情抑郁感，以为人生的创造能力已到尽头。

最近我读了海明威生前一位好友的追忆文，才发现海明威自杀的真正原因：他是受FBI首脑胡佛①追踪而被逼迫致死。

海明威此位朋友名A. E. 霍奇纳，曾写过两部传记，《海明威老爸》（*Papa Hemingway*）与《海明威与他的世界》（*Hemingway and His World*）。在海明威谢世前十四年中，两人是特别亲近的朋友。1960年5月，海明威自古巴打电话给霍奇纳，称心情低落，因

---

① 美国历史上有两位名叫胡佛的要人，另一位是于1930年代造成世界经济大萧条的胡佛总统。青年读者常把这两个胡佛搞错，我特别在这里注明，因为FBI首脑胡佛的罪恶在我眼中较那位造成许多人饿肚子的美国总统尤大。

为不能写完那篇答应了《生活》(Life)画报有关西班牙斗牛的长文，请霍奇纳去古巴帮他完成。可见他们间友情之深。某次，他们在美国西部公路上开车，海明威突然踏油门加速，说后面有一辆FBI人员的车正在追踪他，他的警惕性之高令霍奇纳震惊，难以置信。海明威的朋友们都以为他的忧郁症已到了神经错乱的地步，大脑中出现幻觉。他们问，FBI为何要跟踪他？又有一次，霍奇纳与海明威在一餐馆用餐，中途海明威突起身欲走，霍奇纳问他为何，他说酒柜那边有两名FBI探员正盯视着他。

次日，他的爱妻玛丽担忧这位大作家因工作过度而生了病，于是她告诉霍奇纳，海明威当时正在写作《流动的盛宴》(A Moveable Feast，出版后成了名作)，思路堵塞，不能完成，心情烦躁。当年11月30日海明威进入一所精神病院疗养。出院后不久便欲吞枪自尽，自称他的汽车中已被FBI偷装了窃听器。须知，1950年代冷战时期造成美国社会恐共慌，(可记得反共参议员麦卡锡吗？)一些具有自由思想的作家与艺术家们都上了黑名单，常被FBI暗中盯梢，或戴高帽子。今日我回想，海明威的幻觉，并不奇怪。终于，在1961年一个早晨，在他们的爱达荷州乡居，睡梦中的玛丽被枪声震醒，一代大作家果然自杀了。

后来，霍奇纳根据国会通过的《自由消息法案》，要求FBI发布有关海明威的档案，果然发现档案中包括了多年跟踪监视海明威与偷听电话的记录。海明威没有发神经病，他确是被民主美国的秘密警察首脑逼死的。

海明威留下一句名言："人，可以被毁灭，但不能被征服。"(Man can be destroyed, but not defeated.)

(2011年7月18日)

丽兹与狄克

约四十年前，一听到"丽兹与狄克"（Liz and Dick），人们立刻就知道是指谁。Liz是当时第一美丽影星伊丽莎白·泰勒的小名，而Dick是英国影星理查德·伯顿的小名。这是影迷之间的俏皮话，美国俚语把Dick当作男子阴茎的代名词，有淫猥讥讽之意。由于两位大明星之间的火热狂情，影迷素用"丽兹与狄克"来调侃他们。他们在当时（1963年）耗资空前巨大（全部4400万美元，今日值2亿美元）的名片《埃及艳后》（*Cleopatra*）中任主角，丽兹被狄克所诱，弃了歌星丈夫埃迪·费希尔而投奔狄克，立时成为当时影坛佳话，成为世界最著名的一对情人。

丽兹刚于3月23日逝世（1932~2011），因此我相信不久必会有一部描写他们艳史的电影，取名"Liz and Dick"。他们两人都性格暴躁，相当自负，经常争吵打架。他们在世界各大城市逗留期间制造出的绯闻丑事，也成为当时娱乐界的重要新闻。二人爱酒善妒，更免不了其他俊男美女的诱惑，一度曾离婚，但不久就重修旧好。

2010年曾有一部畅销传记问世，名字叫《烈爱》

（Furious Love）就记述了他们这段二十世纪最具诱惑力的罗曼史，两位作者分别是萨姆·卡什纳和南希·勋伯格，恐已上了畅销书榜。当时，这两位大明星片酬极高，今日影星不能与之相比。当然，与他们同一时代的玛丽莲·梦露也享受了同样的声誉，她不幸在黄金时代逝世，自杀还是被杀？仍是一谜。

一般人认为，他们拥有如此声名，又富含如此魅力，今日恐无人可及，这可能是影坛迟迟不拍他们故事的原因。现在盛传的消息是，出身纽约的大导演马丁·斯科塞斯已收购了上面提到的畅销书，有意拍成电影。可是今日出名的影星中，有哪一个美艳得可与丽兹相等，男星中又有哪个粗犷得可与狄克相比？一位广告业专家说得不错，今日的电影明星已失去往日的神秘气息。

丽兹与狄克的情书，也以内容充满赤裸裸的情火出名，将来如果出版，一定会大大畅销。

有关相貌出众的名人影片几乎没有一部引起轰动，电视上曾放过几部有关肯尼迪总统与夫人杰奎琳的电影故事，试问还有几人记得？

丽兹临死前一直在床边挂了一封放在镜框内的狄克情书，其中有言："上帝好似永在处罚我，给予我这么狂热的欲火，一面又在浇灭它。这难以浇灭的欲火，当然就是你。"

（2011年7月25日）

关于胡佛种种

我在一篇专栏文章里谈到大作家海明威被FBI追踪而惊慌自杀一文，颇引起读者对FBI首脑胡佛的兴趣，这里就我记忆所得，补写一些胡佛的行为。

他出生于1895年，1924年被当时总统柯立芝任命，执掌初创的联邦调查局（FBI）。1935年，罗斯福在任期间把FBI扩大，继续由胡佛主管。此后，连续在其他五位总统（杜鲁门、艾森豪威尔、肯尼迪、约翰逊、尼克松）任下供职，权力越来越大。胡佛好似成为一个独立王国之首，因他藏有各种秘密档案，没有总统敢撤换他。他如果公开多年调查所获的秘密，对总统不利。约翰逊与肯尼迪都曾要将他替换，但是他以透露总统隐私秘密作威胁，总统就不敢动他，尤其是肯尼迪，虽然他的弟弟罗伯特作为司法部长乃是FBI的上司，也不敢碰他，惟恐他会揭露总统婚外女友的绯闻。到了他1972年逝世后，国会才终于通过法案，FBI首脑此后只能任职十年，不能永久连任。

我于1930年代就在上海看到过多部好莱坞电影，都是宣扬FBI功绩，为胡佛做宣传。这些惊险片很受观众欢迎。故事多半都是有关追捕黑手党盗贼和杀人凶手，不涉政治。但后来我一听到胡佛的名字，就想到国民政府时期蒋介石手下的特务首脑戴笠。戴笠的捕杀目标是共产党与左派人士，但是胡佛除了侦查黑社会犯罪案件之外，也搜集政治人物的不法行为与私生活，特别是那些与他的保守思想相异者。他凭窃听机、秘密摄影机等偷听政敌的谈话，把他们私通女人或同性恋的行为都录了影。他把那些器械藏在一个特别保管箱中，所以政治大人物都要让他几分。

到了麦卡锡议员要在人人床下找寻共产党的时代，他与胡佛合作，诬蔑了许多政界与好莱坞的人物。他不但憎恨黑人，而且非常反对黑人人权运动的兴起。他对黑人领袖马丁·路德·金博士特别厌恶，探知金博士好女色的习性后，专派FBI人员前往金博士旅行所到各地旅馆房间内秘密安装摄影机与窃听器，记录金博士的性生活，特别是与白人女性。他的目的是诋毁金博士声誉，其实金博士被暗杀后，反而引起人们同情。

最奇怪的一件事是：憎恶同性恋行为的胡佛自己后来被发现也是同性恋者，他终生未婚，情人是他在FBI局内的副手，名叫托尔森。胡佛去世后把遗产给托尔森，立时让人发觉他们原来是一对情侣。

世上充满各种伪君子，中外一律。

（2011年8月1日）

擅写淫秽小说的文学家

尼科尔森·贝克是位在美国文坛享有盛誉的文学家，他也是以擅写淫秽小说见长的作家。最近他的新作《满是穴洞的屋子》(*House of Holes*) 的出现，又引起评论界注意。

我首次接触他的作品是 1992 年出版的以电话卖淫为内容的 *Vox*。所谓电话卖淫，就是女子通过电话以淫语秽词来刺激甘愿付费的单身男子。这类卖淫的伎俩，以女子话语越脏，声音越嗲越好，便可引动听者手淫。据说当年莫妮卡·莱温斯基曾购此书赠送给克林顿总统。小说全部由男女电话会话组成。小说之结尾是女性达到高潮的叫声"喔，嗯嗯，嗯，嗯，嗯嗯"。小说畅销，贝克接着出了第二本同类小说 *The Fermata*，等于前书的续集，形容男主角有能力把时间冻住，使他可在此期间给美貌女子宽衣解带。作者显然极富想象力，《满是穴洞的屋子》是他的第三部淫书，这期间他也曾著有六部小说，没有一部是诲淫的，受到书评界好评。

贝克最引人注意的作品，是早期 1991 年的《你和我》(*U and I*)，在此书中，"U" 其实是约翰·厄普代克的代名词。他以回忆录的虚构手法，写出他一生对厄普代克著作的企慕。他的文风与厄普代克很相似，特别是后者书中对性的描写。

贝克于1957年出生于纽约，现居缅因州乡间，他是专业作家，靠写作为生。*Vox*与*The Fermata*（1994年）都曾登上畅销书榜。除小说以外，他也写过几部非虚构作品，其中值得一提的是2008年出版的*Human Smoke*，副题是"第二次世界大战的开始，人类文明的终结"。在此历史文件性的书中，他的作风一本正经，他的观点是反战的和平主义者。他认为"二战"可用讲和的方式结束，不必死伤千万人命，他把丘吉尔指为与希特勒同样的疯子。

贝克全部作品，自1984年开始至2011年，一共有十三种。乡间生活简单，他与妻子与一儿一女，没有重大负担，只是今年《满是穴洞的屋子》出版，又使他成为新闻人物。此书虽淫秽，但由于内容的特殊与作风的诱人，仍受到文坛与书评界重视。他的第一位出版商兼编者说道："当*Vox*原稿初次入我手中时，我觉得此书稿既令人发笑又拨动情欲，有谁能有这类独特的想象力？"十九年后，这位出版商又承印了贝克的诲淫新作。

（2011年8月22日）

《第三帝国的兴亡》作者

想到《第三帝国的兴亡》作者威廉·夏伊勒,我就要写此文纪念弟弟乐山。近来发现,网络上经常出现一位自命"反共大右派"的文人借捧乐山来骂我的文章,深感好奇。我不知此人为何把我恨得要命,不过他的梦呓不能抹煞我们兄弟间在思想上的联通一致。

我俩自幼就思想左倾,到了后来,由于我们之间的生活经历不同,我走向美国学术思想界的所谓自由主义(liberals)之道,乐山则因现实最终毁灭了他的理想之梦,吃了一生之苦以后,郁郁而逝,至死不能宽恕那些亏待他的人与制度。某次我在一篇书评中声言,中美即使发生冲突,绝不会发动核战。乐山曾责我帮人讲好话而不讲真理。不料他对我的责骂,被那无聊文人经常用作咒骂我的武器。此人似不了解,谈到所谓左右两派,中美两国的解释截然不同。在美国,左派代表思想进步开明,右派则是绝对保守顽固,他们"把自私视为美德",把创出该口号的女哲学家安·兰德奉为神明。在中国,左右意义恰恰相反,左派代表保守顽固派,后者变为开明的"叛徒"。

这样解释之后,我们才会明白拆穿希特勒纳粹黑幕的《第三帝国的兴亡》作者威廉·夏伊勒乃是左派作家，乐山译著中最受人注意的两本译作即是《第三帝国的兴亡》与乔治·奥威尔的《1984》。《第三帝国的兴亡》译本当年在中国风行时，曾引起美国中国问题专家（所谓开明左派）议论纷纷，惊异于译者的大胆和毅力。

最近一本夏伊勒传记的出版，不禁令我想起亡弟。此书名"漫长之夜"（*The Long Night*），副题是"夏伊勒的《第三帝国的兴亡》"，作者名史蒂夫·威克，也是一位新闻记者。夏伊勒于十五岁时即有意当驻外记者，"二战"发生时，他在伦敦加入CBS广播电台阵容，与当时名记者爱德华·默罗结友。《第三帝国的兴亡》于1960年出版时乃是揭破希特勒要征服世界雄心的第一部作品，书的封面是红黑字，立时受人注意。此书在《读者文摘》节载后立时销了百万余册，并获全国书奖，令出版商惊喜交集。但绝不会想到此书后来竟会影响中国广大读者群。

《漫长之夜》叙述夏伊勒的生涯，他于二十一岁大学毕业后，即在轮船上打工，后去了巴黎，先在《芝加哥论坛报》巴黎分社任记者，报导了林白上校的初度飞越大西洋。他与妻子差点在"兴登堡号"飞船上丧生，他们受了邀请，但未能成行，"兴登堡号"飞往美国后，在着陆时烧毁。他于1937年开始在CBS任职，与默罗一起做大战报导。他曾去过维也纳、慕尼黑（报导过英首相张伯伦与希特勒议和）。德国进军捷克时，他在布拉格作实地报导。他在柏林报导时（当时美国尚未参战），常与纳粹党徒发生纠葛。1940年他回美，于1945年去纽伦堡报导纳粹大审判，回到纽约后曾主持一个电台节目，后被革职，理由是他的思想左倾。他于1993年逝世，享年八十九岁。他写了一部回忆录，厚厚一册，名为"二十世纪历程：一个生活与时代的回忆"，值得有兴趣者一读。

（2011年10月3日）

卡萨诺瓦是谁？

卡萨诺瓦是谁？爱读书的人一定听说过他的名字，或读过他的故事。他是十八世纪欧洲一位著名风流才子，出生于威尼斯，后来前往巴黎，于1776年被迫出逃巴黎。为什么出逃？因为他是当时欧洲社交界著名的大色鬼，相貌英俊，风度翩翩，床上功夫很好，到处找机会诱奸名门贵妇。在巴黎时，他不但引诱上了法王路易十五宫中的显贵妻女，而且偷取了她们的金钱首饰外逃。他还是位多产作家，曾写过一本露骨地描绘他的诱奸经过与性爱生活的回忆录，名为"我的生活实录"。目前的大新闻是，这本一向被法国朝野垂涎的回忆录原稿已被法国国家图书馆收购，公开陈列，与他的其他著作一齐展览。展览会取名"卡萨诺瓦——自由的情欲"，广告中甚至称呼他为"女权解放者"。

卡萨诺瓦著作的3700页原稿怎么会落在法国最有声望的国家图书馆手中？令人纳闷。卡萨诺瓦于1798年在波希米亚逝世，享年七十三岁，把原稿传予他的侄子。1821年时，德国一家出版商用重金从其侄儿的后辈手里收购了原稿。还曾有谣传说原稿在"二战"

时被炮火烧毁，其实是藏在莱比锡一家银行的保管柜中，后由美军交给盟军官方。全本用法文所写的回忆录曾于1960年出版，但是手写原稿，除了少数历史学者之外无人注意，后来才由一位驻柏林的法国大使通知国立图书馆，出了重资秘密购来，是该馆最值钱的宝藏，价值960万美元。回忆录计划于2013年大规模出版。

卡萨诺瓦自幼即成熟放荡，据他所言，他于十一岁时初尝性的滋味，被一成年妇女摸弄。他在回忆录中供认，一生曾诱奸过122名妇女，其中一位是天主教修女。他写道："我常觉得，与我做爱的女人有一种特别气味，她越是起劲，这气味越是香甜。"法国当局把此回忆录当作文化国宝，称赞卡萨诺瓦为一代天才作家。文化部长E.密特朗自己也是风流人物，曾出书自述在摩洛哥和泰国嫖男妓的经过。国家图书馆馆长拉辛赞扬卡萨诺瓦回忆录是法国文学杰作，称作者"是个爱女人又充满魅力的男子，从不滥用女子，常是温柔体贴，甚至是个女权解放者"。

评论家认为回忆录绘声绘色地描写了十八世纪欧洲贵族的文化社交生活，以及作者自己的性冒险：进入王宫、诱奸贵妇人、避免被捕等等。作者自称维持了自己的独立，从未为了一个女人而牺牲自己。读者如有兴趣，可等待英译本的出版。

我自幼对描写性生活的著作即发生兴趣，初读张竞生的《性史》时只有十余龄。学得英文后就读过D. H. 劳伦斯的《查泰莱夫人的情人》，后来读了原是坦白淋漓的弗兰克·哈里斯的《我的性爱生活》（*My Life and Loves*）。此类性书，早已开禁，任何图书馆都应该有，特别是大学图书馆，可以借阅。

（2011年12月19日）

一位敢言善辩作家的消逝

你如崇拜鲁迅的泼辣杂文,一定也会如我一样喜爱两位美国作家,一是擅写历史小说与剧本的戈尔·维达尔,但我更偏爱他的评论政府与社会现状的杂文。他是我的同时代人,是一个思想自由开放的所谓左派作家,我自己到了美国后在时事态度方面受到他的影响。他与诺曼·梅勒同辈齐名,当年常在电视节目上与梅勒或保守主义大师威廉·伯克莱辩论相争,后两者已逝世,维达尔今年八十六岁。

另一位是2011年12月15日去世的克里斯托弗·希钦斯,享年仅六十二岁。希钦斯出生于英国,事业有成就后才来美国并入籍。他的作品都是极尽讽刺的泼辣杂文,极受读者欢迎,偶尔应邀与政治人物或其他作家辩论,听众常常为其大大鼓掌,他一生酗酒爱烟,不听医生忠告,终患食管癌而逝。

希钦斯写杂文的生涯开始于英国,于牛津大学毕业后,即在英国著名杂志如《新政治家》(*The New Statesman*)及其他报刊发表作品并成名。他以记者身份,曾周访北爱尔兰、希腊、塞浦路斯、葡萄牙和西班牙等地区和国家。1981年来到美国后,即应邀在左翼杂志The Nation周刊写专栏,并在《大西洋月刊》每月发表一次评论,临死之前,他一直是《名利场》(Vanity Fair)月刊的专栏作家,他的文章内容包罗万象,最后经常发表他患癌症的体验与心情。他的政治背景是托洛茨基派,在英国时即加入了国际托洛茨基组织。不过他的思想与行为相似,捉摸不定。在伊拉克战争的问题上他就与他的左派友人分手。他支持布什总统入侵伊拉克的政策。他对伊斯兰教徒恨之入骨,特别是伊朗霍梅尼大主教号召世界各地伊斯兰教徒暗杀印度作家拉什迪。因霍梅尼认为拉什迪作品《撒旦诗篇》侮辱伊斯兰教始祖穆罕默德。希钦斯是拉什迪知友,因而憎恨伊斯兰教。布什政府将伊斯兰教徒称为"伊斯兰法西斯分子",该名词就是由他所起。

他因支持布什入侵伊拉克政策,引起他的反战左翼朋友很大的反感,在当年越战结束时,他则把基辛格指责为"战犯",并于2001年出版了《审判基辛格》(The Trial of Henry Kissinger)一书。他把世界闻名的圣女特蕾莎修女指为骗人的虚伪人物,又于1995年出了一本批评圣女的书,令人读了触目惊心。他是无神论者,曾于2007年出了一本畅销书《上帝并不伟大》(God is not Great)。上述几本书虽然引起非议,但也增长了他的名望。2010年他出了回忆录《希钦斯22条》(Hitch-22),帮助读者了解他的思想变化历程。他的最后一本杂文集名为《有待商榷:随笔》(Arguably: Essays),被《纽约时报》捧为2011年度十本杰作之一。读者如好奇他对死亡的看法,可在那本回忆录中读到此段:

"我个人觉得应该积极面对死亡,而不必消极。时间到了时,我要一面干我的事,一面正视迎面而来的死神。"

以后,在每月寄来的《名利场》中,我将读不到他泼辣有味的评论了,但我不会忘记他对死神来临的态度。

(2011年12月27日)

读《南京安魂曲》有感

——给哈金

收到哈金寄来他的新著《南京安魂曲》(*Nanjing Requiem*)，我马上想到张纯如所写的《南京暴行：被遗忘的大屠杀》(*The Rape of Nanking: The Forgotten Holocaust of World War II*)，后者是历史实录，而哈金的《南京安魂曲》则是虚构小说。把两本书参读，读者可以立体地体会到日本皇军在战时南京所制造的悲剧。

在向哈金致谢的信中，我说，"您的大作马上勾起我小学时代的记忆，已经开始能读日报的我，曾在宁波当地报纸看到所载日本士兵残忍行径的照片：女子被奸杀后的赤裸血体，婴儿被皇军刺刀挑起示众等等。金陵女子大学是我后来上学的圣约翰大学的姊妹学校，它的美丽校园画图在书中出现，令我更有亲切感。"

我是教会学校出身，对英美教会所派来的老师很有好感，可是读到德国纳粹商人拉贝也在尽力拯救难民，特别是妇女，令我这个黄帝子孙疑惑自己对宗教的冷漠和偏见，难道相信阿弥陀佛的日本人不如相信耶稣基督的欧美人士人道？回想到自己祖国的近代历史，我不免起了相反的种族观念，难道黄种人较白种人更是生性残暴？在读张纯如一书时，我对拉贝特别地肃然起敬。但他毕竟是个纳粹分子。当然，他回德国向希特勒做了日军残杀的报告后，希特勒斥责他并把他降级，不愿冒犯盟友日本，也不发布他的报告。

《南京安魂曲》是虚构小说，作者用第一人称写，所述的故事便具戏剧性，惨状描写犹如活生生的录影。叙事者是个名叫安玲的女子，她是金陵女子大学教务长明妮·魏特琳的助理。整本小说的故事都由安玲讲出，令读者感到特别亲切，主要人物是那位美国传教士魏特琳女士，以她的眼睛观察中国难民在日军控制下的遭遇，特别是妇女的厄运（至少有50000妇女被奸）。故事描写魏特琳女士与其他"老外"们保护中国平民的英勇行为。金陵大学的女生更是皇军的目标，为了保护她的学生，魏特琳女士最终受不了她自咎的罪责，郁郁离开人世。在富有同情心的读者眼中，魏特琳女士的自我牺牲几乎是更大悲剧。在此，我就想到了张纯如的自尽，有人说这是她写了《南京暴行：被遗忘的大屠杀》后的抑郁心情所致，也有人说另有原因（丈夫有了外遇）。

哈金已在美国出版了十余本著作，我一向佩服他的语言天赋。听说他是十四岁才开始学习英文，短短时间内竟能出产这么多的英文杰作，令人难以置信。在小说的开场白中，一个名叫Ban的难民向叙事者报告他亲眼见到的日军残酷行为，有一段谈到刺刀对准他腹部的感受，作者不用"stomach"一字，而以美国民间儿童俚语"tummy"一字来代替，这里我觉得这个用字与文体有些格格不入。

请读《南京安魂曲》，请勿忘张纯如女士！

（2012年1月3日）

诺贝尔颁奖内幕

2011年12月间,诺贝尔颁奖典礼在瑞典京城斯德哥尔摩举行,领奖者中,有位名叫斯坦曼的美国医学家未能出席,由他的遗孀代领。这件新闻引起我的好奇,因为根据诺贝尔遗嘱,诺贝尔奖不能颁与已逝者。诺贝尔(1833~1896)靠制造与经营军火致富,临死之前,不愿留下以杀人武器发财的恶名,乃遗言将他遗产中的950万美元用于投资,每年将盈利颁赠全世界对人类有贡献的拥有新发明的科学家与医学家(经济学奖与文学奖是后来的事),最重要的当然是在挪威京城奥斯陆所颁的和平奖。

诺贝尔抱独身主义,终身未婚,脾气古怪,遗下的950万美元投资生利,今年已足可颁与每一获奖者150万美元。他的遗嘱规定,获奖人选的确定必须以此人整个生涯为标准,而不只是奖励前一年的成就,当然,科学成就都是多年努力的结晶。另一项规定是获奖者必须在世,已去世者不在各委员会考虑范围之内,这条规定不仅给当事的委员们带来种种麻烦,还引起科学界杰出人士的妒忌。由此,各委员会在考虑人选及调查他们的成就底细时,非常谨慎,绝不让讨论的秘密泄露出去，直至最后直接用电话通知获奖者。

那么已故的斯坦曼教授如何会得奖呢？他系 2011 年 9 月 30 日逝世，噩讯未曾传出，委员会是在 10 月 3 日做最后决定。但打电话通知时，接电话者乃是斯坦曼夫人。名单既已向世界公布，委员会不能收回，奖状与 150 万奖金则由斯坦曼教授的遗孀及儿女接受，很令其他有希望的候选人不快。

这个故事不禁令我想到，文学奖是否也曾有同样事情发生。调查之下发现，1931 年文学奖就是颁给了瑞典诗人埃里克·阿克塞尔·卡尔费尔德。

卡尔费尔德，此人虽在世界无名，但在瑞典极受器重。他原是诺贝尔奖皇家学会长期会员，1918 年首次获奖，因自己是会员，不好意思收受。后来他又于 1931 年中选，但他已于该年 4 月逝世。文学委员会坚持颁给他的遗属，得到瑞典民意支持。

1961 年，当时的联合国秘书长哈马舍尔德因公在非洲飞机失事事故中丧生，但挪威和平奖委员会还是颁奖给他。

1996 年时，哥伦比亚大学经济学家威廉·维克里在获奖三天后逝世，也是由他的遗孀出席颁奖典礼。

诺贝尔和平奖颁奖典礼于 2011 年 12 月在奥斯陆举行。此次获奖者是三位非洲为人道主义努力的女子。和平奖颁奖典礼也常发生得主能否出席的问题，1935 年获奖者卡尔·冯·奥西茨基当时被关在纳粹牢狱中。1975 年获奖者萨哈罗夫被当时苏联政府禁止出国，由他夫人代领。1983 年获奖者波兰团结工会主席瓦文萨（后被选为波兰总统），不敢前往奥斯陆，惟恐不准回国。1991 年获奖者是缅甸的昂山素季。2000 年获奖者是当时的韩国总统金大中，也不能出席接受此项荣誉。

（2012 年 1 月 9 日）

突然想起弗兰克

我的第一篇首次返回祖国的印象于1979年3月10日的《纽约时报》专论发表后，弗兰克·泰勒（1916~1999）就打电话给我，要我与他相会，他自我介绍说他是个美国出版界编辑，曾出版过老舍的《骆驼祥子》英译本，也当过好莱坞制片人。他说他在大战结束后的1940年代到过中国，说我们之间恐怕有共同相识的朋友。我们见面后，谈得很投机，立时成为好友，其间他曾替我介绍，为英国一家出版公司Mitchell Beazley Publishers编译一本关于中国体操与功夫的书，书名就是《武术》（*Wushu*）。当时正是中美复交后美国人对中国一阵狂热期间，此书在美国由Simon & Schuster书局出版，写序者是英国芭蕾舞明星玛戈·芳廷。

我之突然想起弗兰克·泰勒是因为新加坡《联合早报》不久前登载一篇有关宋庆龄与一美国人交友的事。通过弗兰克我也交了许多美国文艺新闻界的朋友。某次，在他宴会中遇到了斯诺第二遗孀洛伊斯·惠勒和其他曾在战后上海认识的记者作家们，此详情曾在《天下真小》一文中谈及。在宴后谈话时，我偶然提及当时上海新闻圈中有人提到宋庆龄的一位美国男朋友，不知是谁。弗兰克把手指向自己胸膛一点而微笑，并谓孙夫人将有一位孙女来美求学，要他照顾。我听了一时大悟，座中诸位也都知道，其时弗兰克年龄已六十三岁，身高六尺有余，身体健壮，仍具美男子魅力。在1940年代，我可想象他会让宋庆龄为他倾倒。他也对我说起，孙夫人特别喜爱一种美国饼干，他一有机会就常托人带去。

我与弗兰克相识之后，经常相聚，主要是有关《武术》编译出版事宜。我听说他已离了婚。但仍有机会与他四个成年儿子相聚。弗兰克为人极为豪爽，并不隐瞒他后期与一年纪较轻的男子（也是一位书局编辑）同居的生活。我想那是他与妻子离婚的原因。1999年在他的丧礼上，我曾见到他的前妻，一位文雅有礼的妇女。

弗兰克在他纽约中城公寓悬挂有一张照片，令我特别艳羡。1961年时，他一度去好莱坞担任一部电影的制片人，片名《花田错》(*The Misfits*)，男女主角恰巧是当年美国最大牌的明星克拉克·盖博与玛丽莲·梦露。那张照片就是他在摄影场与两位明星的合影，十分珍贵，今日恐能在拍卖行中高价出售。

我最后一次见到他是1995年秋，他从佛罗里达州西钥岛（Key West，同性恋者集居地）度假回来，打电话找我。我们在附近一家中国餐馆一聚，那时他尚未老态龙钟，但似心情抑郁，令我见了黯然。饭后临别时，我要与他相伴散步，他一指他的脑袋，说有点头晕，我帮他叫了计程车。不到半年，噩讯传来，我与妻哀伤良久。他真是一位爱中国与朋友的正人君子。

（2012年1月17日）

我看美国同性恋作家

一位朋友来访，看见我的书架上有几本戈尔·维达尔的著作，就惊呼道："这位作家原来是同性恋，我近来在报上看到一篇文章才知道。"维达尔是一位我最欣赏的美国作家，他写过多部历史小说，我最喜欢他那些泼辣、讥刺的时事杂文。

说到同性恋作家，四五十年前我在狼吞虎咽现代作家时就有所耳闻。英国有王尔德，法国有纪德、普鲁斯特，当时美国最著名的同性恋作家是杜鲁门·卡波蒂、剧作家田纳西·威廉斯、黑人作家詹姆斯·鲍德温等。我犹记得，肯尼迪总统时期，白宫邀请文艺作家相聚。维达尔（总统夫人杰奎琳的远亲）与威廉斯在阳台上望着弯身扶持栏杆向下观望的总统，评头论足地讨论，被一记者窃听到。诗人艾伦·金斯堡是同性恋，那是他自己宣扬的，众所周知。剧作家拉里·克雷默于1985年写了一个剧本《正常的心》（*Normal Heart*）在百老汇上演，此剧讲述艾滋病猖狂蔓延时期一个断人心肠的故事，立时成名。克雷默是同性恋者革命时期最活跃的人士。他的活动由此引起政府与医学界注意，今日感染了HIV者服药后可避免发展为致命的艾滋病，是他的功劳。现在同性恋者已不再隐瞒这项秘密。每年初秋，同性恋者在纽约市第五大道举行大游行，服装奇异，已成为每年吸引本城市民与外地游客的大事。

关于美国同性恋作家的轶事，有兴趣者可阅读近来一本新书 *Eminent Outsiders*，副题是"改变了美国的同性恋作家"，作者是克里斯托弗·布拉姆。但此书内容并不包括女同志作家。作者本人显然也是同性恋者，写过小说。他认为，美国的同性恋革命其实开始于"文学革命"，与女权主义及黑人人权运动同时发动，在"二战"之前，同性恋被视为不正常行为，名家如亨利·詹姆斯、沃特·惠特曼等也不敢公开。1948年金赛博士的男女性行为报告出版后，人们才认识到同性恋是自然天生，不是学来的。

在开始，最著名的两部同性恋作品是维达尔的《城市与栋梁》（*The City and the Pillar*）与卡波蒂的《其他的声音，其他的房间》（*Other Voices, Other Rooms*）。两部作品同时出版。两人在性格脾气上互不相容。卡波蒂嗲声嗲气，犹如女人，维达尔则有男子豪气，他写文与说话尖酸刻薄，某次把詹姆斯·鲍德温形容为贝蒂·戴维丝（好莱坞影星）与马丁·路德·金博士的混合品。读者与评论家重视鲍德温作品，往往忽视了他是黑人。

某次，《评论》（*Commentary*）杂志主编诺曼·波德霍雷茨之妻在该杂志上发表了一篇讽刺同性恋者的论文（质疑女同性恋者为何都养了雄壮大狗），维达尔于是写了一篇文章反驳，文章标题是"粉红三角与黄色之星"。黄色之星暗讽该对仇视同性恋的主编夫妇，他们是犹太人，在纳粹德国时期须佩黄星臂章来指认。维达尔的泼辣作风表露无遗，他就是毫不让人的。

纽约格林威治村剧作家爱德华·阿尔比于1965年写的剧本 *Tiny Alice* 上演。遭到名作家菲利普·罗思批评，认为剧中的同性恋主角说话举止太如同性恋者。当然，阿尔比本人是同性恋者，而罗思不是。

  我有好几个同性恋朋友，都是心肠慈悲的好友，多年前有一个患艾滋病去世，令我悲伤。

（2012年2月21日）

敢于破禁的出版家

出版家巴尼·罗塞特（1922~2012）的去世，表明美国出版界一个时代的消逝。我说的时代是指1950~1970的年代。当时美国法律禁止出版所谓诲淫著作，我们如要读D. H. 劳伦斯的《查泰莱夫人的情人》，也要向从英伦旅游回来偷带入境的朋友借来传阅。

"二战"结束后多年，美国国会还如此守旧，与今日什么都能公开的情况相比，大有不同。当然互联网上的包罗万象是一原因。在那个时代，我参加了政治思想开明、自由的朋友团体，我们看到一本亨利·米勒的《北回归线》（*Tropic of Cancer*），便惊异万分。罗塞特那时开设了一所Grove Press书局，坚持奉行评论与出版自由，开始出版"垮掉的一代"（Beat Generation）的作家诗人，以及法国超现实派、德国表现主义的文学作品。这些作品都表达了人类情欲的自然倾向，无所避讳。在政治方面，他也敢于出版古巴革命家切·格瓦拉与越共胡志明的著作。后来，他又出版了美国黑人革命理论家马尔科姆·艾克斯的自传。

这样一位大胆敢言的出版家，追求的是言论自由，而不在乎盈利，受到美国知识界的尊崇。不久他也进口了瑞典赤裸裸形容男女情欲的电影《我好奇，黄色》(*I am Curious, Yellow*)。在纽约放映后，明显点出了美国宗教社会的虚伪。片中，少年男女赤身裸体的镜头，当时令人大惊小怪，现在此类电影几乎不算一回事，只是不准未成年儿童观看而已。

罗塞特自称他的书局 Grove 是打破美国清教主义水闸的一个裂口，而且一破就不可修复。他受到保守人士的威吓，有人声言要向他的办公室丢炸弹。但是他主张言论自由的胆量，终于受到美国出版界的赏识，全国图书基金会于 2008 年颁给他奖章，称扬他是鼓励那些在禁例下挣扎、未成名作家们的导师。由于他的勇气，其他出版商也纷纷解禁。1957 年，他创办了 *Evergreen* 文学季刊，后来改为双月刊、月刊，于 1973 年停刊。在此期间，第一期就刊登了欧洲前卫派名作家塞缪尔·贝克特的诗与短篇小说，第二期就发表诗人金斯堡的名诗《嚎叫》(*Howl*)。他也出版了贝克特的剧作《等待戈多》(*Waiting for Godot*)。"二战"时，他服了兵役，曾在中国的美军摄影组服务。他一度加入共产党，去了东欧诸国游访后，即失望而退党。1960 年他在巴黎时出资 5 万美元购买了《北回归线》版权。出版后在美国各州遇到种种困难，不能盈利，最后他诉上法庭，于 1964 年公堂取胜，获准公开出售后立时畅销，一年内精装本销了 10 万本，平装本销了 100 万本。另有一本威廉·伯勒斯的小说《裸体午餐》(*Naked Lunch*) 也是由他于 1959 年在巴黎出版，后在美国畅销了 10 万本。法国一位女作家用化名写的色情小说《0 的故事》(*Story of 0*) 也是经他介绍出版。这些书我都读过，没有什么可以大惊小怪，故我在这里提出。

近年他曾对一记者承认，他的兴趣其实是印刷发行有价值的文学著作（不论它诲淫与否），但他对推销瑞典色情电影则抱有遗憾。他是一位敢于冒险、尊重自由的出版家。他的讣闻发表在《纽约时报》封面，可见读书界对他的重视。写到这里，我突然想到他的在世年龄与我相若，大起感慨。

（2012年3月5日）

布坎南新书论超级大国的自杀

美国将从一个全白（除了黑奴）人种的国家变为一个杂种国家。这是一位保守派右翼时论家的恐惧。这位先生名叫帕特·布坎南。

帕特·布坎南曾在尼克松白宫当过总统演讲辞的捉刀人，也曾一度以保守共和党人身份竞选总统。他的言论几乎达到荒唐的地步，但是受右派人士欢迎。布坎南著作颇丰，其中的荒谬作品有时也会畅销。他经常在电视讨论节目中出现，听众不少，他的收入也颇丰。最近布坎南出了一本新书，书名《一个超级大国的自杀：美国能生存到2025年吗？》(*Suicide of a Superpower: Will America Survive to 2025?*)。书的主题是，由于近年第三世界大批移民的进入与繁衍，纯粹白人美国即将告终。这种鄙视有色人种的说法，甚至引起思想开明的MSNBC电视台的不满，将他年薪达50万美元、发表保守意见的职位革了。奇怪的是，电视台将他革职的消息传出后，立即遭到开明、保守两派人士的批评："言论自由到哪里去了？"

布坎南今年七十三岁，是个天主教徒，虽言论过激，但被该电视台雇用已有十年，他一直蔑视第三世界有色人种。在新书中，他曾埋怨，杂色移民生育率特高,把"纯白的美国搞坏了"。他的说法获得很多人的认同,因为目前美国人口发展的趋势是:越是知识程度高、生活富裕的人越是喜欢节育。越是知识程度较低、生活困难的男女越是生育率高。年龄未到三十的女性(多是黑人与拉美裔)往往在婚前已生了五六个孩子,无法就业,男人又不管,只好靠社会救济。如此实况,很能使布坎南一类言论家吸引群众,尤其是蓝领阶级的白人。

布坎南被革职的原因,就是因为MSNBC电台的观众群,黑人与拉丁裔特别多,电台主持人曾言:"我要我们电台反映二十一世纪,而不是二十世纪四十年代的美国。"

布坎南是保守派时论家中思想最激烈的一位。2002年,他写过《西方的终结》(*The Death of the West*)一书,副标题是"正在消逝的人口与移民的侵入如何危及我们的国家与文化"。作者声言,两本书大致相似,但是新书讨论得更详尽。

布坎南越是年老,说话越是没分寸。某次与黑人牧师夏普顿辩论时,他将奥巴马总统称呼为"你的孩儿奥巴马"。他的新书甚至对白皮肤的犹太裔也有异言,他指控美国犹太公民做了"集体的决定",用堕胎来减少白种人口。同时,他又批评,今日的美国军队满是杂色人种,质量远较美国内战时代的南方军队(全部白人)低劣。

大部分书评都对布坎南新书有闲言,一位书评家说:"布坎南很聪敏,很谨慎小心,回避纯白美国的终结是件好事还是坏事?"

也有人指出,布坎南是另一时代的产物:他是爱尔兰裔,天主教徒,每星期赴教堂做弥撒,他所上的小学、中学、大学都是天主教堂所办。事实是,在二十世纪五十年代,"二战"结束后的时代,没有一个国家可与美国相比。这当然也成为大批移民涌入的最大原因。

时代正在剧烈转变,布坎南式的人物已经过时。但我相信他那本新书一定还会畅销。

(2012年3月12日)

关于书评刊物种种

近来美国书评刊物的减少，很引起出版界慌张。书评乃是销售新书的最好宣传，打广告要耗费巨资，而一篇书评，无论好评恶评，只要受到重要书评刊物注意，均有可能引起读者的兴趣。

市上书评刊物的减少，最大原因是互联网上各种评论网站的泛滥，几乎人人都可上网发表意见。此外网上书评刊物也有广大读者。比如，一个名叫"Slate"的网站，开辟一个书评专栏，所评的书籍包括虚构类、非虚构类作品，以及儿童文学等。

近来许多日报取消了书评附刊，"Slate"编辑部认为有机可乘，自号为"Slate书评版"，发表在每月第一个星期六的网刊上，首期就有十三篇评论。目前在书评刊物中只有最权威的《纽约书评》双周刊还在出版，其他一一消失，甚至《华盛顿邮报》也宣布即将停止周末书评附刊，将书评文章散登于其他部分。《洛杉矶时报》则早于2007年停止周末书评附刊。各大报中，只有《纽约时报》与《旧金山日报》尚有周末书评附刊。《芝加哥论坛报》则另出一书评刊物，但并不附报赠送。著名杂志如《新共和》、《国家》周刊、《大西洋月刊》、《纽约客》等仍在发表一些书评，但是地盘越来越少。在这种情况之下，著名书评家宁愿去网上发表书评。

与此同时，新书的出版却越来越多，根据最近统计，美国每年出版新书共6万余本，数量年年都在增加，这些新书包括工具书、科技类书，不一定是文学、历史、传记、社会科学、哲学书。这些新书都必须有书评介绍引路，不然读者如何挑选陌生作家的作品来阅读？《新共和》近来辟了一个名为"书"（"The Book"）的专栏，每周挑出一本新书来做介绍。互联网上现在出了一个名叫"The Millions"的网站，专门谈论书与艺术，广受关注。去年网上开创了一个名叫"洛杉矶书评"的网站，也有读者。市面上书评刊物的减少，很让读者们、作家们、书评家们、出版商们失望。网站刊物不能弥补这类空缺。爱好阅读文学新著者以及大学教授们好像迷了路，无法追踪每年越来越多的新书。

著名书评家都希望能在日报或周刊上任职取薪，他们可在日报上写专栏，大报如《纽约时报》雇用了至少四名专写书评的作者，每日轮流介绍一本新书。他们与书评附刊无关。此外，《纽约时报》也雇用了好几个写影评、剧评、舞评、音乐评论的作家，阵容强大。一般而言，专以写书评为业的作家不多。日报书评作者与周末书评附刊完全不相关，也并不替书评周刊供稿。《纽约时报书评》周刊乃是日报的另一个体，规模甚大，在总编辑之下，雇有数十位深懂文学的编辑，编辑们自己并不写书评，他们的任务是拣读每日出版界送来的大量新书，对内容有些头绪，然后推荐给总编辑办公室邀请著名作家、学者、专家们写书评。由于"纽时"的声望，应邀者当然欣然接受，其实稿费仅数百美元，美国书评刊物并不接受外来投稿，因为它们要控制、维持本刊的质量。我自己在美国几个刊物所发表的书评，都是编者来电邀请，但近来因年事老迈，我都加以谢绝。

（2012年4月2日）

海明威挥泪杀宠猫

在"二战"之前的战场中，骑兵队代替了坦克车，战马受伤，战士不忍见爱马痛苦嘶叫，往往用子弹结束伤马的生命。西班牙内战时，海明威与一批思想先进的作家朋友一起去西班牙助共和政府与法西斯党徒作战，我还记得在少年时唱过流行歌曲《保卫马德里》。我想如今记得此歌的人已很少，但没有一个读者会忘记海明威。

近来读到由肯尼迪总统图书馆暨博物馆（以下简称肯尼迪图书馆）传出来的一个有关海明威的故事，令我甚为感动。1949年，海明威在威尼斯酒吧中遇见一位名叫伊文维邱的当地望族子弟，两人谈话投机，互谈战地经验，成为好友，经常通信，海明威常说他的名作《老人与海》乃是伊文维邱给的灵感，他们所交换的信件中有十五封存在肯尼迪图书馆档案文库。他们的通信是在1953年至1960年之间。在此期间，海明威到处为家，历经古巴、美国、肯尼亚、巴黎、马德里等地，常告诉伊文维邱他的经历。在一封日期是1953年来自古巴的信中，他谈及他如何不得不枪杀一条名叫威利的爱猫。因为威利被汽车辗掉双腿，痛苦不堪。海明威不忍心举枪，旁边有人自告奋勇代行其事。海明威写道："我不愿让威利知道是陌生人杀它。那时一群外地游客乘车来此，我告诉他们，我不方便见客，请他们了解我的心理，自行离开。不料一个笨蛋竟这么说，'我们幸好碰巧看到伟大的海明威哭泣，因他不得不杀死他的爱猫'。"海明威继续写道，"我骂了他，但详情不必告你。我当然惦念威利小姐。我虽曾杀过人（意谓战场），但从没想到我会亲手枪杀我爱了十一年的动物，一只断了双腿呼噜叫痛的小猫"。

被朋友们匿呼为"Papa"、以男子汉大丈夫英雄气概著名的海明威竟因爱猫的受苦而流泪。人对宠物的情感与人对人的爱惜相同。（我犹记得自己去年与女儿爱狗Trevor告别时的心痛，它因患重病必须被兽医处死。）

有一次，在他于1953年自肯尼亚所寄的信中，他说他愿望"所有非洲动物都能与我玩扑克牌"，他把伊文维邱称呼为"酒友弟弟"，在信的结尾写了"Papa"。在1953年4月的一封信中，他说"Papa的肝、肾、血压都不错，医生做了各种测验，而且头脑清新快速如常"，他说，"收入税如此地高，出书越多，我越穷"。

后来，在1960年5月30日的一封信中，他说："我近来写得很勤快，自今年1月以来已写了10万字，每天写完后疲倦得不能写信。"

肯尼迪总统是海明威的忠实读者。古巴核弹危机发生后，美国禁止公民前往古巴，但肯尼迪特别准许海明威第四任妻子玛丽前往古巴去收集和带回海明威的旧信、存稿及其他遗物。这些遗物后来就存在肯尼迪图书馆。肯尼迪图书馆4月1日开放展览他的遗稿旧物，还有去年11月从海明威基金会取得的旧信。海明威系因抑郁症吞枪自尽，他的好友伊文维邱仍在世，年已八十有余。

（2012年4月9日）

一位受尊崇的书评刊物主编

我于前周发表了一篇有关美国书评刊物的短文后，不免担忧书评刊物中最权威的《纽约书评》双周刊的命运。这样一本极受读者、文坛与出版商重视的刊物，因为至今仍在任的创刊主编日益衰老，引起各方面的关心，惟恐《纽约书评》因此而停刊，给文学与出版界留下一个大空洞。

我首次读到《纽约书评》是在1963年美国社会大动荡时期。那年纽约市各家日报的印刷工人联合举行大罢工，历时数个星期。由于广告匮乏，市面萧条，百货公司冷落，影院剧场无人问津。最令读书界与学术界关注的是日报的周末书评附刊消失了，世界最大城市的文化活动突然令人感到落入盲聋状态。一般有高度文化的学人不甘心，于是集资合作出版了《纽约书评》双周刊，立时受到读者欢迎，销路足可维持。主编者是两位非作家罗伯特·西尔弗斯与芭芭拉·爱泼斯坦，一时获得许多名作家、理论家的支持。这本书评刊物的优点是它不但介绍新书，而且登载时事评论，那些为新闻饥荒而苦恼的人也不得不读此刊物，出版界更如鱼得水，大登广告，如此维持了这本通常不会有大量读者群的刊物的生命。此后罢工结束,各日报恢复出版,但《纽约书评》已立定足跟,可与《纽约时报书评》周刊相抗衡。它的书评往往不是通常的介绍新书的短文,而是详尽研讨的论文,有时会刊出两位名作家各持己见的论争文章。它的时事评论也极受朝野注意,当时正是对越战激烈辩论的时期,《纽约书评》持反战立场,对终结越战与促成约翰逊总统失势均产生很大影响。极右派保守人士往往指其为替共产党说话的左倾刊物。实际上创刊五十年来,它的坚定立场与高标准使其成为高级知识分子的必读刊物。这样一本高深的文学刊物,去年年度销路竟达130万册,足可证明它的影响力。

在两位主编在位期间,爱泼斯坦女士负责主持小说评论部分。不幸她于2006年逝世。年已八十二岁的西尔弗斯显然需在编辑部人员中另找一个副手,但他目前尚无此意,单人独当主编之职。他也没有退休之意,这难免让文化界多了一分关切,担心这本权威文学刊物不能久存,原因是无人有能力与经验保持它的原有风格。主编西尔弗斯就特别注重报导的正确性,他对人权问题关心,他反对伊拉克战争,以思想开明著称。

除书评之外,他的编辑方针是邀请专家撰写讨论时事的长文,这些文章极受政界与学术界的重视。哈佛中国问题专家费正清教授在生前就经常应邀为其撰稿,年轻一代的中国专家供稿者有林培瑞、奥维尔·谢尔等。1990年时,该刊曾发表方励之的一篇文章,1997年刘宾雁也发表过论文(都由林培瑞翻译)。

学术界与读书界之所以对西尔弗斯倍加重视,是因为他知识广博,不但熟悉高级知识分子圈的情况,而且也关心世界大事,例如阿富汗、中东,或海地的目前状况。有几位与他接近的著名学人都自称没有资格继承他的职务——他一旦去世的话。不过在我这老头儿眼中,八十二岁还是我的小弟,希望他长期干下去。他自己从未在刊物发表文字，可是他保留有一本生活日记，将来如有机会问世，一定会受到他的粉丝们的欢迎。

（2012年4月16日）

为一座宏伟文化宫殿的崩坍而惋惜

你如果像我一样，进入过这座瑰丽雄伟的文化宫殿中游览过，你一定也会惋惜如此一座巨大工程的崩坍。

幼年时我上了英国教会办的初中，首次看到陈列在书架上的厚厚的大型精装《大英百科全书》，产生好奇。站在一旁的英国传教士老师对我说，好好读通了英语，你可在这里走入一个奇妙惊人的世界。从此以后，从中学、大学、研究院，直到后来因职业上的需要，一生曾多度潜入这个包罗万象的奇异大观园游览逗留，其间学到了不少凝聚着历代人类智慧的知识。现在听到《大英百科全书》即将停刊的讯息，大为惊慌。但我知道时代不同了，今日一台小小的电脑，只在键盘上打字，你就可以迅速找到想要查询的材料。当然，浅薄的维基百科怎可与详尽的《大英百科全书》相比？

《大英百科全书》已经出版二百四十四年了，当它宣布停止刊印时，在仓库中尚存有4000套全书，是2010年版本，每套有厚厚的32册。不到三星期就几乎全部被抢购。收藏家把它当作宝物珍藏起来。当事者相信最后1000套也会迅速脱手。地处芝加哥的大英百科全书公司，系于2012年3月13日宣布停止刊行，在此之前，销量大概是每周60套，价格为每套1395美元。自停刊消息传出后，每日销出150套，每周1050套，销售之速度可与全盛时期相比。不同的是，那时候公司雇有不少推销员。公司预料，到4月底，剩余的1000套将会全部销光。销路最盛时期是1990年，那年单在美国就销售了12万套。

《大英百科全书》每套重达129磅，购买者除了学府机构以外，也有个人收藏者。公司当事人说，一般人以为《大英百科全书》会永久生存下去。突然间，现在成为罕有的珍品。

如上所述，《大英百科全书》的生意是因电脑的便捷而被挤掉的。网络上的维基百科从十一年前开始，读者免费使用，而且它鼓励读者提供独有的资料，充实其内容。现在也发展到采用其他国家语言文字。

《大英百科全书》是世界上现存最古老的英文百科全书，两百多年来连续修订，不断再版并且定期更新条目。在电脑风行之前，退休后我在家中常用的是哥伦比亚大学于1975年出版的、长达3000页的《哥伦比亚百科全书》第四次修订本，由于它的重量与字号微小，我已停止翻动它。

除了打开电脑方便之外，我也喜爱翻阅另一本比较轻便的《经典文学百科全书》(*Benet's Reader's Encyclopedia,* 1987年版)。此本小型百科全书的特点是专注世界文学和艺术领域的相关知识，包括文学作家小传、著名小说内容简介、各种文学奖历史等。艺术方面也是同样。可惜的是它名为介绍世界文学，提到中国，只记载了孔子、孟子、屈原、老子、杜甫、李白等历史人物，在现代文学方面，只偶然提到鲁迅、老舍、巴金几个名字，可见当时编辑者中国知识的贫乏。

写到这里，我突然记起约三十年前，我曾应H. W. Wilson公司出版的《世界文学辞典》(*World Authors*)编者之邀（也有国内作家朱虹参与），写文介绍过胡风、巴金、茅盾、丁玲、曹禺、艾青、钱锺书、冯至、周立波、萧军、萧红、何其芳、赵树理等。

但如《大英百科全书》一样，此本辞典恐也已绝版。呜呼，老年人追不上了！

（2012年4月23日）

我是张爱玲的『粉丝』

上海一位作家朋友惇子寄给我一本她的近作《民国琐事》，厚厚的一本，副题是"墨客，传奇与胭脂"，所谈的都是我所熟悉的1949年以前的文坛、影坛、作家、影星等的韵事，读得津津有味，花了一段较长的时间（因我其他读物众多）。

最近惇子来了一封电子信，特别问我对张爱玲印象如何？我说我是张爱玲的"粉丝"，当年她在柯灵所编《万象》杂志发表小说（我特别记得是《倾城之恋》）而一举成名后，我们这些替柯灵所编文艺副刊写稿的青年朋友（我称之为柯灵麾下的一群小喽啰）都艳羡不已，有的马上变做她的"粉丝"，好奇要找机会与这位脾气古怪的作家相见。那时一般读者都对她很好奇，甚至把她看成时装专家，因她常常自己设计色彩复杂、衣袖裙子夸张的奇装异服，但又不大在公共场所出现。终于，我们小喽啰中的几位获得她的允许，去她当时在法租界的住所相会，我们发现她果然穿了颜色与式样都甚奇特的服装。但她沉默寡言，说话不多。她的脸孔长瘦，也不如外传中的美艳（那是小说给我们的印象）。但我们还是佩服她的写作天才，少年人好像见到大姐似的恭恭敬敬。我当时也特别敬佩她的英文写作，常在一家德商所办的英文杂志上发表文章。但那次相会并没给我们留下深刻印象。近年来因为老友夏志清教授捧扬，张爱玲的名气又在大陆、台湾、香港响亮起来，才引发惇子对我发问。

写到这里，我不忘另一位在《万象》一炮打响的作家朋友沈寂，他后来成为我的知友，编了一本类似《万象》的《幸福》杂志，经常约我以令狐慧的怪名发表短文。老友沈寂如仍在世，望他看到此文后给我一信。如与我一样在用电脑，那就更好了。

写到这里，突然想到我所写的应是惇子大作《民国琐事》。这本饶有趣味的书谈到文艺界著名作家如巴金、戴望舒、邵洵美、穆时英、刘呐鸥、施蛰存以及新月派诗人等的故事，影星如英茵、李香兰、胡蝶、阮玲玉等的韵事，流氓如杜月笙、戴笠（是的，我把这个恶毒特务首脑列入流氓类）等的恶行。全书琐闻之多，足可消磨有兴趣的读者好几个夜晚。

说到影星，我也是英俊影星刘琼的朋友，他经常收到倾慕他的女影迷的信。某次他收到一封外国女影迷的英文信，看到一字不懂，问我"fans"是什么意思？我当时的回答即是"影迷"。但是政治人物、著名作家也都有"fans"，该怎么翻译呢？幸而现在中国读书界已确定一个译名，即"粉丝"。我初见到时，觉得又滑稽又可笑。但是新字（词）可以创造，当今新时代的新字，无论是中英文，都越来越多。今日的"电话"是当年的"德律风"。今日年轻人可能不知道了。

回到张爱玲。我们对张爱玲之爱上胡兰成始终不得其解。对张爱玲私生活有兴趣者，可在《民国琐事》中读到她与胡兰成关系的结局。到了最后，张爱玲甘愿前往温州去找胡兰成。其时胡与妻范秀美住在一起，张以表妹身份前去探视，看到范秀美生得美，就知难而退，悄悄地哭着回到上海。

（2012年5月14日）

CIA与美国文学杂志

上世纪六十年代,我在图书馆中看到一份畅销国际的英文杂志,内容是综合性的,包括时论与文学,作者多是国际名家。我读得津津有味,后来才发现那是得到美国中央情报部(CIA)津贴出版的,就有点兴致索然之感。那时正是美苏冷战剧烈时期,怪不得CIA要尽量影响国际民心。

近来一项新闻透露,在那个年代,我所敬重的文艺刊物《巴黎评论》亦曾受过CIA资金津贴,令我惊诧不已。今年4月,《巴黎评论》刚庆祝了它的诞生第200期纪念,这个消息的透露更令主张思想言论自由的人士伤心,人们把这类刊物称之为美苏冷战时期的"瞒人的国际武器软件"。当然,你如为爱国观念着想,任何对付苏共的武器都是当然的事。

《巴黎评论》系于1953年在巴黎创刊,发起人包括后来著名的作家乔治·普林顿、彼得·马西森、哈罗德·休姆斯等。只有马西森当时为CIA特务,但他一直否认杂志乃受官方津贴,只承认他个人曾把《巴黎评论》作为掩护。事实是,1950年时,美国文化界曾有一个名叫"文化自由协会"(Congress for Cultural

Freedom）的组织，于1967年才承认曾受CIA津贴。《巴黎评论》在当时名义上是"文化自由协会"的刊物。《巴黎评论》以刊载文学名家采访记著名（包括了美国剧作家亚瑟·米勒、英国作家金斯利·埃米斯等）。这些名作家如果知道CIA底细，当然不会应允接受采访。《巴黎评论》编辑之一后来亦曾承认于上世纪六十年代与一社会学家丹尼尔·贝尔讨论过后者的哲学思想。贝尔后来成为所谓"牛康派"（Neo-Cons）思想运动发起人之一。这类新保守主义终而造成布什总统侵攻伊拉克的悲剧，至今不能拔出泥足。

受文学界尊重的《巴黎评论》有一时期竟成为未曾经过公众讨论、而受政府津贴的"秘密武器"，令一些进步人士沮丧。当时有许多其他文艺刊物则因批评冷战而引来政府监视。

不过CIA津贴文学杂志的现象只证明纯正文学刊物的难以生存。事实是，这些刊物只证明它们在思想论争上的勇气。有的社会学家批评CIA作为的愚蠢，因为独立性的杂志当时在欧洲起到了宣传美国尊重自由思想观念的最好效果。

《巴黎评论》创刊人乔治·普林顿于2003年逝世。现在的问题是，这位受人尊敬的文人生前知不知道CIA的底细？我的猜想是，他是知道的。在年轻贫苦时代的巴黎，要开创一本文学杂志，真是谈何容易。

现在要谈谈我个人与普林顿的交往。1980年代初期，董乐山应康奈尔大学之邀来任访问学者一年。其时正是国内所谓"伤痕文学"盛行之间，乐山曾在上海《文汇报》发表一篇名叫《傅正业教授的颠倒世界》的短篇，获得该报征文比赛头奖。在此期间，正在"文革"结束之后数年，美国文化界对中国文学情况极具好奇，普林顿乃来电请我写文介绍中国文学界现况。于是我将乐山的短篇小说译为英文，并应普林顿之嘱用问答方式（《巴黎评论》采访作家的特色）采访乐山。这篇名叫

"Literary Happenings: China"的特写与《傅正业教授的颠倒世界》后来连续在两期《巴黎评论》（Winter，1982；Spring，1983）发表。由于当时美国读书界对中国文学与出版情况的好奇，起到一些影响。

《巴黎评论》至今仍在出版，编者都是年轻人，仍保持《巴黎评论》当年风度，CIA则早已停止干涉。

（2012年6月18日）

海明威名作的39个结局

近来出版界一件令人兴奋的新闻是，Scribner书局将重出海明威名作《永别了，武器》（*A Farewell to Arms*），新书将包括作者在写作时犹豫不决中设想的39个故事结局。1958年文学杂志《巴黎评论》采访海明威时，他就承认，在写作时重新设计了39个结局才觉满意。书局此次再版时将附上这39个结局，这样，不但能够满足读者的好奇心，也可帮助初学写作者了解和领会成名作家在创作时的苦恼。

《永别了，武器》，描述第一次世界大战时一段罗曼蒂克的爱情故事，销路极广，也曾制作成电影（由大明星加里·库珀与英格丽·褒曼合演），故事的多种结局曾引起读书界极大的兴趣，现在谢谢Scribner书局，终于将其公布于世。

新版书采用了1929年的版本，同时增加了39个结局，颇可引起读者遐想。据称，海明威遗作保存者与书局商榷后，认为有增补的必要，目的是纠正读者对海明威的错误印象，诸如酗酒、玩女人、大男子主义。将人们的关注点拉回到作品和创作中来，再版也赢得海明威孙儿的同意。

新版本包括了39个结局，但是其实作者自认曾想出了47种结局。这些原稿于1979年开始，多寄藏在波士顿肯尼迪图书馆的海明威档案室中。他的孙儿（现在纽约大都会艺术馆任职）曾细细查视，却发现了47个结局。

新版本共330页，保留了原来版本的封面艺术画，显示一对赤露上身的男女斜躺在一起。小说的各种结局，可使读者了解作者创作时的构思过程以及情绪变化，有时倾向乐观，有时倾向悲观。读者也可想象作者创作过程中发生的种种变故。当海明威于1958年接受《巴黎评论》采访时，编者乔治·普林顿问他在写作时的偶然踌躇是为了什么，他说："寻找适当的文字。"

这39个结局中，有的只是短短一句话，有的长达好几段。你如好奇，我可在这里引据几个：

1. "故事就此终结，凯瑟琳死了。但我可向你保证，你我终究都会死。"
2. "故事没有终结，只是死亡而已，生命的诞生才是新的开始。"
3. 这故事结局是海明威的好友、著名美国作家F. 斯科特·菲兹杰拉德建议的："世界终将击败每一个人，只有那些被杀的人没有被打败。"

更令我觉得有趣的是新版本也附有几个未用的书名："战争中的爱"、"伤痕与其他来由"。有一个书名"*The Enchantment*"，被海明威用笔划去。当然，最后决定的书名"永别了，武器"是最好的。

写完此文，我回忆起1961年海明威自杀新闻传来时的情景。当时我正与一女友在格林威治村一家餐馆用餐。消息传来，整个餐馆的人都在互相传递着这个消息，极觉震惊，都好像失去了亲人。

（2012年7月30日）

关于戈尔·维达尔种种

我最崇拜的美国作家戈尔·维达尔于上周（2012年7月31日）逝世，他活了八十七岁，表明我的生命也所剩无多。我们是同时代的人。我于1947年初到密苏里大学时，即在图书馆中初次读到诺曼·梅勒与杜鲁门·卡波蒂的处女作。那时他俩是美国最红的战后新作家，同时我的戏剧课教授也给我看了密苏里校友田纳西·威廉斯的第一个剧本的打字原稿。这些作家从那时起就一直与我做伴，当时我竟不知维达尔、卡波蒂、威廉斯都是同性恋者，只有粗犷的梅勒喜爱的是女人，结了好几次婚。

维达尔是个多才多艺的多产作家，他写过二十五部小说，也替百老汇写过剧本，替好莱坞写过电视与电影剧本，不过我最欣赏的还是他泼辣讽刺的杂文。由于我是鲁迅的信徒，常在文字中将他那些讽刺社会、政治、文坛与其他学界的评论文章与鲁迅相比。他的去世不但是文学界一大损失，也让美国政坛少了一位敢言善辩、为底层阶级仗言的开明派战士。

在私生活上，他被人指责行为不检。他在青年时相貌英俊，对男性女性都有吸引力。他称自己是

"双性人"，认为人类天生就倾向双性。在他的自传《重写人生》（*Palimpsest*）中，他夸大其词，称自己少年时期即与男性、女性发生性关系，到了二十五岁时已与千余人有过性接触，男女都有。这类夸张，不脱维达尔本色。你如不信，可到 *Palimpsest* 书中去查。此语令我想到一位比利时作家乔治·西默农，他在自传中宣称一生中曾与一万余名不同女性发生过关系。此语令人难以置信，试想，一年不过365天，一个人的性生活最多不过五十年，此人怎么可在一生中有时机与万余名不同女性性交？不过夸耀自己的性能力乃是人的天性，大言不惭的维达尔也不能避免。

维达尔出身世家，祖父是俄克拉何马州参议员，他与肯尼迪总统夫人杰奎琳是远亲。1960年时，他因对纽约本区众议员（共和党）不满，受到罗斯福总统夫人的鼓励，一度参政竞选并失败。1982年他也曾在加州竞选参议员，最终还是以失败告终。他的讲述总统竞选的名剧《华府风云》（*The Best Man*）最近在百老汇重新演出，连续卖座不衰。维达尔晚年系在意大利度过，有一男相好做伴。2003年时，他的伴侣患病，于是他们迁回美国，在好莱坞近郊居住，男伴去世后，维达尔自己也健康状况不佳，终于2012年8月1日向他的读者们告别。

我统观维达尔一生，除了拜服他的文才以外，印象最深的是在电视辩论中他所展现的才能。1968年时，他与保守派名士威廉·伯克莱辩论，吵起架来，他把伯克莱称为"守秘的纳粹"，伯克莱反骂他为"同性恋怪物"。两人吵架甚至闹到公堂去。1971年时他在一文章中指骂诺曼·梅勒为玩弄女性的恶人，后来在一电视节目上辩论，激怒了梅勒，几乎打起架来。1975年时，他到法庭告状，指控杜鲁门·卡波蒂说谎，因为卡波蒂说他曾被肯尼迪总统赶出白宫。结果维达尔胜诉，法官命令卡波蒂向他道歉了事。

在政治上，他批评美国的"帝国主义外交"，批评以色列压迫巴勒斯坦。

凡此种种，我希望已将我崇拜的偶像描画得活灵活现了！

（2012年8月13日）

附录：人物姓名译名对照表

本书译名	人物姓名
A	
A. E. 霍奇纳	A. E. Hotchner
A. M. 罗森塔尔	A. M. Rosenthal
阿比·霍夫曼	Abbie Hoffman
阿尔温·托夫勒	Alvin Toffler
阿莫斯·奥兹	Amos Oz
阿瑟·凯斯特勒	Arthur Koestler
埃德蒙·威尔逊	Edmund Wilson
埃迪·费希尔	Eddie Fisher
埃里克·阿克塞尔·卡尔费尔德	Erik Axel Karlfeldt
埃莉诺·阿格纽	Eleaner Agnew
艾尔索普	Alsop
艾丽斯·默多克	Iris Murdoch
艾伦·杜勒斯	Allen Dulles
艾伦·金斯堡	Allen Ginsberg
艾伦·泰特	Allen Tate
艾萨克·辛格	Issac Singer
爱德华·阿尔比	Edward Albee
爱德华·克莱恩	Edward Klein
爱德华·默罗	Edward R. Murrow
爱德华·萨义德	Edward Said
安·兰德	Ayn Rand
安东尼·刘易斯	Anthony Lewis
安东尼·萨默斯	Anthony Summers
安东尼奥尼	Michelangelo Antonioni
昂山素季	Aung San Suu Kyi
奥尔德里奇·埃姆斯	Aldrich Ames
奥克塔维奥·帕斯	Octavio Paz
奥普拉·温弗瑞	Oprah Winfrey
奥维尔·普雷斯科特	Orville Prescott
奥维尔·谢尔	Orville Schell

B

巴里·迈尔斯	Barry Miles
巴尼·罗塞特	Barney Rosset
巴兹	Buzz Aldri
芭芭拉·爱泼斯坦	Barbara Epstein
芭芭拉·卡特兰	Barbara Cartland
保罗·纽曼	Paul Newman
保罗·泰鲁	Paul Theroux
保罗·沃尔福威茨	Paul Wolfowitz
鲍勃·迪伦	Bob Dylan
贝蒂·戴维丝	Bette Davis
贝蒂·弗里丹	Betty Friedan
本杰明·布拉德利	Benjamin C. Bradlee
彼得·马西森	Peter Matthiessen
伯纳德·马拉默德	Bernard Malamud
勃兰特	Willy Brandt
布雷默	Paul Bremer
布伦特·斯考克罗夫特	Brent Scowcroft

C

查尔斯·曼森	Charles Manson
查尔斯·沃伦伯格	Charles Wollenberg

D

D. 格雷格	Donald Gregg
大卫·布鲁克斯	David Brooks
戴维·麦克莱兰	David McClelland
丹尼尔·埃尔斯伯格	Daniel Ellsberg
丹尼尔·贝尔	Daniel Bell
丹尼尔·莫伊尼汉	Daniel P. Moynihan
德博拉·法洛斯	Deborah Fallows
德尔莫尔·施瓦茨	Delmore Schwartz
德怀特·麦克唐纳	Dwight McDonald
德里克·沃尔科特	Derek Walcott
蒂莫西·利里	Timothy Leary
蒂姆·韦纳	Tim Weiner
蒂娜·布朗	Tina Brown
杜鲁门·卡波蒂	Truman Capote
多斯·帕索斯	John Dos Passos

E

E. B. 怀特	E. B. White
E. M. 福斯特	E. M. Forster

E. 克利弗	Eldridge Cleaver
厄斯金·鲍尔斯	Erskine Bowles
恩达尔	Horace Engdahl

F

F. W. 杜拔	F. W. Dupee
F. 斯科特·菲兹杰拉德	Francis Scott Fitzgerald
菲利普·拉夫	Philip Rahv
菲利普·罗思	Philip Roth
费里尼	Federico Fellini
弗吉尼亚·伍尔夫	Virginia Woolf
弗吉尼娅·约翰逊	Virginia E. Johnson
弗兰克·哈里斯	Frank Harris
弗兰克·里奇	Frank Rich
弗兰克·丘奇	Frank Church
弗兰克·泰勒	Frank E. Taylor
弗兰克·辛纳特拉	Frank Sinatra

G

盖尔·希伊	Gail Sheehy
高罗佩	Robert H. Van Gulik
戈德华特	Barry Goldwater
戈尔·维达尔	Gore Vidal
格雷厄姆·格林	Graham Greene
格蕾丝·凯莉	Grace Kelly
格林·贝克	Glenn Beck
格洛丽亚·斯泰纳姆	Gloria Steinem

H

H. R. 霍尔德曼	H. R. Haldeman
哈罗德·罗森堡	Harold Rosenberg
哈罗德·罗斯	Harold Ross
哈罗德·休姆斯	Harold L. Humes
哈维尔	Vaclan Havel
海登	Michael Hayden
汉弗莱	Hubert H. Humphrey
汉娜·阿伦特	Hanna Arendt
赫伯特·马尔库塞	Herbert Marcuse
赫塔·穆勒	Herta Muller
赫胥黎	Aldous Huxley
亨利·基辛格	Henry Alfred Kissinger
亨利·鲁斯	Henry R. Luce
亨利·米勒	Henry Miller

亨利·詹姆斯	Henry James
胡佛	Edgar Hoover
华莱士·史蒂文斯	Wallace Stevens

I

I. F. 斯东	I. F. Stone

J

J. D. 塞林格	Jerome David Salinger
J. 菊斯卡	Jane Juska
J. 普赖斯	Juan Price
J. 韦斯伯格	Jacob Weisberg
吉米·布雷斯林	Jimmy Breslin
加里·库珀	Amis Gary Cooper
贾森·爱波斯坦	Jason Epstein
杰布·布什	John Ellis Bush
杰弗里·沃尔夫	Geffrey Wolff
杰克·亨利·阿波特	Jack Henry Abbott
杰克·尼科尔森	Jack Nicholson
杰里·鲁宾	Jerry Rubin
杰曼·格里尔	Germaine Greer
金里奇	Newt Gingrich
金赛	Alfred Kinsey
金斯利·埃米斯	Kingsley
君特·格拉斯	Gunter Grass

K

卡尔·冯·奥西茨基	Carl Von Ossietzky
卡尔·罗夫	Karl Rove
卡静	Alfred Kazin
卡里·格兰特	Cary Grant
卡路金	Oleg Kalugin
卡萨诺瓦	Casanova
凯蒂·凯莉	Kitty Kelley
凯瑟琳·格雷厄姆	Katharine Graham
凯瑟琳·怀特	Katherine White
康开丽	Claire Conceison
柯立芝	John Calvin Coolidge, Jr.
科辛斯基	J. Kosinski
克拉克·盖博	William Clark Gable
克莱门特·格林伯格	Clement Greenberg
克里斯托弗·布拉姆	Christopher Bram
克里斯托弗·希钦斯	Chrisopher Hitchens

库尔特·冯内古特	Kurt Vonnegut
库切	J. M. Coetzee

L

拉尔夫·埃里森	Ralph Ellison
拉里·克雷默	Larry Kramer
莱昂内尔·阿贝尔	Lionel Abel
莱昂内尔·特里林	Lionel Trilling
莱斯利·菲德勒	Leslie Fiedler
勒·克莱奇奥	Le Clezio
雷蒙德·卡佛	Raymond Carver
李翊云	Yiyun Li
理查德·艾伯特	Richard albert
理查德·伯顿	Richard Burton
理查德·伯恩斯坦	Richard Bernstein
理查德·赫尔姆斯	Richard Helms
理查德·赖特	Richard wright
理查德·沃尔什	Richard Walsh
丽芙·乌尔曼	Liv Ulmann
利瓦伊斯	F. R. Leavis
莉莲·赫尔曼	Lillian Hellman
列维塔斯	S. Levitas
林培瑞	Perry Link
露丝·帕德尔	Ruth Padel
吕蓓卡·韦斯特	Robecca West
伦纳德·伯恩斯坦	Leonard Bernstein
罗宾·斯旺	Robbyn Swan
罗伯特·达莱克	Robert Dallek
罗伯特·盖茨	Robert Gates
罗伯特·格林菲尔德	Robert Greenfield
罗伯特·勒德拉姆	Robert Ludlum
罗伯特·鲁宾	Robert Rubin
罗伯特·洛威尔	Robert Lowell
罗伯特·佩恩·沃伦	Robert Penn Warren
罗伯特·西尔弗斯	Robert Silvers
罗伯托·罗西里尼	Roberto Rossellini
洛伊斯·惠勒·斯诺	Lois Wheeler Snow

M

马丁·斯科塞斯	Martin Scorsese
马尔科姆·艾克斯	Malcolm X
马克斯·冯·赛多	Max Von Sydow

马克斯·弗兰克尔	Max Frankel
马拉默德	Bernard Malamud
马里奥·巴尔加斯·略萨	Mario Vargas Llosa
玛戈·芳廷	Margot Fonteyn
玛丽·罗奇	Mary Roach
玛丽·麦卡锡	Mary McCarthy
玛西亚·艾曼	Marcia A.Eymann
迈克尔·克赖顿	Michael Crichton
迈拉·麦克弗森	Myra Macpherson
迈伦·科拉奇	Myron Kolatch
迈耶·夏皮罗	Meyer Schapiro
麦多夫	Madoff
梅丽尔·斯特里普	Meryl Streep
咪咪·奥尔福德	Mimi Alford
明妮·魏特琳	Minnie Vautrin
摩根索	Hans J. Morgenthan
莫伊尼汉	Daniel Patrick Moynihan
默多克	Murdoch

N

纳博科夫	V. Nabokov
南希·勋伯格	Nancy Schoneberger
内丁·戈迪默	Nadine Gordimer
内森·格雷泽	Nathan Glazer
尼尔·希恩	Neil Sheehan
尼科尔森·贝克	Nicholson Baker
诺贝尔	Alfred Nobel
诺曼·波德霍雷茨	Norman Podhoretz
诺曼·梅勒	Norman Mailer
诺曼·托马斯	Norman Thomas
诺姆·乔姆斯基	Noam Chomsky

O

欧内斯特·米勒尔·海明威	Ernest Miller Hemingway
欧文·豪威	Irving Howe
欧文·华莱士	Irving Wallace
欧文·克里斯托尔	Irving Kristol

P

帕特·布坎南	Pat Buchanan
帕特里克·弗伦奇	Patrick French

Q

齐奥塞斯库	Nicolae Ceausescu

乔伊斯·卡罗尔·欧茨	Joyce Carol Oates
乔治·华莱士	George Wallace Jr.
乔治·凯南	George Frost Kennan
乔治·卢卡斯	George Lucas
乔治·普林顿	George Plimpton
乔治·特尼特	George Tenet
乔治·西默农	Georges Simenon
切·格瓦拉	Che Guevara

R

R.德雷珀	Robert Draper
任璧莲	Gish Jen

S

S.特纳	Stansfield Turner
萨哈罗夫	Andrei Sakharov
萨姆·卡什纳	Sam Kashner
塞缪尔·贝克特	Samuel Beckett
赛珍珠(巴克夫人)	Pearl Buck
桑迪·伯杰	Sandy Berger
史蒂夫·威克	Steve Wick
史景迁	Jonathan D. Spence
斯坦贝克	John Steinbeck
斯坦曼	Ralph H. Steinman
苏珊·桑塔格	Susan Sontag
索尔·贝娄	Saul Bellow

T

谭恩美	Amy Tan
汤姆·沃尔夫	Tom Wolfe
汤婷婷	Maxine Hong Kingston
唐·德利洛	Don Delillo
特鲁希略	R. Trujillo
特吕弗	Francois Truffaut
田纳西·威廉斯	Tennessee Williams
托尔森	Tolson
托马斯·鲍尔斯	Thomas Powers
托马斯·弗里德曼	Thomas L.Friedman
托马斯·梅耶尔	Thomas Maier
托马斯·品钦	Thomas Ruggles Pynchon Jr.
托尼·莫里森	Toni Morrison

V

V.S.奈保尔	V. S. Naipaul

W

瓦茨拉夫·哈维尔	Václav Havel
瓦妮莎·雷德格雷夫	Vanessa Redgrave
瓦文萨	Lech Walesa
威尔·罗杰斯	Will Rogers
威廉·伯克莱	William F. Buckley
威廉·伯勒斯	William Burroughs
威廉·菲利普斯	William Phillips
威廉·福克纳	William Faulkner
威廉·凯西	William Casey
威廉·科尔比	William Colby
威廉·克里斯托尔	William Kristol
威廉·马斯特斯	William Masters
威廉·麦克斯韦尔	William Maxwell
威廉·萨菲尔	William Safire
威廉·斯蒂伦	William Styron
威廉·维克里	William Vickrey
威廉·夏伊勒	Willam L. Shirer
薇拉	Vera Slonim
沃尔特·李普曼	Walter Lippman
伍迪·艾伦	Woody Allen

X

西奥多·哈里斯	Theodore Harris
希拉里·斯珀林	Hilary Spurling
锡德尼·胡克	Sidney Hook
辛克莱·刘易斯	Sinclair Lewis
辛塞奇	Eric Shinseki

Y

亚历山大·黑格	Alexander Haig
亚瑟·米勒	Arthur Asher Miller
亚瑟·施莱辛格	Arther Schlesinger
伊迪丝·柯兹威尔	Edith Kurzwell
伊恩·麦克尤恩	Ian McEwan
伊夫林·沃	Evelyn Waugh
伊丽莎白·哈威克	Elizabeth Hardwick
伊丽莎白·泰勒	Elizabeth Taylor
伊利·韦塞尔	Elie Wiesel
英格玛·伯格曼	Ingmar Bergman
尤阿辛·费斯特	Joachim Fest
约翰·奥哈拉	John O'hara

约翰·巴克	John Buck
约翰·博尔顿	John Bolton
约翰·厄普代克	John Updike
约翰·哈里斯	John F. Harris
约翰·赫西	John Hersey
约翰·肯尼思·加尔布雷思	John Kenneth Galbraith
约翰·列侬	John Lennon
约翰·契弗	John Cheever
约翰·特拉沃尔塔	John Travolta

Z

詹姆斯·鲍德温	James Baldwin
詹姆斯·法洛斯	James Fallows
詹姆斯·瑟伯	James Thurber
詹姆斯·施莱辛格	James Schlesinger

图书在版编目（CIP）数据

纽约客随感录/董鼎山著.—北京：商务印书馆，2014
（海外散文随笔丛书）
ISBN 978 - 7 - 100 - 10350 - 3

Ⅰ.①纽… Ⅱ.①董… Ⅲ.①散文集 — 中国 —
当代②随笔 — 作品集 — 中国 — 当代 Ⅳ.①I267

中国版本图书馆 CIP 数据核字（2014）第242380号

所有权利保留。
未经许可,不得以任何方式使用。

纽 约 客 随 感 录

董鼎山　著

商 务 印 书 馆 出 版
（北京王府井大街36号　邮政编码 100710）
商 务 印 书 馆 发 行
三 河 市 祥 达 印 装 厂 印 刷
ISBN 978 - 7 - 100 - 10350 - 3

2014年1月第1版　　　开本 889×1194　1/32
2014年1月第1次印刷　印张 8¼
定价：36.00元